Teerbemind

Gillian Flynn

Teerbemind

2006 – De Boekerij – Amsterdam

Oorspronkelijke titel: Sharp Objects (Random House)
Vertaling: Mariëtte van Gelder
Omslagontwerp: Wil Immink Design

ISBN 10: 90-225-4467-2
ISBN 13: 978-90-225-4467-9

Voor mijn ouders, Matt en Judith Flynn

1

Mijn trui was nieuw, felrood en lelijk. Het was 12 mei, maar de temperatuur was tot onder de tien graden gezakt en na vier dagen rillen in korte mouwen had ik mijn heil gezocht bij de uitverkoop, liever dan in mijn ingepakte winterkleren te gaan wroeten. Lente in Chicago.

Ik zat tussen de met jute beklede schotten van mijn werkhoek naar het computerscherm te kijken. Mijn verhaal voor die dag was van een week soort boosaardigheid. Vier kinderen van tussen de twee en zes jaar oud waren opgesloten in een kamer aan de South Side aangetroffen met een paar broodjes tonijn en een pak melk. Ze hadden er drie dagen als kippen tussen het eten en de uitwerpselen op de vloer gescharreld. Hun moeder was weggelopen om aan de crackpijp te lurken en was haar kinderen vergeten. Zo gaat dat soms. Geen brandwonden van uitgedrukte sigaretten, geen gebroken botten, alleen een onherstelbare vergissing. Ik had de moeder na haar arrestatie gezien: Tammy Davis, tweeëntwintig jaar, blond en dik, met volmaakte cirkeltjes roze rouge op haar wangen. Ik kon me voorstellen hoe ze op een sleetse bank zat, met haar lippen om de pijp, en de rook plotseling in een wolk liet ontsnappen. Ze zweefde snel weg, haar kinderen ver achter zich latend, terug naar de middelbare school toen de jongens nog belangstelling hadden voor meisjes en zij de mooiste was, een dertienjarige met glanzende lippen die al zoenend kaneelstokjes doorgaf.

Een pens. Een geur. Sigaretten en oude koffie. Mijn redacteur, de gerespecteerde, vermoeide Frank Curry, die zijn gewicht verplaatste naar de hakken van zijn Hush Puppies met barsten in het leer. Zijn tanden bruin van het tabaksspeeksel.

'Hoe ver ben je met je verhaal, meid?' Er lag een zilveren punaise op mijn bureau, met de punt naar boven. Hij drukte zijn gele duimnagel erop.

'Bijna klaar.' Ik had driehonderd woorden. Het moesten er zeshonderd worden.

'Goed zo. Afmaken, opslaan, en dan naar mijn kantoor.'

'Ik kan nu ook wel komen.'

'Afmaken, opslaan en dan naar mijn kantoor.'

'Oké. Tot over tien minuten.' Ik wilde mijn punaise terug.

Hij liep bij mijn werkplek vandaan. Zijn das hing ter hoogte van zijn kruis.

'Preaker?'

'Ja, Curry?'

'Maak dat mens af.'

Frank Curry denkt dat ik een watje ben. Misschien omdat ik een vrouw ben. Misschien omdat ik een watje ben.

Curry's kantoor is op de tweede verdieping. Ik weet zeker dat hij telkens in de stress schiet als hij door het raam kijkt en een boomstam ziet. Goede redacteuren zien geen schors, die zien bladeren – als ze de bomen vanaf de twintigste of dertigste verdieping nog kunnen zien. De *Daily Post*, de op drie na grootste krant van Chicago, is echter naar een voorstad verbannen en kan niet in de hoogte groeien. Twee verdiepingen moet genoeg zijn, en die worden steeds verder uitgesmeerd, als een vlek die niet opvalt tussen de tapijtzaken en lampenwinkels. Onze voorstad is in drie goed georganiseerde jaren (1961-1964) uit de grond gestampt door een projectontwikkelaar die er de naam van zijn dochter aan schonk, die een maand voordat de klus was geklaard een ernstig ongeluk met haar paard had gekregen. Aurora Springs, verordonneerde hij, en hij liet nog even een foto maken bij een gloednieuw bord met de naam erop. Toen raapte hij zijn gezin bij elkaar en vertrok. De dochter, die nu in de vijftig is en het goed maakt, afgezien van een tinteling in haar armen zo nu en dan, woont in Florida en komt om de paar jaar terug om een foto bij het bord met haar naam te laten maken, net als pappie vroeger.

Ik had er tijdens haar laatste bezoek een artikel over geschreven. Curry vond het vreselijk, zoals hij de meeste 'uit het leven gegrepen' stukken vreselijk vindt. Hij bedronk zich aan de likeur terwijl hij het las, en daarna stonk mijn artikel naar frambozen. Curry is een stille drinker, maar hij bezat zich vaak. Dat is trouwens niet de reden waarom hij zo'n knus uitzicht op de grond heeft. Dat is gewoon dikke pech.

Ik liep naar binnen en sloot de deur van zijn kantoor, dat er heel anders uitziet dan ik me het kantoor van mijn redacteur ooit had kunnen voorstellen. Ik hunkerde naar eikenhouten lambriseringen en een ruit in de deur (met een bordje HOOFDREDACTEUR) zodat de groentjes ons tekeer konden zien gaan over het recht op vrije meningsuiting. Curry's kantoor was onpersoonlijk en saai, net als de rest van het gebouw. Je kon er over journalistiek discussiëren of een uitstrijkje laten maken, geen mens die er iets om gaf.

'Wat weet je van Wind Gap?' Curry hield de punt van een balpen bij zijn grijze kin. Ik zag het blauwe stipje tussen de stoppels al voor me.

'Het ligt helemaal onder in Missouri, in de hak van de laars. Op een steenworp afstand van Tennessee en Arkansas,' diepte ik de eerste feiten uit mijn geheugen op. Curry overhoorde journalisten graag over allerlei onderwerpen die hij belangrijk vond: het aantal moorden dat het afgelopen jaar in Chicago was gepleegd, de demografische gegevens van Cook Country en, om de een of andere reden, het verhaal van mijn geboortestadje, een onderwerp dat ik liever vermeed. 'Het bestond al voor de Burgeroorlog,' vervolgde ik. 'Het ligt dicht bij de Mississippi, dus was het ooit een havenstad. Nu is het slachten van varkens de belangrijkste bron van inkomsten. Er wonen rond de tweeduizend mensen. Oud geld en uitschot.'

'Wat ben jij?'

'Uitschot. Met oud geld.' Ik glimlachte. Hij fronste zijn voorhoofd.

'En wat is er in godsnaam aan de hand?'

Ik nam zwijgend de rampen door die Wind Gap zouden kunnen hebben getroffen. Het is zo'n sjofel stadje dat vatbaar is voor rampspoed: een busongeluk of een orkaan. Een explosie in de silo of een peuter in een put. Ik zat ook een beetje te mokken. Ik had gehoopt, zoals altijd wanneer Curry me bij zich laat komen, dat hij me wilde complimenteren met een recent artikel, me naar een betere afdeling wilde promoveren of, wie weet, me een stukje papier toe zou schuiven waarop stond gekrabbeld dat ik één procent loonsverhoging kreeg, maar ik was niet voorbereid op een gesprekje over wat er zoal in Wind Gap voorviel.

'Je moeder woont er nog, hè, Preaker?'

'Mijn moeder. Mijn stiefvader.' Een halfzusje dat was geboren toen ik al studeerde en dat zo onwerkelijk voor me was dat haar naam me vaak ontschoot. Amma. En dan was Marian er nog, altijd Marian, al zo lang weg.

'Nou, verdomme, spreek je die lui wel eens?' Sinds Kerstmis niet meer: een kil, beleefd telefoontje na toediening van drie glazen whisky. Ik was bang geweest dat mijn moeder het over de telefoonlijn zou kunnen ruiken.

'De laatste tijd niet.'

'Jezus christus, Preaker, kijk eens op de telex. Is er geen moord gepleegd in augustus? Een klein meisje gewurgd?'

Ik knikte alsof ik het wist. Ik loog. Mijn moeder was de enige in Wind Gap met wie ik nog een beetje contact had, en ze had er niets over gezegd. Merkwaardig.

'Er is er weer eentje weg. Volgens mij zou het een seriemoordenaar kunnen zijn. Rij erheen en zorg dat ik het verhaal krijg. Snel een beetje. Je moet er morgenochtend zijn.'

Mooi niet. 'We hebben hier ook gruwelverhalen, Curry.'

'Ja, en drie concurrerende kranten met twee keer zoveel personeel en poen.' Hij haalde een hand door zijn pluizige piekhaar. 'Ik ben het zat om zonder nieuws te zitten. Dit is onze kans op een primeur. Een grote.'

Curry denkt dat we met het juiste verhaal van de ene dag op de andere de populairste krant van Chicago kunnen worden en nationaal aanzien kunnen krijgen. Vorig jaar had een andere krant, niet de onze, een journalist naar zijn geboortestad ergens in Texas gestuurd toen een groep tieners daar tijdens de voorjaarsoverstromingen was verdronken. Hij schreef een treurig, maar raak verslag over het wezen van water en rouw dat alles omvatte, van het basketbalteam van de jongens, dat zijn drie beste spelers kwijt was, tot en met de plaatselijke uitvaartonderneming, die jammerlijk weinig wist van het opkalefateren van verdronken lijken. Hij kreeg er een Pulitzerprijs voor.

Toch had ik geen zin om te gaan. Zo weinig zelfs, kennelijk, dat ik mijn handen om de armleuningen van mijn stoel klemde alsof Curry zou kunnen proberen me los te wrikken. Hij keek me een paar tellen met zijn waterige groenbruine ogen aan, schraapte zijn keel, keek naar de foto van zijn vrouw en glimlachte als een arts die slecht nieuws moet vertellen. Curry blafte graag, dat paste bij zijn ouderwetse beeld van een redacteur, maar hij was ook een van de sympathiekste mensen die ik kende.

'Hoor eens, meid, als je het niet kunt, dan kun je het niet, maar ik denk dat het goed voor je zal zijn. Wat dingen boven water krijgen. Het helpt je weer op de been. Het is een verdomd goed verhaal, en we hebben het nodig. Jij hebt het nodig.'

Curry had altijd achter me gestaan. Hij had gedacht dat ik zijn beste verslaggever zou worden, ik had een verbazingwekkende geest, zei hij. In mijn twee jaar bij de krant had ik hem consequent teleurgesteld, soms heel diep. Nu voelde ik dat hij me vanachter zijn bureau aanspoorde een beetje vertrouwen in hem te hebben. Ik knikte in de hoop zelfbewust over te komen.

'Ik ga pakken.' Mijn handen lieten zweetafdrukken op de stoelleuningen achter.

Ik had geen huisdieren waar ik me om moest bekommeren, geen planten die ik naar een buurvrouw moest brengen. Ik stopte voor maar vijf dagen kleren in een reistas om mezelf te verzekeren dat ik voor het eind van de week weer uit Wind Gap weg zou zijn. Toen ik voor het laatst om me heen keek, toonde mijn appartement zich opeens in zijn ware gedaante. Het leek een studentenkamer: goedkoop, iets voor tijdelijk, zonder enige bezieling. Ik nam me voor zodra ik terug was geld uit te trekken voor een fatsoenlijke bank, als beloning voor het verbijsterende verhaal dat ik ongetwijfeld zou opsnorren.

Op de tafel bij de deur stond een foto waarop ik, nog net geen tiener, Marian vasthoud, die een jaar of zeven is. We lachen allebei. Ze heeft grote, verbaasde ogen, en ik heb de mijne dichtgeknepen. Ik druk haar dicht tegen me aan en haar korte spillebeentjes bungelen over mijn knieën. Ik weet niet meer wanneer die foto is gemaakt of waar we om lachten. Het is in de loop der jaren een prettig raadsel geworden. Ik denk dat ik het wel leuk vind om het niet te weten.

Ik ga altijd in bad. Niet onder de douche. Ik kan die straal niet aan, daar gaat mijn huid van gonzen, alsof iemand een schakelaar heeft overgehaald. Ik propte dus een dunne motelhanddoek in de afvoer van de douche, richtte de straal op de muur en ging in de tien centimeter water zitten die zich in de cabine ophoopte. Er dreef een schaamhaar van iemand anders voorbij.

Ik stond op. Er was geen tweede handdoek, dus rende ik naar mijn bed en depte me droog met de goedkope, sponsachtige deken. Toen dronk ik lauwe whisky en vervloekte de ijsmachine.

Het is ongeveer elf uur rijden van Chicago naar Wind Gap. Curry was zo genadig geweest me een budget te geven voor één nacht in een motel en ontbijt, als ik bij een benzinestation at, maar eenmaal aangekomen zou ik bij mijn moeder gaan logeren. Die beslissing had hij voor me genomen. Ik wist al hoe ze zou reageren als ze me op de stoep zag staan. Ze zou even ontdaan blozen, een hand naar haar haar brengen en me zo onhandig knuffelen dat ik naar opzij moest overhellen. Ze zou iets zeggen over de rommel in huis, die er niet was. Verbloemd vragen hoe lang ik bleef.

'Hoe lang mogen we je bij ons hebben, lieverd?' zou ze vragen, wat betekende: 'Wanneer ga je weer weg?'

Die beleefdheid vind ik nog het ergst.

Ik wist dat ik me moest voorbereiden, vragen noteren, maar in plaats daarvan nam ik nog een whisky, gevolgd door een paar aspirines, en deed het licht uit. Gesust door het vochtige snorren van de airconditioning en het elektronische gepiep van een videospelletje bij de buren viel ik in slaap. Het was nog maar vijftig kilometer naar mijn geboortestadje, maar ik had behoefte aan die laatste nacht ergens anders.

De volgende ochtend snoof ik aan een oude donut met jam en reed verder naar het zuiden. De temperatuur schoot omhoog en het weelderige woud sloot me aan beide kanten van de weg in. In dit deel van Missouri zijn de bergen niet hoog, maar de heuvels zijn enorm, als immense, glooiende bulten. Op een top aangekomen kon ik kilometers in de omtrek dikke, geharde bomen zien, slechts onderbroken door het smalle lint van de snelweg waarop ik reed.

Je kunt Wind Gap niet vanuit de verte zien; het hoogste gebouw telt maar twee verdiepingen. Na twintig minuten rijden voelde ik het echter naderen: eerst dook er een benzinestation op. Ervoor zat een groep onverzorgde, verveelde tienerjongens met ontbloot bovenlijf. Bij een oude pick-up gooide een peuter in een luier knuisten vol grind in de lucht terwijl zijn moeder tankte. Haar haar was goudblond geverfd, maar de bruine uitgroei kwam bijna tot aan haar oren. Ze schreeuwde iets naar de jongens, maar ik reed te snel voorbij om het te verstaan. Kort daarna werd het bos minder dicht. Ik reed langs een klein winkelcentrum met een zonnestudio, een wapenwinkel en een woningstoffeerder. Toen volgde een eenzame, doodlopende weg met oude huizen die ooit een deel hadden moeten worden van een project dat nooit van de grond was gekomen. Ten slotte kwam ik in de stad zelf.

Zonder enige goede reden hield ik mijn adem in toen ik langs het bord reed dat me in Wind Gap verwelkomde, zoals kinderen doen als ze langs een kerkhof rijden. Ik was er acht jaar niet geweest, maar de herinnering was diepgeworteld. Als ik die weg volgde, kwam ik bij het huis van mijn pianolerares van de lagere school, een voormalige non met een adem die naar eieren rook.

Dat pad leidde naar het plantsoentje waar ik op een zweterige zomerdag mijn eerste sigaret had gerookt. Die grote weg zou me naar Woodberry en het ziekenhuis brengen.

Ik besloot regelrecht naar het politiebureau te rijden, een compact gebouw aan het eind van Main Street, dat zijn naam waarmaakt, want het is echt de hoofdstraat van Wind Gap. In Main Street kun je een kapsalon en een gereedschapswinkel vinden, een winkel in restpartijen die Restpartijen heet en een bibliotheek van twaalf kasten diep. Je vindt er een kledingwinkel die Candy's Casuals heet en waar je truien, vesten en sweaters met eenden en dorpsschooltjes erop kunt kopen. De meeste nette vrouwen in Wind Gap zijn lerares of moeder of werken in winkels als Candy's Casuals. Over een paar jaar zou er een Starbucks kunnen zijn, die het stadje zal brengen waar het naar smacht: de voorverpakte, bij voorbaat goedgekeurde hipheid van de massa. Voorlopig is er echter alleen nog maar een lunchroom die wordt bestierd door een echtpaar van wie de naam me ontschoten is.

Main Street was uitgestorven. Geen auto's, geen mensen. Een hond liep met grote passen over de stoep, zonder dat een baasje hem riep. Alle lantaarnpalen waren voorzien van gele linten en korrelige foto's van een meisje. Ik parkeerde en maakte een poster los die scheef en op kinderhoogte aan een stopbord was geplakt. Hij was zelfgemaakt. VERMIST, stond er bovenaan in vette letters die mogelijk met viltstift waren ingekleurd. Op de foto stond een meisje met donkere ogen, een dierlijke grijns en te veel haar voor haar hoofd. Het soort meisje dat door leraren een 'lastpost' genoemd wordt. Ik mocht haar wel.

Natalie Jane Keene
Leeftijd: 10
Vermist sinds 12 mei
Het laatst gezien in het Jacob J. Asher Park

Droeg spijkershort en roodgestreept T-shirt
Tips: tel. 887377

Ik hoopte dat ik op het politiebureau te horen zou krijgen dat Natalie Jane al terecht was. Ongedeerd. Ze was verdwaald, had haar enkel verstuikt in het bos of was weggelopen, maar had zich bedacht. Ik zou in mijn auto stappen en terug naar Chicago rijden zonder iemand te spreken.

De straten bleken verlaten te zijn omdat de halve stad in het bos in het noorden aan het zoeken was, hoorde ik van de receptioniste op het bureau. Ik mocht wachten; commissaris Bill Vickery kon elk moment terugkomen voor de lunch. De wachtkamer had de gekunsteld knusse uitstraling van een tandartsenpraktijk; ik ging aan het eind van een rij oranje stoelen zitten en bladerde in een damesblad. Een luchtverfrisser in een stopcontact vlak bij me braakte sissend een synthetische geur uit die me het idee van een landelijk briesje moest geven. Een halfuur later had ik drie tijdschriften doorgenomen en begon ik misselijk te worden van de geur. Toen Vickery eindelijk binnenkwam, knikte de receptioniste naar mij en fluisterde met een gretige minachting: 'De pers.'

Vickery, een slanke vent van begin vijftig, was al door zijn uniform heen gezweet. Zijn overhemd plakte aan zijn borst en zijn broek was aan de achterkant gekreukt, waar zijn kont had moeten zitten.

'De pers?' Hij keek me over een vergrotende dubbelfocusbril aan. 'Welke pers?'

'Commissaris Vickery, ik ben Camille Preaker van de *Daily Post* uit Chicago.'

'Chicago? Waarom bent u hier uit Chicago naartoe gekomen?'

'Ik wil u graag spreken over de meisjes, Natalie Keene en het meisje dat vorig jaar is vermoord.'

'Godallemachtig. Hoe hebt u dat daar te horen gekregen? Jezus christus.'

Hij keek van de receptioniste naar mij, alsof we onder één hoedje speelden, en wenkte me toen. 'Ik wil geen telefoontjes, Ruth.'

De receptioniste sloeg haar ogen ten hemel.

Bill Vickery ging me voor door een gang met schrootjeswanden die behangen waren met goedkoop ingelijste foto's van forellen en paarden, naar zijn kantoor, dat geen ramen had en eigenlijk een piepklein vierkant hok met metalen archiefkasten was. Hij ging zitten en stak een sigaret op zonder mij er een aan te bieden.

'Ik wil niet dat dit uitlekt, dame. Ik ben niet van plan dit aan de grote klok te hangen.'

'Ik ben bang dat u niet veel keus hebt, commissaris. Iemand heeft het op kinderen gemunt. Dat moeten de mensen weten.' Die zinnen had ik tijdens de rit naar het bureau gerepeteerd. Zo gaf ik het noodlot de schuld.

'Wat kan het u schelen? Het zijn niet uw kinderen, het zijn kinderen uit Wind Gap.' Hij stond op, ging weer zitten en schoof wat met papieren. 'Ik denk dat ik met een gerust hart kan zeggen dat Chicago zich nog nooit iets van de kinderen in Wind Gap heeft aangetrokken.' Bij het laatste woord sloeg zijn stem over. Hij nam een trek van zijn sigaret, draaide aan een grote gouden pinkring en knipperde een paar keer snel met zijn ogen. Ik vroeg me af of hij moest huilen.

'U hebt gelijk. Vast niet. Hoor eens, ik wil jullie niet uitbuiten. Dit is belangrijk. Helpt het als ik u vertel dat ik zelf uit Wind Gap kom?' *Zie je wel, Curry? Ik doe mijn best.*

Hij keek me weer aan. Nam mijn gezicht op.

'Hoe heet u?'

'Camille Preaker.'

'Waarom ken ik u niet?'

'Ik heb me nooit in de nesten gewerkt, commissaris.' Ik glimlachte flauwtjes.

'Heten uw ouders Preaker?'

'Mijn moeder heette Preaker, maar een jaar of vijfentwintig geleden is ze hertrouwd. Adora en Alan Crellin.'

'O, die ken ik wel.' Die kende iedereen. Geld was niet gangbaar in Wind Gap, niet zo veel geld. 'Toch wil ik u hier niet hebben, mevrouw Preaker. Als u dat artikel schrijft, worden we alleen maar beroemd vanwege… dit.'

'Misschien zou een beetje publiciteit helpen,' opperde ik. 'Het heeft bij andere zaken ook geholpen.'

Vickery keek zwijgend naar zijn lunch, die in een verfrommelde papieren zak op een hoek van zijn bureau lag. Boterhamworst, zo te ruiken. Hij prevelde iets over een beroemde kindermoord en vloekte.

'Nee, dank u, mevrouw Preaker. En geen commentaar. Ik heb niets te melden over lopende onderzoeken. Dat mag u citeren.'

'Luister eens, ik heb het recht hier te zijn. Laten we het elkaar makkelijk maken. U geeft mij informatie. Wat dan ook. Ik blijf een tijdje bij u uit de buurt. Ik wil uw werk niet moeilijker maken dan het is, maar ik moet mijn eigen werk doen.' Nog een ruilmiddel dat ik ergens ter hoogte van St. Louis had bedacht.

Ik kwam het politiebureau uit met een kopie van een plattegrond van Wind Gap waarop commissaris Vickery met een kruisje had aangegeven waar het lichaam van het vermoorde meisje vorig jaar was gevonden.

Ann Nash, negen jaar oud, was op 27 augustus gevonden in Falls Creek, een woelige, rumoerige rivier die dwars door de North Woods liep. Een zoekploeg had het bos uitgekamd sinds de avond van de zesentwintigste, toen ze werd vermist, maar uiteindelijk was ze 's ochtends kort na vijf uur gevonden door jagers. Ze was rond middernacht gewurgd met een gewone waslijn die twee keer om haar nek was gewikkeld en toen in de rivier gegooid, die laag stond door de lange zomerdroogte. De waslijn was achter een grote steen blijven haken en ze had de hele nacht in de lome stroming gedreven. Ze was niet opgebaard. Meer wilde Vickery me niet vertellen, en het kostte een uur vragen stellen om dit uit hem los te krijgen.

Ik belde vanuit de telefooncel in de bibliotheek het nummer op de poster voor het vermiste meisje. Een vrouw op leeftijd nam op en zei dat ik met de Natalie Keene Hotline sprak, maar ik hoorde op de achtergrond een afwasmachine draaien. De vrouw vertelde me dat er voor zover zij wist nog steeds in de North Woods werd gezocht. Wie wilde helpen, moest zich bij de toegangsweg melden en zelf voor water zorgen. Er werd een recordhitte verwacht.

Bij de toegangsweg zaten vier blonde meisjes stijfjes op een plaid in de zon. Ze wezen naar een van de paden en zeiden dat ik het moest volgen om de groep te vinden.

'Wat kom jij hier doen?' vroeg het knapste meisje. Haar blozende gezicht was nog zo rond als dat van een kind en ze had strikken in haar haar, maar haar borsten, die ze trots naar voren stak, waren die van een volwassen vrouw. Een volwassen vrouw die geluk had. Ze glimlachte alsof ze me kende, wat niet kon, aangezien ze de laatste keer dat ik in Wind Gap was nog een kleuter geweest moest zijn. Toch kwam ze me bekend voor. Misschien een dochter van een van mijn oude schoolvriendinnen. De leeftijd kon kloppen als een van hen meteen na de middelbare school zwanger was geraakt. Niet onwaarschijnlijk.

'Ik kom gewoon helpen,' zei ik.

'Ja, vast,' zei ze spottend, en ze maakte zich van me af door al haar aandacht op een teennagel te richten waar ze de lak vanaf pulkte.

Ik liep over het knerpende, hete grind het bos in, waar het nog warmer leek. De lucht was zo vochtig als in het oerwoud. Guldenroede en wilde sumakstruiken streken langs mijn enkels en overal zweefden witte populierpluizen, die mijn mond in glipten en aan mijn armen plakten. Toen ik nog klein was, hadden we ze feeënjurken genoemd, schoot me opeens te binnen.

In de verte riepen mensen Natalie. De drie lettergrepen rezen en daalden als een liedje. Na nog eens tien minuten moeizaam lopen zag ik hen: een stuk of vijftig mensen die in lange rijen liepen en het struikgewas voor hen met stokken aftastten.

'Hallo! Nog nieuws?' riep degene het dichtst bij me, een man met een bierpens. Ik week van het pad af en liep tussen de bomen door naar hem toe.

'Kan ik iets doen?' Ik was er nog niet aan toe om mijn aantekenboekje te trekken.

'Je kunt hier naast me komen lopen,' zei hij. 'We kunnen altijd meer mensen gebruiken. Dan hoeven we minder terrein te bestrijken.' We liepen een paar minuten zwijgend door. Mijn partner bleef zo nu en dan staan om met een vochtige, pijnlijke rochel zijn keel te schrapen.

'Soms denk ik dat we het bos gewoon plat zouden moeten branden,' zei hij opeens. 'Er lijkt nooit iets goeds te gebeuren. Ben je een vriendin van de Keenes?'

'Ik ben eigenlijk verslaggever. Bij de *Chicago Daily Post*.'

'Goh… krijg nou wat. Schrijf je hierover?'

Een kreet snerpte tussen de bomen door, het gillen van een meisje: 'Natalie!' Met het zweet in mijn handen rende ik op het geluid af. Ik zag mensen op me afkomen. Een tienermeisje met witblond haar wrong zich langs ons het pad op. Haar gezicht was rood en vertrokken. Ze strompelde als een uitzinnige dronkaard en schreeuwde Natalies naam. Een oudere man, haar vader misschien, haalde haar in, sloeg zijn armen om haar heen en loodste haar het bos uit.

'Hebben ze haar gevonden?' riep mijn nieuwe vriend.

Iedereen schudde van nee. 'Ze kreeg het gewoon op haar heupen, denk ik,' riep iemand terug. 'Het is haar te veel geworden. Er zouden hier ook helemaal geen meisjes moeten zijn, niet zoals de zaken er nu voor staan.' De man keek me doordringend aan, zette zijn honkbalpetje af om het zweet van zijn voorhoofd te vegen en begon weer in het hoge gras te porren.

'Triest werk,' zei mijn partner. 'Een trieste tijd.' We kwamen langzaam vooruit. Ik schopte een roestig bierblikje uit de weg. Nog een. Een vogel vloog op ooghoogte voorbij en schoot toen steil omhoog de boomtoppen in. Een sprinkhaan landde uit het niets op mijn pols. Griezelige kunstjes.

'Zou ik je mogen vragen wat jouw ideeën over dit alles zijn?' Ik pakte mijn aantekenboekje en zwaaide ermee.

'Ik geloof niet dat ik je veel kan vertellen.'

'Gewoon wat je denkt. Twee meisjes in een klein stadje…'

'Nou, niemand weet toch of er een verband is? Tenzij jij meer weet dan ik. We gaan ervan uit dat we Natalie springlevend terugvinden. Ze is nog geen twee dagen weg.'

'Zijn er theorieën over Ann?' vroeg ik.

'Dat moet een gek geweest zijn, een gestoorde. Iemand rijdt door de stad, is vergeten zijn pillen in te nemen, hoort stemmen. Zoiets.'

'Waarom denk je dat?'

Hij bleef staan, haalde een pakje pruimtabak uit zijn achterzak, stopte een grote pluk in zijn wang en schoof die heen en weer in zijn mond om de nicotine door te laten. Mijn mondslijmvlies tintelde mee.

'Waarom zou je anders de tanden en kiezen van een dood meisje trekken?'

'Waren haar tanden getrokken?'

'Allemaal, op een stukje melkkies na.'

Na nog een uur vergeefs zoeken en weinig informatie nam ik afscheid van mijn partner, Ronald Kamens ('wil je mijn tweede voorletter erbij zetten, J?') en liep naar de plek waar Anns lichaam was gevonden. Pas na een kwartier hoorde ik Natalies naam niet meer roepen. Nog eens tien minuten later hoorde ik Falls Creek, de heldere roep van water.

Het zou niet meevallen om een kind door dit bos te zeulen. De paden werden verstikt door takken en bladeren en er staken wortels uit de grond. Als Ann echt een meisje van Wind Gap was, een stadje dat opperste vrouwelijkheid vergt van het zwakke geslacht, had ze haar haar lang en los op haar rug gedragen. Het zou in de struiken verstrikt zijn geraakt. Ik bleef maar spinnenwebben voor glanzende slierten haar aanzien.

Op de plek waar het lichaam was gevonden, was het gras nog plat van het afkammen op aanwijzingen. Er lagen wat recente sigarettenpeuken van gemakzuchtige ramptoeristen. Verveelde jongeren die elkaar bang maakten met verhalen over een gek die een spoor van bloedige tanden naliet.

In de rivier had een rij stenen gelegen waarachter de waslijn om Anns nek was blijven haken, zodat ze een halve nacht als een gedoemde vastgebonden in de stroom had gedreven. Nu vloeide er alleen nog water ongehinderd over zand. Ronald J. Kamens had het me trots verteld: de mensen uit het stadje hadden de stenen losgewrikt, achter in een pick-up geladen en vlak buiten de stad verbrijzeld. Het was een ontroerend blijk van geloof, alsof die vernietiging toekomstig kwaad kon afweren. Het leek niet te werken.

Ik ging aan de rand van de rivier zitten en streek met mijn handen over de rotsachtige aarde. Ik raapte een gladde, gloeiende steen op en drukte hem tegen mijn wang. Ik vroeg me af of Ann hier bij haar leven ooit was geweest. Misschien had de nieuwe generatie kinderen van Wind Gap een interessantere manier gevonden om de zomer door te komen. Toen ik jong was, zwommen we op een plek iets stroomafwaarts waar grote rotsplateaus ondiepe poelen vormden. We sprongen weg voor de rivierkreeften die om onze voeten scharrelden en gilden als we er eentje aanraakten. Niemand droeg zwemkleding, zo ver konden we niet vooruitdenken. Je reed gewoon in je doorweekte korte broek en haltertopje naar huis, met je hoofd schuddend als een natte hond.

Soms kwamen er oudere jongens met geweren en gejat bier langs die op jacht waren naar vliegende eekhoorns of hazen. Ze hadden bloederige hompen vlees aan hun riem hangen. Die brutale, aangeschoten, naar zweet stinkende jongens die ons op een agressieve manier negeerden hadden me altijd geboeid. Ik weet nu dat er verschillende soorten jagers zijn. De beschaafde jager met visioenen van Teddy Roosevelt en groot wild, die na een dag op het veld een droge gin-tonic drinkt, is niet de jager uit mijn jeugd. De jongens die ik kende, die jong begonnen, waren bloeddorstig. Ze joegen op die fatale stuiptrekking van een aangeschoten dier dat het ene moment zo soepel als water vluchtte en het volgende door hun kogel op zijn zij viel.

Toen ik nog in de onderbouw zat, ik zal een jaar of twaalf zijn geweest, belandde ik bij toeval in de jachtschuur van een jongen uit de buurt, een houten keet waar de dieren werden gevild en aan repen gesneden. Stroken nat, roze vlees hingen aan haken te drogen. De aarden vloer was roestbruin van het bloed. De wanden waren bedekt met foto's van naakte vrouwen. Sommige meisjes spreidden zichzelf wijd open, andere werden vastgepind en gepenetreerd. Een vrouw was vastgebonden. Met glazige ogen en uitgerekte, dooraderde borsten, als druiven, werd ze van achteren door een man genomen. Ik rook het allemaal in de benauwende, bloederige lucht.

Dat was het soort jagers dat ik kende.

2

Happy hour. Ik staakte mijn zoektocht en maakte een tussen-stop bij Footh's, de bruine kroeg van de stad, voordat ik naar Grove Street 1665 ging, het adres van Betsy en Robert Nash, de ouders van Ashleigh van twaalf, Tiffanie van elf, de overleden Ann, voor altijd negen, en de zesjarige Bobby junior.

Drie meisjes voordat ze uiteindelijk hun jongetje kregen. Ter-wijl ik van mijn whisky nipte en pinda's pelde, dacht ik aan de toenemende wanhoop van de Nashes telkens als er weer een kind zonder penis uit floepte. Eerst kwam Ashleigh; weliswaar geen jongetje, maar lief en gezond. Ze hadden er toch altijd twee ge-wild. Ashleigh kreeg een bijzondere naam met een buitenissige spelling en een kast vol prinsessenjurken. Ze duimden en pro-beerden het nog eens, maar toch werd het Tiffanie. Nu werden ze nerveus, en ze kwamen minder triomfantelijk thuis. Toen me-vrouw Nash weer zwanger werd, kocht haar man een piepklein honkbalhandschoentje om de bobbel in haar buik een zetje in de goede richting te geven. Stel je de gerechtvaardigde verbijstering voor toen Ann zich aandiende. Voor straf kreeg ze zomaar een naam uit de familie, niet eens met een extra e aan het eind om hem wat op te sieren.

Goddank kwam Bobby toen. Drie jaar na de teleurstellende Ann kreeg Bobby (was hij een ongelukje of een laatste gedreven poging?) de naam van zijn vader, hij werd aanbeden en de meisjes beseften opeens hoe overbodig ze waren. Vooral Ann. Wie zit er op een derde dochter te wachten? Nu kreeg ze eindelijk aandacht.

Ik sloeg mijn tweede whisky soepel achterover, ontspande mijn verkrampte schouders, klopte even snel op mijn wangen en stapte in mijn grote blauwe Buick. Ik had nog wel een derde whisky gelust. Ik ben niet zo'n journalist die ervan geniet om andermans privéleven te ontleden. Dat is waarschijnlijk de reden waarom ik een tweederangs journalist ben. Een van de redenen, in elk geval.

Ik wist de weg naar Grove Street nog. Het was twee straten achter mijn middelbare school, die door alle kinderen binnen een straal van honderd kilometer gebruikt werd. Millard Calhoon Highschool was gesticht in 1930, Wind Gaps laatste oprisping voordat het in de Depressie verzonk. De school was vernoemd naar de eerste burgemeester van Wind Gap, een held uit de Burgeroorlog. Een held van de verliezers van de Burgeroorlog, maar dat deed er niet toe, hij was toch een held. Calhoon vocht in het laatste jaar van de Burgeroorlog tegen een heel eskader Yankees om Helena in Arkansas en redde dat kleine stadje aan de Mississippi eigenhandig (dat wordt althans gesuggereerd op de plaquette bij de ingang van de school). Hij flitste over boerenerven, zoefde tussen vervallen landhuizen door en schoof beleefd de kirrende dames opzij opdat de Yanks hun niets konden doen. Als je nu naar Helena gaat en vraagt of je Calhoon House mag zien, een fraai staaltje Griekse imitatie, kun je de kogels van de noorderlingen nog in de planken zien zitten. De zuidelijke kogels van Calhoon werden begraven met de mannen die ze doodden, neem je maar aan.

Calhoon zelf stierf in 1929, vlak voor zijn honderdste verjaardag. Hij zat in een prieel, dat nu weg is, in het stadsplantsoen, dat nu geasfalteerd is, waar hij werd gefêteerd door een grote brassband, toen hij zich plotseling naar zijn tweeënvijftigjarige echtgenote overboog en zei: 'Het is allemaal veel te druk.' Toen kreeg hij een zware hartaanval en zakte voorover in zijn stoel, waarbij hij zijn mooie Burgeroorlogtenue besmeurde met taartjes die speciaal voor hem versierd waren met de vlag van de Confederatie.

Ik heb een zwak voor Calhoon. Soms is het echt allemaal veel te druk.

Het huis van het gezin Nash was zo ongeveer als ik verwachtte, een onpersoonlijk prefab-bouwsel uit het eind van de jaren zeventig, zoals alle huizen aan de westkant van de stad. Zo'n simpel vrijstaand huis met de garage als spil. Toen ik aan kwam rijden, zag ik een groezelig blond jochie op de inrit in een loopauto zitten die hem een paar maten te klein was. Grommend van inspanning probeerde hij het plastic geval in beweging te krijgen, maar de wielen draaiden gewoon op hun plaats onder zijn gewicht.

'Zal ik je even duwen?' vroeg ik toen ik uitstapte. Ik ben door de bank genomen niet goed in de omgang met kinderen, maar ik dacht dat een poging geen kwaad kon. Hij keek me even zwijgend aan en stopte een vinger in zijn mond. Zijn hemdje kroop op en zijn bolle buik begroette me. Bobby junior zag eruit alsof hij stom was en werd gekoeioneerd. Een zoon voor de Nashes, maar een teleurstellende zoon.

Ik liep naar hem toe. Hij sprong uit de auto, die nog een paar passen aan hem bleef hangen, zo klem zat hij, en toen opzij kletterde.

'Pappie!' Hij rende loeiend naar het huis, alsof ik hem had geknepen.

Tegen de tijd dat ik de voordeur bereikte, was er een man opgedoken. Mijn ogen richtten zich op de miniatuurfontein die achter hem in de gang borrelde. Die had drie schelpvormige etagères en werd bekroond door een standbeeld van een jongetje. Zelfs vanaf de andere kant van de hordeur rook het water muf.

'Wat kan ik voor u doen?'

'Bent u Robert Nash?'

Zijn gezicht werd opeens wantrouwig. Waarschijnlijk was het de eerste vraag die de politie hem had gesteld toen ze hem kwamen vertellen dat zijn dochter dood was.

'Ik ben Bob Nash, ja.'

'Het spijt me heel erg dat ik u thuis moet storen. Ik ben Camille Preaker. Ik kom uit Wind Gap.'

'Hm-hm.'

'Maar ik werk nu bij de *Daily Post* in Chicago. We verslaan het verhaal… We zijn hier vanwege Natalie Keene, en de moord op uw dochter.'

Ik zette me schrap voor geschreeuw, slaande deuren, verwensingen of een stomp, maar Bob Nash duwde zijn handen diep in zijn zakken en wipte van zijn tenen op zijn hakken.

'We kunnen wel in de slaapkamer praten.'

Hij hield de deur voor me open en ik baande me een weg door de rommel in de woonkamer, tussen wasmanden door die uitpuilden van de gekreukte lakens en piepkleine T-shirtjes, toen langs een wc met als pièce de milieu een toiletrol op de vloer, een gang in die geplamuurd was met verschoten foto's onder een groezelig laagje hoogglans: kleine blonde meisjes die zich vol aanbidding om een baby verdrongen, een jonge Nash met zijn arm stijfjes om zijn kersverse bruid heen, allebei met hun hand op het taartmes. Toen ik bij de slaapkamer aankwam (bij elkaar passende gordijnen en beddengoed, een keurige toilettafel) begreep ik waarom Nash die plek had uitgekozen voor ons gesprek. Het was het enige deel van het huis waar het nog een beetje beschaafd was, als een buitenpost aan de rand van een hopeloze rimboe.

Nash ging aan de ene kant van het bed zitten, ik aan de andere. Er waren geen stoelen. We hadden acteurs in een amateurpornofilm kunnen zijn, alleen hadden we allebei een glas kersenlimonade dat Nash voor ons had gehaald. Hij was een goedverzorgde man: een getrimde snor, een wijkende haargrens, blond haar dat met gel op zijn plaats werd gehouden en een schreeuwerig groen poloshirt dat hij in zijn spijkerbroek had gestopt. Ik nam aan dat hij degene was die de orde in dit vertrek handhaafde; het had de onopgesmukte netheid van een vrijgezel die zijn uiterste best doet.

Hij had geen voorspel nodig voor het interview, waar ik dankbaar voor was. Het is zoiets als je afspraakje paaien terwijl je allebei al weet dat je het gaat doen.

'Ann had de hele zomer gefietst,' begon hij zonder enige aansporing. 'De hele zomer, telkens om het blok heen. Mijn vrouw en ik wilden niet dat ze verder van huis ging. Ze was pas negen. We zijn heel beschermende ouders. Maar aan het eind van de vakantie, vlak voor ze weer naar school moest, zei mijn vrouw vooruit maar. Ann zeurde, dus mijn vrouw zei vooruit maar, Ann mocht op de fiets naar haar vriendin Emily. Ze is er nooit aangekomen. We merkten het pas om acht uur 's avonds.'

'Hoe laat was ze van huis gegaan?'

'Om een uur of zeven. Dus ergens onderweg, in die paar honderd meter, hebben ze haar te pakken gekregen. Mijn vrouw zal het zichzelf nooit vergeven. Nooit.'

'Hoe bedoelt u, zé hebben haar te pakken gekregen?'

'Ze, hij, weet ik veel. Die klootzak. Die gestoorde kindermoordenaar. Terwijl mijn gezin en ik slapen, terwijl jij rondrijdt en artikelen schrijft, loert er iemand op kleine kinderen om ze te vermoorden. Want jij weet net zo goed als ik dat dat meisje van Keene niet gewoon verdwaald is.'

Hij dronk zijn limonadeglas in één teug leeg en veegde zijn mond af. Hij gaf me goede citaten, al waren ze iets te gepolijst. Het komt vaker voor, en er is altijd een rechtstreeks verband met het aantal uren dat mijn onderwerp voor de tv doorbrengt. Nog niet zo lang geleden interviewde ik een vrouw met een dochter van tweeëntwintig die net door haar vriendje was vermoord, en ze citeerde woordelijk uit een juridische serie die ik de vorige avond toevallig had gezien: *Ik zou wel willen zeggen dat ik medelijden met hem heb, maar ik ben bang dat ik nooit meer medelijden zal kunnen opbrengen.*

'Meneer Nash, u kent dus niemand die u of uw gezin zou willen treffen door Ann kwaad te doen?'

'Mevrouw, ik verkoop stoelen voor de kost, ergonomisch verantwoorde stoelen, telefónisch. Ik werk vanuit een kantoor in Cape Girardeau, met twee andere kerels. Ik zie nooit iemand. Mijn vrouw werkt in deeltijd op de administratie van de basisschool. Er komt geen drama aan te pas. Iemand besloot gewoon ons dochtertje te vermoorden.' Hij zei de laatste woorden met moeite, alsof hij voor het idee was gezwicht.

Bob Nash liep naar de glazen schuifdeur in de zijmuur van de slaapkamer, die uitkwam op een terrasje. Hij schoof de deur open, maar bleef binnen. 'Het kan een homo geweest zijn,' zei hij. Die woordkeus was in deze contreien een eufemisme.

'Waarom zegt u dat?'

'Hij heeft haar niet verkracht. Iedereen zegt dat dat ongebruikelijk is bij een dergelijke moord. Ik zeg dat het onze enige zegen is. Ik heb liever dat ze wordt vermoord dan dat ze wordt verkracht.'

'Waren er helemaal geen sporen van misbruik?' prevelde ik zacht en hopelijk meelevend.

'Nee. En ook geen blauwe plekken, geen snijwonden, geen sporen van wat voor… marteling dan ook. Hij heeft haar gewoon gewurgd. En haar tanden en kiezen getrokken. En wat ik daarnet zei, dat ze beter vermoord kon worden dan verkracht, dat meende ik niet. Dat was een stomme opmerking. Maar u begrijpt me wel.'

Ik zei niets, liet mijn dictafoon snorrend mijn ademhaling opnemen, de tinkelende ijsblokjes in Nash' glas, de doffe bonzen van een potje volleybal in het laatste daglicht bij de buren.

'Pappie?' Een knap blond meisje met een paardenstaart tot aan haar middel gluurde door de kier in de deur.

'Nu niet, lieverd.'

'Ik heb honger.'

'Maak maar iets,' zei Nash. 'Er liggen wafels in de vriezer. Zorg dat Bobby ook iets eet.'

Het meisje treuzelde nog even, met haar blik op de vloerbedekking gericht, en sloot de deur toen zacht. Ik vroeg me af waar de moeder was.

'Was u thuis toen Ann die laatste keer van huis ging?'

Hij hield zijn hoofd schuin en zoog zijn wangen naar binnen. 'Nee. Ik was van Girardeau op weg naar huis. Het is een uur rijden. Ik heb mijn dochter niets gedaan.'

'Dat bedoelde ik niet,' loog ik. 'Ik vroeg me alleen af of u haar die avond nog had gezien.'

'Die ochtend,' zei hij. 'Ik weet niet of we hebben gepraat of niet. Waarschijnlijk niet. Vier kinderen aan het ontbijt kan een beetje veel zijn, snapt u?'

Nash liet de ijsblokjes, die inmiddels waren samengesmolten, in zijn glas rondgaan. Hij haalde zijn vingers onder zijn borstelsnor door. 'Niemand heeft tot nog toe iets voor ons kunnen doen,' zei hij. 'Vickery kan het niet aan. Ze hebben een wijsneus uit Kansas City op de zaak gezet, een rechercheur. Een broekie, en ook nog zelfingenomen. Hij telt de dagen af tot hij hier weg kan. Wilt u een foto van Ann zien?' Ik hoorde zijn accent. Ik klink net zo als ik niet oppas. Hij haalde een schoolfoto van een meisje met een brede, scheve glimlach en rafelig op kaaklengte afgeknipt lichtbruin haar uit zijn portefeuille.

'Mijn vrouw wilde Ann de nacht voor de schoolfoto met krulspelden laten slapen, maar in plaats daarvan knipte Ann haar haar eraf. Het was een eigenzinnig kind. Een wildebras. Eigenlijk verbaast het me dat ze haar hebben gepakt. Ashleigh was altijd de knapste van het stel, ziet u. Degene die bekijks kreeg.' Hij keek nog even naar de foto. 'Ann moet zich met hand en tand hebben verzet.'

Voordat ik wegging, gaf Nash me het adres van het vriendinnetje naar wie Ann toe zou gaan op de avond dat ze werd vermoord. Ik reed er langzaam door de kaarsrechte straten naartoe. De westkant was het nieuwste gedeelte van de stad. Dat kon je zien aan het gras, dat hier groener was doordat het nog maar dertig zomers geleden was uitgerold. Het was anders dan het donkere, harde, stekelige spul dat voor het huis van mijn moeder groeide. Op dat gras kon je beter fluiten. Je maakte een spleet in een spriet, en als je daardoor blies, kreeg je een piepend geluid en uiteindelijk begonnen je lippen te kriebelen.

Ann Nash had in vijf minuten naar haar vriendin kunnen fietsen. Laten we er nog tien bij doen voor het geval ze een omweg wilde maken, de benen strekken nu ze voor het eerst die zomer de kans kreeg om echt te fietsen. Negen is te oud om nog telkens hetzelfde blokje om te rijden. Waar was haar fiets gebleven?

Ik reed langzaam langs het huis van Emily Stone. De avond kleurde blauw en ik zag een meisje langs een verlicht raam rennen. Ik durf te wedden dat Emily's ouders tegen hun vrienden dingen zeiden als: 'We knuffelen haar nu elke avond iets steviger.'

Ik durf te wedden dat Emily zich afvroeg waar Ann naartoe was gebracht om te sterven.

Ik vroeg het me in elk geval wel af. Een gebit van achtentwintig elementen trekken is een heel karwei, hoe klein de tanden en kiezen ook zijn en hoe levenloos het slachtoffer ook is. Je zou het op een speciale plek moeten doen, ergens waar je veilig zit, zodat je tussendoor telkens even op adem kunt komen.

Ik keek naar de foto van Ann, de randen omgekruld alsof ze haar wilden beschermen. Het opstandig afgeknipte haar en die grijns deden me aan Natalie denken. Ik vond dit ook een leuke meid. Ik stopte de foto weg in het dashboardkastje. Toen stroopte ik mijn mouw op en schreef haar volledige naam, Ann Marie Nash, in knalblauwe balpenletters aan de binnenkant van mijn arm.

Ik reed niet iemands oprit op om te keren, wat eigenlijk moest, omdat ik dacht dat de mensen hier al schrikachtig genoeg zouden zijn zonder dat er onbekende auto's rondreden. Ik sloeg aan het eind van de straat links af en nam de lange weg naar het huis van mijn moeder. Ik vroeg me af of ik haar eerst zou bellen, maar besloot op drie straten van haar huis het niet te doen. Het was te laat om nog te bellen, te veel misleidende hoffelijkheid. Als je de staatsgrens al over bent, bel je niet meer om te vragen of je langs mag wippen.

Mijn moeders kolossale huis staat in de uiterste zuidpunt van Wind Gap, in de rijke buurt, als je drie huizenblokken een buurt kunt noemen. Ze woont (ik vroeger ook) in een rijkelijk versierd victoriaans huis compleet met een uitkijktorentje, een veranda rondom, een terras aan de achterkant en een koepel met een spits op het dak. Het huis zit vol hoeken, nissen en bochtige gangen. De victorianen, en zeker die in het Zuiden, hadden veel ruimte nodig om elkaar te ontlopen, om tuberculose en influenza te ontwijken, om inhalige wellust te vermijden en zich af te schermen voor kleffe emoties. Extra ruimte is altijd goed.

Het huis staat op de top van een bijzonder steile heuvel. Je kunt in de eerste versnelling over de oude, gebarsten oprijlaan naar boven rijden, waar overdekte parkeerplaatsen zijn. Je kunt je auto ook onder aan de heuvel laten staan en de drieënzestig treden naar boven beklimmen met je hand op de leuning links, die zo dun is als een sigaar. Als kind nam ik altijd de trap naar boven en de oprijlaan naar beneden. Ik dacht dat de leuning van de trap naar boven links zat omdat ik linkshandig was en iemand me een plezier wilde doen. Een vreemd idee dat ik me ooit te buiten ging aan dergelijke aanmatigende veronderstellingen.

Ik parkeerde onder aan de heuvel om minder opdringerig over te komen. Tegen de tijd dat ik boven kwam, was ik nat van het zweet. Ik tilde mijn haar op, wapperde met mijn hand in mijn nek en trok mijn blouse een paar keer snel van mijn lijf. Ordinaire zweetplekken in de oksels van mijn Franse blauwe blouse. Ik rook *bedorven*, zou mijn moeder zeggen.

Ik drukte op de bel, die een katachtig gekrijs had voortgebracht toen ik heel jong was, maar nu ingehouden en kort klonk, zoals het *ping!* dat je op grammofoonplaten voor kinderen hoort als het tijd is om de bladzijde van het bijbehorende boek om te slaan. Het was kwart over negen, een tijdstip waarop ze al net naar bed zouden kunnen zijn gegaan.

'Wie is daar?' klonk mijn moeders hoge stem achter de deur.

'Dag, mama. Ik ben het, Camille.' Ik probeerde mijn stem neutraal te houden.

'Camille.' Ze deed de deur open en bleef in de opening staan. Ze leek niet verbaasd en deed helemaal geen poging om me te omhelzen, zelfs niet op de slappe manier die ik had verwacht. 'Is er iets?'

'Nee, mama, welnee. Ik ben hier voor mijn werk.'

'Je werk. Je werk? Hemel, sorry, lieverd, kom binnen, kom toch binnen. Ik ben bang dat het een rommeltje is in huis, we verwachtten geen bezoek.'

Het huis was in perfecte staat, tot en met de tientallen tulpen in vazen in de hal. Er hing zo veel stuifmeel in de lucht dat mijn ogen ervan traanden. Mijn moeder vroeg natuurlijk niet wat ik hier in vredesnaam voor mijn werk kwam doen. Ze stelde zelden vragen die een antwoord vereisten. Of ze had overdreven veel respect voor andermans privacy, óf ze was gewoon niet zo geïnteresseerd. Raad zelf maar wat ik het waarschijnlijkst vind.

'Wil je iets drinken, Camille? Alan en ik zaten net aan de amaretto-sour.' Ze wees naar het glas in haar hand. 'Ik heb er een beetje limoen in gedaan om het zoet aan te scherpen, maar ik heb ook mangosap, wijn, ijsthee en ijswater. Of spuitwater. Waar logeer je?'

'Grappig dat je het vraagt. Ik hoopte dat ik hier kon logeren. Een paar dagen maar.'

Terwijl ze snel nadacht, tikte ze met haar lange, doorschijnend roze gelakte nagels tegen haar glas. 'Ja, dat kan vast wel. Had maar gebeld, dan had ik het geweten. Dan had ik je een maaltijd kunnen aanbieden of zoiets. Ga je mee naar Alan? We zitten op het terras.'

Ze liep de gang in – die aan alle kanten toegang gaf tot lichtend witte salons, woonkamers en leeskamers – en ik nam haar aandachtig op. We hadden elkaar bijna een jaar niet gezien. Mijn haar had een andere kleur (eerst rood, nu bruin), maar ze leek het niet te zien. Zij zag er nog precies hetzelfde uit, niet veel ouder dan ik nu ben, al was ze achter in de veertig. Een stralende, lichte huid, lang blond haar en lichtblauwe ogen. Ze was als een lievelingspop, zo eentje waar je niet mee speelt. Ze droeg een lange, roze katoenen jurk en witte muiltjes. Ze liet haar amaretto-sour in het glas walsen zonder ook maar een druppel te morsen.

'Alan, Camille is er.' Ze verdween in de achterkeuken (de kleinste van de twee) en ik hoorde haar ijs uit een metalen vorm slaan.

'Wie?'

Ik keek om de hoek van de deur en gunde hem een glimlach. 'Camille. Sorry dat ik jullie zo overval.'

Je zou denken dat zo'n plaatje als mijn moeder in de wieg was gelegd voor een grote ex-footballster. Een potige reus met een snor had perfect bij haar gepast, maar Alan was zo mogelijk nog dunner dan mijn moeder en zijn jukbeenderen staken zo hoog en scherp uit zijn gezicht dat zijn ogen bijna amandelvormige spleetjes werden. Als ik hem zag, wilde ik hem aan een infuus leggen. Hij kleedde zich altijd te chic voor de gelegenheid, zelfs voor een avondje borrelen met mijn moeder. Zijn spillebenen staken uit een witte safarishort en hij droeg een lichtblauwe trui over een gesteven wit overhemd. Hij zweette totaal niet. Alan is het tegenovergestelde van klam.

'Camille. Wat een genoegen. Echt een genoegen,' zei hij met zijn monotone neuzelstem. 'Helemaal naar Wind Gap gekomen. Ik dacht dat alles ten zuiden van Illinois taboe voor je was.'

'Ik ben hier voor mijn werk, toevallig.'

'Werk.' Hij glimlachte. Dichter bij een vraag kwamen ze hier niet. Mijn moeder kwam weer tevoorschijn, nu met een lichtblauwe band in haar haar, een volwassen Cindypop. Ze stopte me een gekoeld glas met mousserende amaretto in de hand, klopte twee keer op mijn schouder en ging naast Alan zitten, zo ver mogelijk bij me vandaan.

'Die kleine meisjes, Ann Nash en Natalie Keene,' hielp ik hen op weg. 'Ik schrijf erover voor mijn krant.'

'O, Camille toch,' legde mijn moeder me met afgewende blik het zwijgen op. Als mijn moeder zich ergert, verraadt ze dat op een bijzondere manier: ze plukt aan haar wimpers. Soms laten ze los. Tijdens een paar uitgesproken moeilijke jaren in mijn kindertijd had ze helemaal geen wimpers meer en waren haar ogen continu kleverig roze, zo kwetsbaar als die van een proefkonijn. In de winter biggelden de tranen over haar wangen als ze naar buiten ging. Wat ze zelden deed.

'Het is mijn opdracht.'

'Mijn hemel, wat een opdracht,' zei ze. Haar vingers zweefden al bij haar ogen. Ze krabde vlak onder haar wimpers en legde haar hand in haar schoot. 'Hebben die ouders het niet al moeilijk genoeg zonder dat jij het hier allemaal komt opschrijven om het wereldkundig te maken? "Wind Gap vermoordt zijn kinderen!" Wil je dat de mensen dat gaan denken?'

'Er is een meisje vermoord en er wordt een meisje vermist. Het is mijn taak om dat wereldkundig te maken, ja.'

'Ik heb die kinderen gekend, Camille. Ik heb het er heel moeilijk mee, zoals je je vast wel kunt voorstellen. Meisjes vermoorden. Wie doet er nou zoiets?'

Ik nam een teug uit mijn glas. Suikerkorrels plakten aan mijn tong. Ik was nog niet aan een gesprek met mijn moeder toe. Mijn huid gonsde.

'Ik blijf niet lang. Echt niet.'

Alan sloeg de mouwen van zijn trui netter om en streek met zijn hand over de vouw in zijn short. Zijn bijdrage aan onze gesprekken nam meestal de vorm van aanpassingen aan: een kraagje dat werd ingestopt, een been dat over het andere werd geslagen.

'Ik verdraag zulke praatjes gewoon niet,' zei mijn moeder. 'Over kinderen die lijden. Vertel maar niet wat je doet, zeg maar niets over wat je weet. Ik doe net alsof je hier met vakantie bent.' Ze trok het rotan vlechtwerk van Alans stoel met haar vingertop na.

'Hoe is het met Amma?' vroeg ik om van onderwerp te veranderen.

'Amma?' Mijn moeder keek geschrokken op, alsof het haar

opeens te binnen schoot dat ze haar kind ergens was vergeten. 'Goed, ze is boven, in bed. Waarom vraag je dat?'

Ik hoorde aan het heen en weer geloop boven (van de speelkamer naar de naaikamer naar het raam op de overloop dat het beste uitzicht bood op het terras) dat Amma beslist niet in bed lag, maar ik nam het haar niet kwalijk dat ze me meed.

'Gewoon uit beleefdheid, mama. Daar doen we in het noorden ook aan, hoor.' Ik glimlachte om duidelijk te maken dat het een grapje was, maar ze boog haar gezicht over haar glas. Toen ze opkeek, was het blozend en gedecideerd.

'Je mag zo lang blijven als je wilt, Camille, heus,' zei ze, 'maar je moet lief zijn voor je zusje. Die meisjes waren haar schoolvriendinnen.'

'Ik kijk ernaar uit om haar beter te leren kennen,' mompelde ik. 'Ik vind het heel erg voor haar.' Ik kon geen weerstand bieden aan die laatste woorden, maar mijn moeder merkte de sarcastische draai die ik eraan gaf niet op.

'Ik geef je de slaapkamer naast de woonkamer. Je oude kamer. Die heeft een bad. Ik zal vers fruit en tandpasta voor je halen. En biefstuk. Lust je biefstuk?'

Vier uur onrustige slaap, alsof je met je oren half onder water in bad ligt. Drie keer per uur schoot ik overeind met een hart dat zo bonkte dat ik me afvroeg of ik daarvan wakker was geschrokken. Ik droomde dat ik aan het pakken was voor een reisje en zag dat ik allemaal verkeerde kleren had klaargelegd, dikke truien voor een zomervakantie. Ik droomde dat ik het verkeerde artikel voor Curry had opgeslagen voordat ik wegging: in plaats van het stukje over die ellendige Tammy Davis en haar vier opgesloten kinderen zou er een onbenullig artikel over huidverzorging in de krant komen.

Ik droomde dat mijn moeder een appel schilde, partjes op

dikke lappen vlees legde en me dat voerde, langzaam en lief, omdat ik op sterven lag.

Het was net vier uur geweest toen ik uiteindelijk het beddengoed van me af sloeg. Ik waste Anns naam van mijn arm, maar ergens tussen het aankleden, haar borstelen en lippenstift op doen moest ik die van Natalie Keene op de andere arm hebben geschreven. Ik besloot hem te laten zitten, als talisman. De zon kwam nog maar net op, maar de hendel van het autoportier was al heet. Mijn gezicht voelde verdoofd aan van het slaapgebrek en ik sperde mijn ogen en mond open, als een slechte actrice die schrikt in een film. De zoekploeg zou om zes uur het werk in het bos hervatten. Ik wilde Vickery een citaat ontfutselen voor de dag begon, dus leek het me slim om bij het politiebureau te posten.

Main Street leek uitgestorven, maar toen ik uit de auto stapte, zag ik verderop in de straat twee mensen een onbegrijpelijk toneelstuk opvoeren. Een vrouw op leeftijd zat midden op de stoep met haar benen wijd naar de zijkant van een gebouw te kijken. Een man boog zich over haar heen. De vrouw schudde woest met haar hoofd, als een kind dat niet wil eten. Haar benen lagen er zo vreemd bij dat ze wel pijn moest hebben. Was ze lelijk gevallen? Het kon ook een hartaanval zijn. Ik liep kordaat naar hen toe en hoorde hun hakkelige gemompel.

De man, die zilverwit haar en een verwoest gezicht had, keek met troebele ogen naar me op. 'Haal de politie,' zei hij. Zijn stem klonk verschrompeld. 'En laat een ziekenauto komen.'

'Wat is er?' vroeg ik. Toen zag ik het.

In de dertig centimeter brede opening tussen de gereedschapswinkel en de kapsalon zat een klein meisje met haar gezicht naar de stoep. Alsof ze gewoon op ons zat te wachten, met haar bruine ogen wijd open. Ik herkende de wilde krullen, maar de grijns was weg. Natalie Keenes ingevallen lippen omsloten haar tandvlees in een cirkeltje. Ze leek op een plastic babypop, zo eentje met een gat in de mond zodat je hem de fles kunt geven. Natalie had geen tanden meer.

Het bloed steeg me naar het hoofd en het zweet parelde opeens op mijn gezicht. Mijn armen en benen werden slap en ik was even bang dat ik van mijn stokje zou gaan. Ik zou vlak naast de vrouw neerkomen, die nu stilletjes zat te bidden. Ik deinsde achteruit, leunde tegen een auto en drukte mijn vingers in mijn hals alsof ik mijn hartslag zo tot bedaren kon brengen. Zinloze beelden flitsten voor mijn ogen: de smoezelige rubberen dop onder aan de wandelstok van de oude man, een roze moedervlek in de nek van de vrouw. De pleister op Natalie Keenes knie. Ik voelde haar naam heet onder mijn mouw gloeien.

Ik hoorde meer stemmen en toen rende commissaris Vickery met nog iemand naar ons toe.

'Godver,' gromde Vickery toen hij haar zag. 'Godverdomme. Jezus.' Hij legde zijn gezicht tegen de muur van de kapsalon en hijgde. De andere man, die ongeveer van mijn leeftijd was, bukte bij Natalie. Ze had een ring van paarse kneuzingen in haar nek en hij drukte zijn vingers er vlak boven op haar slagader. Het was een tactiek om tijd te rekken tot hij zich had vermand, want het kind was onmiskenbaar dood. Die wijsneus uit Kansas City, vermoedde ik, die zelfingenomen rechercheur.

Toch wist hij de vrouw behendig uit haar gebed naar een kalm verslag van de ontdekking te leiden. De twee waren man en vrouw en dreven samen de lunchroom waarvan ik de vorige dag de naam niet meer had geweten. Broussard. Op weg om de tent open te doen voor het ontbijt hadden ze haar gevonden. Ze waren er nog maar een minuut of vijf toen ik kwam.

Er kwam een geüniformeerde politieman aanlopen, die zijn handen voor zijn gezicht sloeg toen hij zag waarvoor hij was opgeroepen.

'Mensen, jullie moeten met die agent hier mee naar het bureau om een verklaring af te leggen,' zei Kansas City. 'Bill.' Zijn stem had een vaderlijke strengheid. Vickery zat roerloos bij het lichaam geknield. Zijn lippen bewogen alsof hij ook aan het bidden was. Pas toen zijn naam nog twee keer was herhaald, kwam hij bij zinnen.

'Ik heb je wel gehoord, Richard. Probeer eens heel even menselijk te zijn.' Bill Vickery sloeg zijn armen om mevrouw Broussard heen en praatte zacht tegen haar tot ze een klopje op zijn hand gaf.

Ik zat twee uur in een eigele kamer terwijl de agent mijn verklaring opnam. Ik dacht de hele tijd aan Natalie, die naar de snijzaal ging, en dat ik daar graag stiekem heen wilde om een schone pleister op haar knie te plakken.

3

Mijn moeder ging in het blauw naar de begrafenis. Zwart was hopeloos en elke andere kleur was ongepast. Ze was ook in het blauw naar Marians begrafenis gegaan, en Marian was zelf ook in het blauw geweest. Het verbaasde haar dat ik het niet meer wist. In mijn herinnering was Marian in een lichtroze jurk begraven. Het was geen verrassing. Mijn moeder en ik zijn het meestal oneens over alles wat betrekking heeft op mijn dode zusje.

Op de ochtend van de uitvaartdienst tikte Adora op haar hakken van kamer naar kamer. Hier spoot ze parfum, daar deed ze een oorbel in. Ik keek toe en brandde mijn tong aan de hete koffie die ik dronk.

'Ik ken ze niet zo goed,' zei ze. 'Ze waren erg op zichzelf. Maar ik vind dat de hele gemeenschap die mensen moet steunen. Natalie was zo'n schatje. Iedereen was ook zo lief voor mij toen...' Een spijtige blik naar beneden. Misschien wel oprecht.

Ik was nu vijf dagen in Wind Gap en Amma was nog steeds een ongeziene aanwezigheid. Mijn moeder zei niets over haar. Ik had ook nog steeds niet met de Keenes gesproken. Ze hadden me evenmin toestemming gegeven om de begrafenis bij te wonen, maar Curry was nog nooit zó op een verslag gebrand geweest als dit keer en ik wilde hem bewijzen dat ik dit aankon. Ik dacht dat de Keenes er nooit achter zouden komen. Geen mens leest onze krant.

Geprevelde begroetingen en geparfumeerde omhelzingen bij Onze Lieve Vrouwe van Smarten, een paar vrouwen die beleefd naar me knikten nadat ze over mijn moeder hadden gekoerd (wat dápper van Adora dat ze is gekomen) en waren opgeschoven om plaats voor haar te maken. Onze Lieve Vrouwe van Smarten is een glanzende katholieke kerk uit de jaren zeventig: bronsachtig goud en met edelstenen bezet als een kermisring. Wind Gap is een kleine katholieke enclave in een gebied waar de doopsgezinden sterk in opkomst zijn, want het is gesticht door een bende Ieren. Alle McMahons en Malones belandden tijdens de aardappelhongersnood in New York, waar ze op grote schaal werden uitgebuit, en trokken (als ze slim waren) verder naar het westen. De Fransen hadden de macht al in St. Louis, dus koersten ze naar het zuiden en stichtten hun eigen stadjes. Jaren later, tijdens de Reconstructie, werden ze daar zonder plichtplegingen uit verdreven. Missouri, altijd al een staat vol conflicten, probeerde zijn zuidelijke wortels los te laten en zich zonder slavernij als een fatsoenlijke staat te herscheppen, en de hinderlijke Ieren werden met de andere ongewenste gasten de grens over gezet. Ze lieten hun godsdienst achter.

Nog tien minuten voor de dienst begon, en er ontstond een rij bij de ingang van de kerk. Ik keek naar de volle banken binnen. Er klopte iets niet. Er was niet één kind in de kerk. Geen jongetjes in donkere broekjes die autootjes over de benen van hun moeder lieten rijden, geen meisjes met lappenpoppen in hun armen. Geen gezicht jonger dan vijftien. Ik wist niet of het een blijk van respect naar de ouders toe was of een door angst ingegeven afweer. De drang om te voorkomen dat de eigen kinderen als volgende prooi werden uitgekozen. Ik stelde me honderden zonen en dochters van Wind Gap voor die nu weggestopt in donkere kamers op hun hand zaten te kluiven, tv-keken en onopgemerkt bleven.

Nu ze niet op hun kinderen hoefden te letten, leken de kerkgangers statisch, bordkartonnen silhouetten die de plek van echte mensen innamen. Ik ontdekte Bob Nash achterin in een donker pak. Nog steeds zonder vrouw. Hij knikte naar me en trok toen een bedenkelijk gezicht.

De orgelpijpen steunden de gedempte klanken van 'De eersten zijn de laatsten' en Natalies familieleden, die tot dan toe als een enorm bezwijkend hart bij de deur hadden gehuild, omhelsd en gereddderd, stelden zich in een rij op, dicht bij elkaar. De glanzende witte kist hoefde maar door twee mensen gedragen te worden. Als er een derde bij kwam, zouden ze tegen elkaar aan lopen.

Natalies vader en moeder voerden de stoet aan. Zij was een halve kop groter dan hij, een grote, hartelijk ogende vrouw met donkerblond haar in een haarband. Ze had een open gezicht, zo een dat vreemden uitnodigt haar naar de weg of de tijd te vragen. Meneer Keene was klein en dun, met een rond kindergezicht dat nog ronder leek door de gouden fietswielen die zijn metalen brilmontuur om zijn ogen tekende. Na hen kwam een knappe jongen van een jaar of achttien met bruin haar die met zijn hoofd gebogen liep te snikken. Natalies broer, fluisterde een vrouw achter me.

De tranen die over het gezicht van mijn moeder rolden drupten luid op de leren tas die ze op haar schoot hield. De vrouw naast haar gaf een klopje op haar hand. Ik haalde steels mijn aantekenboekje uit mijn jaszak, draaide me opzij en maakte notities tot mijn moeder me een pets op mijn hand gaf en siste: 'Je toont geen respect en ik schaam me voor je. Hou daarmee op of ik stuur je weg.'

Ik hield op met schrijven, maar bleef met een pijnlijke opstandigheid het boekje vasthouden. Toch bloosde ik.

De stoet liep langs ons. De kist leek belachelijk klein. Ik stelde me voor hoe Natalie erin lag en zag weer haar benen voor me: donzig haar, knobbelknieën, de pleister. Het bezorgde me een harde pijnscheut, als een getypte punt aan het eind van een zin.

De priester prevelde de gebeden in zijn mooiste albe en wij stonden op, gingen zitten en stonden weer op terwijl er bidprentjes werden uitgedeeld. Op de voorkant richtte de maagd Maria de straal van haar knalrode hart op het kindje Jezus. Op de achterkant stond:

Natalie Jane Keene
Beminde dochter, zuster en vriendin
De hemel heeft er een engel bij

Bij de kist stond een grote foto van Natalie, een geposeerder exemplaar dan de foto die ik eerder had gezien. Het was een lief, pretentieloos klein ding met een puntige kin en een beetje bolle ogen, het soort meisje dat later op een vreemde manier aantrekkelijk zou kunnen worden. Ze had de mannen in verrukking kunnen brengen met verhalen over een lelijk eendje die nog waar waren ook. Misschien was ze een lief, pretentieloos klein ding gebleven. Het uiterlijk van een meisje van tien kan nog alle kanten op.

Natalies moeder liep met een vel papier tegen zich aan gedrukt naar het spreekgestoelte. Haar gezicht was nat, maar ze sprak met vaste stem.

'Dit is een brief aan Natalie, mijn enige dochter.' Ze ademde beverig in en toen stroomden de woorden uit haar mond. 'Natalie, je was mijn liefste meisje. Ik kan niet geloven dat je ons bent ontnomen. Nooit zal ik je meer in slaap zingen of met mijn vingers over je rug kriebelen. Nooit zal je broertje meer aan je vlechten trekken en nooit zal je vader je meer op zijn schoot nemen. Je vader zal je niet wegschenken aan je bruidegom. Je broer zal nooit oom worden. We zullen je missen aan de zondagse eettafel en tijdens onze zomervakanties. We zullen je lach missen. We zullen je tranen missen. En bovenal, lief dochtertje van me, zullen we jou missen. We houden van je, Natalie.'

Toen mevrouw Keene terugliep naar haar bank, haastte haar man zich naar haar toe, maar ze leek geen steun nodig te hebben. Zodra ze zat, nam ze de jongen weer in haar armen en hij huilde in haar hals. Meneer Keene keek kwaad met zijn ogen knipperend naar de kerkbanken achter zijn rug, alsof hij iemand wilde slaan.

'Het verlies van een kind is een verschrikkelijke tragedie,' declameerde de priester. 'Het is dubbel zo verschrikkelijk om haar aan zulke slechte daden te verliezen. Want ze zijn slecht. "Oog om oog, tand om tand," staat in de Bijbel, maar laten we niet op wraak zinnen. Laten we liever denken aan het eerste gebod: hebt uw naaste lief. Laten we in deze moeilijke tijden goed zijn voor onze naasten. Hef uw hart op tot God.'

'Ik vond dat oog-om-ooggedoe beter,' mopperde een man achter me.

Ik vroeg me af of het 'tand om tand' meer mensen onaangenaam had getroffen.

Toen we uit de kerk het felle daglicht in liepen, zag ik vier meisjes op een rij op een korte, dikke muur aan de overkant van de straat zitten. Lange, veulenachtige benen bungelden over de rand. Borsten bolden in push-upbeha's. Dezelfde meisjes die ik aan de bosrand had gezien. Ze zaten dicht bij elkaar te lachen tot een van hen, weer de knapste, naar me wees en ze allemaal quasi-treurig hun hoofd lieten hangen. Maar ik zag dat ze nog schuddebuikten.

Natalie werd in het familiegraf begraven, naast een steen die de namen van haar ouders al droeg. Ik ken de wijsheid dat geen ouderpaar het verdient een kind verliezen, dat het tegennatuurlijk is, maar het is wel de enige manier om je kind echt te houden. Kinderen groeien op en smeden hechtere banden. Ze vinden een eega of een geliefde. Ze worden niet bij jou begraven. De Keenes daarentegen behouden de zuiverste familieband. Onder de grond.

Na de teraardebestelling verzamelden de mensen zich in huize Keene, een kolossale stenen boerenhoeve, een rijkeluisversie van het landelijke Amerika. Er was in heel Wind Gap niet nog zo'n huis te vinden. Het oude geld van Missouri distantieert zich van zulke plattelandsimitaties, die boerse schilderachtigheid. In het koloniale Amerika droegen rijke vrouwen gedekte tinten blauw en grijs om hun onbehouwen imago van bewoners van de Nieuwe Wereld te weerleggen, terwijl hun bemiddelde tegenhangsters in Engeland zich als exotische vogels opdoften. Het huis van de Keenes was kortom te Missouri-achtig om van echte inwoners van Missouri te zijn.

Op de buffettafel stond voornamelijk vlees uitgestald: kalkoen en ham, rundvlees en wild. Er waren augurken en olijven en gekookte eieren in saus; glanzende harde broodjes en stoofschotels met een korstje. De gasten verdeelden zich in twee groepen, de huilenden en zij die het droog hielden. De onaangedanen dronken in de keuken koffie en sterkedrank en praatten over de naderende gemeenteraadsverkiezing en de toekomst van de scholen, en af en toe fluisterden ze verontwaardigd over de uitblijvende vorderingen in het onderzoek naar de moorden.

'Ik zweer je dat als ik een onbekende in de buurt van mijn dochters zie, ik die klootzak afknal voor hij een woord kan zeggen,' zei een man met een vierkant, plat gezicht die met een broodje rosbief zwaaide. Zijn vrienden knikten instemmend.

'Ik snap niet waarom Vickery het bos niet heeft gekapt. Verdomme, maak al die bomen toch met de grond gelijk. We weten dat hij er zit,' zei een jongere man met rood haar.

'Donnie, ik ga morgen met je mee,' zei de man met het vierkante gezicht. 'We hakken alle bomen om. We zullen die klootzak vinden. Doen jullie mee?' De anderen mompelden ja en namen nog een slok uit hun plastic bekertje. Ik nam me voor de volgende dag langs het bos te rijden om te zien of de katers waren omgezet in daden of niet, maar ik kon de schaapachtige telefoontjes al horen:

Ga jij nog?

Tja, misschien, weet niet, jij?

Nou, ik had Maggie beloofd de voorzetramen weg te halen…

Er werd afgesproken om later een biertje te gaan drinken en heel voorzichtig opgehangen om de schuldige klik te dempen.

Degenen die huilden, voornamelijk vrouwen, deden dat in de voorkamer op pluchen banken en leren poefs. Natalies broer schokte met zijn schouders in de armen van zijn moeder, die hem wiegde, stilletjes huilde en op zijn bruine haar klopte. Lief joch, om zo openlijk te huilen. Ik had nog nooit zoiets gezien. Dames kwamen eten op kartonnen borden aanbieden, maar moeder en zoon schudden hun hoofd. Mijn moeder fladderde als een hysterische blauwe gaai om hen heen, maar ze besteedden er geen aandacht aan, en ze zocht al snel haar vriendinnenkring op. Meneer Keene stond in een hoek met meneer Nash. Ze rookten allebei zwijgend.

Overal in de kamer waren nog verse sporen van Natalie te vinden. Een grijs truitje, opgevouwen over de rug van een stoel, een paar tennisschoenen met knalblauwe veters bij de deur. Op een boekenplank lag een schrift met een eenhoorn op de voorkant en in een lectuurstandaard prijkte *Een rimpel in de tijd* met ezelsoren.

Ik gedroeg me vreselijk. Ik ging niet naar de ouders toe, stelde me niet voor. Ik liep door hun huis en ik spioneerde, met mijn hoofd over mijn bier gebogen als een beschaamde geest. Ik zag Katie Lacey, mijn vroegere beste vriendin van Calhoon High, in haar eigen goedgekapte kringetje, het spiegelbeeld van de groep van mijn moeder, maar dan twintig jaar jonger. Toen ik naar haar toe ging, gaf ze me een zoen op mijn wang.

'Ik hoorde dat je in de stad was, ik hoopte al dat je zou bellen,' zei ze. Ze trok haar geëpileerde wenkbrauwen naar me op en gaf me door aan de drie andere vrouwen, die zich allemaal om me verdrongen om me krachteloos te omhelzen. Die allemaal ooit mijn vriendinnen waren geweest, nam ik aan. We condoleerden elkaar en mompelden dat het heel triest was. Angie Papermaker (geboren Knightley) zag eruit alsof ze nog steeds vocht tegen de boulimie die haar op de middelbare school had uitgemergeld: haar nek was zo dun en pezig als die van een oude vrouw. Mimi, een verwend rijkeluiskind (haar vader had een massa kippenfokkerijen in Arkansas) dat me nooit erg had gemogen, vroeg hoe het in Chicago was en richtte zich voor ik iets terug kon zeggen tot de petieterige Tish, die had besloten mijn hand op een troostende, maar eigenaardige manier vast te houden.

Angie verkondigde dat ze een dochter van vijf had en dat haar man haar thuis met zijn pistool bewaakte.

'Het wordt een lange zomer voor de kleintjes,' prevelde Tish.

'Ik denk dat iedereen zijn kindjes achter slot en grendel houdt.'
Ik dacht aan de meisjes die ik na de begrafenis had gezien. Ze waren niet veel ouder dan Natalie, en ik vroeg me af waarom hun ouders niet bezorgd waren.

'Heb jij ook kinderen, Camille?' vroeg Angie met een stem die net zo fragiel was als haar lichaam. 'Ik weet niet eens of je getrouwd bent.'

'Nee en nee,' zei ik. Ik slurpte van mijn bier en herinnerde me hoe Angie na school bij mij thuis kotste en roze en triomfantelijk uit de wc terugkwam. Curry had het mis: dat ik hier een insider was, was eerder afleidend dan dat het een voordeel was.

'Dames, jullie mogen de verloren dochter niet de hele avond voor jezelf houden!' Ik keek om en zag een vriendin van mijn moeder, Jackie O'Neele (geboren O'Keefe), die zichtbaar net een facelift had ondergaan. Haar ogen waren nog opgezet en haar gezicht was vochtig, rood en strak, alsof ze een boze baby was die zich uit de baarmoeder perste. Er schitterden diamanten aan haar gebruinde vingers en toen ze me omhelsde, rook ik kauwgom met vruchtensmaak en talkpoeder. De avond begon te veel op een reünie te lijken, en ik voelde me weer te sterk een kind; ik had mijn aantekenboekje niet eens tevoorschijn durven te halen zolang mijn moeder er nog was en me waarschuwende blikken toewierp.

'Meisje, wat zie je er mooi uit,' zei Jackie poeslief. Ze had een kop als een meloen met een bos te vaak geblondeerd haar en een sluwe glimlach. Jackie was kattig en oppervlakkig, maar ze was altijd compleet zichzelf. Ze ging ook ongedwongener met me om dan mijn eigen moeder. Jackie, niet Adora, had me mijn eerste doosje tampons toegestopt en met een knipoog gezegd dat ik maar moest bellen als ik nog vragen had, en Jackie had me altijd vrolijk geplaagd met jongens. Kleine grote gebaren. 'Schat, hoe is het met je? Je moeder had me niet verteld dat je in de stad was, maar je moeder praat momenteel niet met me. Ik heb haar weer eens op de een of andere manier teleurgesteld. Je weet hoe dat gaat. Ik weet zeker dat je dat weet!' Ze liet een gruizige rokerslach ontsnappen en kneep in mijn arm. Ik vermoedde dat ze dronken was.

'Ik zal wel vergeten zijn haar een kaart te sturen voor het een of ander,' kwetterde ze door terwijl ze te sterk aangezette gebaren maakte met de hand waarmee ze haar wijn vasthield. 'Of misschien was ze niet tevreden over de tuinman die ik haar had aangeraden. Ik hoorde dat je aan een artikel over de méisjes werkt; wat akelig.' Ze sprong zo van de hak op de tak dat niet alles meteen tot me doordrong. Toen ik iets wilde zeggen, aaide ze over mijn arm en keek me met vochtige ogen aan. 'Camille, schat, wat is het verdomd lang geleden dat ik je heb gezien. En nu… Als ik naar je kijk, zie ik je voor me toen jij zo oud was als die meisjes, en dat maakt me zo triest. Er is zo veel fout gegaan. Ik kan er met mijn hoofd niet bij.' Er biggelde een traan over haar wang. 'Kom een keer langs, goed? Kunnen we praten.'

Ik verliet huize Keene zonder aantekeningen. Ik was het praten al moe, en ik had bijna niets gezegd.

Ik belde de Keenes later, toen ik meer had gedronken (een beker wodka voor onderweg uit hun geheime voorraad) en veilig van hen was gescheiden door een telefoonlijn. Pas toen vertelde ik wie ik was en wat ik ging schrijven. Het viel niet goed.

Dit is de kopij die ik die avond naar de krant mailde:

In het kleine Wind Gap in Missouri hingen de posters met een smeekbede om de terugkeer van de tienjarige Natalie Jane Keene nog toen het meisje dinsdag werd begraven. De indringende dienst, waarbij de priester over vergiffenis en verlossing sprak, kon noch de verhitte gemoederen tot bedaren brengen, noch de wonden genezen. Het gezonde meisje met het lieve toetje en de hoge cijfers was namelijk het tweede slachtoffer van een seriemoordenaar, zo neemt de politie aan. Een seriemoordenaar die het op kinderen heeft gemunt.

'Alle kleintjes hier zijn schatten,' zei Ronald J. Kamens, een plaatselijke agrariër die hielp tijdens de zoektocht naar Natalie. 'Ik begrijp niet waarom dit ons moet overkomen.'

Natalie werd op 14 mei gewurgd gevonden in een smalle opening tussen twee gebouwen in de hoofdstraat van Wind Gap. 'We zullen haar lach missen,' zei Jeannie Keene (52), de moeder van Natalie. 'We zullen haar tranen missen. En bovenal zullen we Natalie missen.'

Dit is echter niet de eerste tragedie waarmee Wind Gap, dat in de hak van de laars van de staat ligt, te maken krijgt. Vorig jaar op 27 augustus werd de negenjarige Ann Nash in een rivier in de omgeving aangetroffen, eveneens gewurgd. De avond ervoor, toen ze op de fiets het kleine stukje naar een vriendin aflegde, was ze ontvoerd. Naar verluidt heeft de moordenaar het gebit van beide slachtoffertjes getrokken.

Het tienkoppige politiekorps van Wind Gap weet zich geen raad met de moorden. Aangezien het geen ervaring heeft met dergelijke wrede misdrijven, heeft het de hulp ingeroepen van de afdeling Moordzaken van Kansas City, die een rechercheur heeft gestuurd die zich heeft bekwaamd in het opstellen van psychologische profielen van moordenaars. De inwoners van het stadje van 2120 zielen weten echter één ding heel zeker: degene die deze slachtpartijen op zijn geweten heeft, heeft zijn slachtoffers niet gericht gekozen.

'Er loopt iemand rond die kinderen wil vermoorden,' zegt Anns vader, Bob Nash (36), stoelenverkoper. 'Er speelt hier geen verborgen drama, er zijn geen geheimen. Iemand heeft gewoon ons dochtertje vermoord.'

Het trekken van de tanden en kiezen is nog steeds een raadselachtig gegeven, en tot nu toe zijn er vrijwel geen aanwijzingen gevonden. De plaatselijke politie weigert commentaar te geven. Tot de moordzaken zijn opgelost, beschermen de inwoners van Wind Gap zichzelf en elkaar: er is een avondklok ingesteld en overal in het ooit zo rustige stadje zijn burgerwachten van de grond gekomen.

De inwoners proberen ook met de moorden in het reine te komen. 'Ik wil niemand spreken,' zegt Jeannie Keene. 'Ik wil gewoon met rust gelaten worden. We willen allemaal met rust gelaten worden.'

Het werk van een broodschrijver, dat hoef je mij niet te vertellen. Terwijl ik het bestand naar Curry mailde, had ik al spijt van bijna het hele artikel. De opmerking dat de politie vermoedde dat er een seriemoordenaar aan het werk was, was vergezocht. Vickery had niets van dien aard gezegd. De eerste opmerking van Jeannie Keene had ik uit haar grafrede gejat, en de tweede had ik uit het gif geplukt dat ze over me had uitgespuugd toen ze besefte dat mijn telefonische condoleance een dekmantel was. Ze wist dat ik van plan was de moord op haar dochter te ontleden, haar op vetvrij papier uit te spreiden zodat vreemden aan haar konden knagen. 'We willen allemaal met rust gelaten worden!' had ze gegild. 'We hebben ons dochtertje vandaag begraven. Schaam je.' Toch was het een citaat, en ik had het nodig, want Vickery hield me overal buiten.

Curry vond het een degelijk stuk. Niet fantastisch, dat niet, maar zeker een goed begin. Hij had zelfs mijn hysterische 'een seriemoordenaar die het op kinderen heeft gemunt' laten staan. Die zin had geschrapt moeten worden, dat wist ik zelf ook wel, maar ik had die dramatische opvulling hard nodig. Curry moet dronken zijn geweest toen hij het las.

Hij wilde een groter artikel over de gezinnen hebben zodra ik het bij elkaar kon schrapen. Nog een kans om te bewijzen wat ik waard was. Ik had geboft: het zag ernaar uit dat de *Chicago Daily Post* Wind Gap nog een tijdje voor zichzelf kon houden. Er ontvouwde zich een heerlijk seksschandaal binnen het Congres dat niet slechts één ascetisch kamerlid de kop zou gaan kosten, maar wel drie, onder wie twee vrouwen. Sensationeel, sappig materiaal. Bovendien liep er een seriemoordenaar rond in Seattle, een stad met meer aantrekkingskracht. Ergens in de mist tussen de koffietenten sneed iemand zwangere vrouwen open en rangschikte de inhoud van hun buik in schokkende taferelen, gewoon voor zijn eigen vermaak. Zodoende hadden we het geluk dat de verslaggevers voor dat soort zaken hun handen vol hadden. Ik was de enige in Wind Gap, zielig in mijn kinderbed.

Woensdag sliep ik uit tussen de zweterige lakens en met de dekens over mijn hoofd getrokken. Ik schrok een paar keer wakker van rinkelende telefoons, de huishoudster die achter mijn deur stofzuigde en een grasmaaier. Ik wilde niets liever dan doorslapen, maar de dag drong telkens door mijn slaap heen. Ik hield mijn ogen dicht en stelde me voor dat ik weer in Chicago was, op mijn gammele platte bed in mijn eenkamerflatje met uitzicht op de blinde achtermuur van een supermarkt. Bij diezelfde supermarkt had ik vier jaar geleden, toen ik het flatje betrok, een kartonnen kledingkast gekocht, en een plastic tafel waaraan ik met verbogen, blikkerig bestek at van gele plastic borden die niets wogen. Ik bedacht bezorgd dat ik mijn enige plant geen water had gegeven, een lichtelijk vergeelde varen die ik tussen het afval van de buren had gevonden, maar toen herinnerde ik me weer dat ik het dode ding twee maanden eerder had weggegooid. Ik probeerde me andere beelden uit mijn leven in Chicago voor de geest te halen: mijn werkplek, mijn huismeester, die nog steeds niet wist hoe ik heette, de dofgroene kerstverlichting die de supermarkt niet had weggehaald. De kennissen her en der die waarschijnlijk niet eens hadden gemerkt dat ik weg was.

Ik vond het verschrikkelijk om in Wind Gap te zijn, maar de gedachte aan Chicago bood ook geen soelaas.

Ik pakte een flacon lauwe wodka uit mijn reistas en kroop ermee in bed. Toen nam ik al nippend mijn omgeving in me op. Ik had verwacht dat mijn moeder mijn slaapkamer zou ontmantelen zodra ik mijn hielen had gelicht, maar hij zag er nog net zo uit als meer dan tien jaar geleden. Ik vond het jammer dat ik zo'n ernstige tiener was geweest: er hingen geen posters van popsterren of lievelingsfilms, geen meisjesachtige verzamelingen foto's of gedroogde boeketten. In plaats daarvan hingen er schilderijen van zeilboten, keurige landschapjes in pastel en een portret van Eleanor Roosevelt. Vooral dat laatste was merkwaardig, want ik had weinig meer van mevrouw Roosevelt geweten dan dat ze een goed mens was, maar dat zal destijds wel voldoende zijn geweest. Tegenwoordig zou ik de voorkeur geven aan een kiekje van de vrouw van Warren Harding, 'de hertogin', die de kleinste vergrijpen in een klein rood boekje noteerde en adequaat wraak nam. Tegenwoordig heb ik mijn presidentsvrouwen liever iets gehaaider.

Ik dronk meer wodka. Ik wilde niets liever dan weer bewusteloos zijn, in het zwart opgaan, weg zijn. Ik was beurs. Ik stond bol van de opgekropte tranen, als een waterballon die op knappen staat, smekend om een speldenprik. Wind Gap was slecht voor mijn gezondheid. Dit huis was slecht voor mijn gezondheid.

Een zacht klopje op de deur, niet meer dan de tik van een zuchtje wind.

'Ja?' Ik hield mijn wodka opzij van mijn bed.

'Camille? Ik ben het, je moeder.'

'Wat is er?'

'Ik heb lotion voor je.'

Ik liep een beetje wazig naar de deur. De wodka bood me de eerste, onontbeerlijke beschermlaag om juist vandaag met juist deze plek om te kunnen gaan. Ik had een halfjaar kalm aan gedaan met de drank, maar hier telde het niet. Mijn moeder stond aarzelend achter de deur en gluurde argwanend naar binnen, alsof het de trofeeënkamer van een overleden kind was. Dat was het ook bijna. Ze hield me een grote, lichtgroene tube voor.

'Er zit vitamine E in. Ik heb het vanochtend gekocht.'

Mijn moeder gelooft dat vitamine E elke pijn kan verzachten, alsof ik weer glad en gaaf zou worden als ik me maar dik genoeg insmeerde. Ik merk er nog niets van.

'Dank je.'

Haar ogen gleden over mijn hals, mijn armen en mijn benen, die allemaal uit het T-shirt staken waarin ik had geslapen. Toen keek ze weer fronsend naar mijn gezicht. Ze zuchtte en schudde haar hoofd. Toen wachtte ze af.

'Was de begrafenis moeilijk voor je, mama?' Ik kon de verleiding nog steeds niet weerstaan haar een aanknopingspuntje voor een gesprek te bieden.

'Ja. Al die overeenkomsten. Dat kleine kistje.'

'Ik vond het ook moeilijk,' zeurde ik mee. 'Ik keek er zelfs van op hoe moeilijk ik het vond. Ik mis haar nog steeds, bizar, hè?'

'Het zou bizár zijn als je haar niet miste. Ze was je zusje. Dat is bijna net zo pijnlijk als een kind verliezen, ook al was je nog zo jong.' Alan floot beneden nadrukkelijk, maar mijn moeder leek het niet te horen. 'Ik was niet weg van die open brief die Jeannie Keene voorlas,' vervolgde ze. 'Het is een uitvaartdienst, geen politieke campagne. En waarom hadden ze zich er niet op gekleed?'

'Ik vond het een mooie brief. Recht uit het hart,' zei ik. 'Heb jij niets voorgelezen bij het afscheid van Marian?'

'Nee, nee. Ik kon amper rechtop staan, laat staan dat ik een toespraak had kunnen houden. Ik vind het ongelooflijk dat je zulke dingen niet meer weet, Camille. Schaam je je niet dat je zo veel vergeten bent?'

'Mam, ik was pas dertien toen ze overleed. Ik was jong, weet je nog?' Bijna twintig jaar geleden, klopt dat echt?

'Ja, goed. Basta. Heb je plannen voor vandaag? De rozen in Daly Park staan in bloei, mocht je een wandeling willen maken.'

'Ik moet naar het politiebureau.'

'Zeg dat niet zolang je hier bent,' snauwde ze. 'Zeg dat je boodschappen moet doen, of vrienden gaat opzoeken.'

'Ik moet boodschappen doen.'

'Mooi. Veel plezier.'

Ze dribbelde weg door de weelderige gang en ik hoorde de treden van de trap al snel onder haar voeten kraken.

Ik waste me in een koel, ondiep bad, met het licht uit en nog een glas wodka op de rand van de kuip, kleedde me aan en liep naar de hal. Het was stil in huis, zo stil als mogelijk is in een bouwwerk van een eeuw oud. Toen ik aan de keukendeur luisterde om me ervan te verzekeren dat er niemand was, hoorde ik een ventilator gonzen. Ik glipte naar binnen en pakte een felgroene appel, waar ik mijn tanden in zette terwijl ik het huis uit liep. De lucht was wolkeloos.

Op de veranda zag ik een meisje dat geboeid naar een groot poppenhuis van meer dan een meter hoog keek dat een replica was van het huis van mijn moeder. Haar lange haar stroomde in ordelijke golven over haar rug, die naar me toe was gekeerd. Toen ze omkeek, zag ik dat dit het meisje was dat ik aan de rand van het bos had gesproken, het meisje dat tegenover de kerk met haar vriendinnen had zitten giechelen. De knapste.

'Amma?' zei ik vragend, en ze lachte.

'Natuurlijk. Wie zou er anders op Adora's voorveranda met een Adora-huisje spelen?'

Ze droeg een kinderlijke geblokte zomerjurk en naast haar lag een bijpassende zonnehoed. Voor het eerst sinds ik haar zag, leek ze niet ouder dan ze was: dertien. Of nee, ze zag er nu jonger uit. Die jurk was meer iets voor een meisje van tien. Toen ze zag dat ik haar opnam, trok ze een lelijk gezicht.

'Dit draag ik voor Adora. Thuis ben ik haar poppetje.'

'En buitenshuis?'

'Ik ben nog wel meer. Jij bent Camille. Je bent mijn halfzus. Adora's eerste dochter, van voor *Marian*. Jij bent Voor en ik ben Na. Je had me niet herkend.'

'Ik ben te lang weg geweest. En Adora stuurt al vijf jaar geen foto's meer met Kerstmis.'

'Misschien krijg jij ze niet meer, maar we maken die rotfoto's nog steeds. Elk jaar koopt Adora een rood met groen geruite jurk voor me, speciaal voor de foto's. En zodra ze klaar zijn, verbrand ik die jurk.'

Ze plukte een voetenbankje ter grootte van een mandarijn uit de voorkamer van het poppenhuis en liet het aan me zien. 'Het moet opnieuw gestoffeerd worden. Adora is van perzik op geel overgestapt. Ze heeft beloofd met me naar de stoffenwinkel te gaan zodat ik nieuwe overtrekken kan maken. Dit poppenhuis is mijn liefhebberij.' Uit haar mond klonk het bijna natuurlijk: *mijn liefhebberij*. Ze liet woorden zo zoet en rond als karamel uit haar mond vloeien, zacht, met haar hoofd een beetje schuin, maar het was onmiskenbaar een uitdrukking van mijn moeder. Haar poppetje dat net zo leerde te praten als zij.

'Zo te zien zorg je er goed voor,' zei ik, en ik wuifde zwakjes ten afscheid.

'Dank je,' zei ze. Ze keek naar mijn kamer in het poppenhuis en porde met een vinger in het bed. 'Ik hoop dat je het hier naar je zin zult hebben,' zei ze zacht tegen de kamer, alsof ze het tegen een piepkleine Camille had die niemand kon zien.

Commissaris Vickery sloeg de deuk uit een stopbord op de hoek van Second Street en Ely Street, een stille straat met kleine huizen in de buurt van het bureau. Hij gebruikte een hamer, en bij elke blikkerige slag kromp hij in elkaar. Hij had al een zweetplek op zijn rug en zijn dubbelfocusbril hing op het puntje van zijn neus.

'Ik heb geen commentaar, mejuffrouw Preaker.' *Tik.*

'Ik weet dat u zich hier makkelijk aan kunt storen, commissaris. Ik wilde deze opdracht zelf niet eens hebben. Hij is me opgedrongen omdat ik hiervandaan kom.'

'U bent hier in geen jaren geweest, naar wat ik heb gehoord.' *Tik.*

Ik zei niets. Ik keek naar het gras dat door een kier tussen de stoeptegels groeide. Dat *mejuffrouw* stak me een beetje. Ik wist niet of het een soort beleefdheid was die ik niet gewend was of een sneer omdat ik ongetrouwd was. Een alleenstaande vrouw die ook maar een dag ouder was dan dertig, was in deze contreien een curiosum.

'Een fatsoenlijk mens zou liever ontslag nemen dan over dode kinderen schrijven.' *Tik.* 'Opportunisme, mejuffrouw Preaker.'

Aan de overkant van de straat liep een bejaarde man met een pak melk met kleine schuifelpasjes naar een huis met withouten gevelbekleding.

'U hebt gelijk, ik voel me ook niet zo fatsoenlijk.' Ik vond het niet erg om Vickery een beetje te paaien. Ik wilde dat hij me aardig vond, niet alleen omdat het mijn werk makkelijker zou maken, maar ook omdat zijn krachtige taal me aan Curry deed denken, die ik miste. 'Maar wat publiciteit zou de aandacht op deze zaak kunnen vestigen, aan de oplossing kunnen bijdragen. Het zou niet de eerste keer zijn.'

'Godver.' Hij liet de hamer met een klap op de grond vallen en keek me aan. 'We hebben al om hulp gevraagd. Er komt hier al maanden een speciaal opgeleide rechercheur uit Kansas City langs, af en toe, en die heeft verdomme niets kunnen vinden. Het zou een gestoorde lifter kunnen zijn die in Wind Gap is afgezet, zegt hij, die het hier zo leuk vond dat hij er nu al bijna een jaar zit. Nou, zo groot is deze stad niet, en ik heb in elk geval niemand gezien die hier niet thuishoort.' Hij keek me veelbetekenend aan.

'Er zijn hier grote, dichte bossen,' merkte ik op.

'Dit is niet het werk van een vreemde, en ik zou denken dat u dat wel wist.'

'Ik zou denken dat u liever had gewild dat het wel een vreemde was.'

Vickery zuchtte, stak een sigaret op en sloeg beschermend een hand om het bord. 'Jezus, natuurlijk,' zei hij, 'maar ik ben zelf ook niet echt stom. Ik heb nog nooit een moordzaak gehad, maar ik ben godverdomme niet achterlijk, godsamme.'

Nu vond ik het jammer dat ik zo veel wodka had gedronken. Mijn gedachten vervlogen, ik kon me niet concentreren op wat hij zei, kon de goede vragen niet stellen.

'Dus u denkt dat de dader iemand uit Wind Gap is?'

'Geen commentaar.'

'Even onder ons, waarom zou iemand uit Wind Gap kinderen willen vermoorden?'

'Ik heb een keer een melding gekregen omdat Ann een vogel uit de volière van de buren had gedood met een stok. Die had ze zelf geslepen met een jachtmes van haar vader. Natalie, jezus, haar ouders zijn twee jaar geleden hiernaartoe verhuisd omdat ze in Philadelphia een klasgenootje met een schaar in haar oog had gestoken. Haar vader heeft zijn baan bij een groot bedrijf daar opgezegd om een nieuw leven te kunnen beginnen. In de staat waar zijn grootvader was opgegroeid. In een klein stadje.

Alsof kleine stadjes niet hun eigen problemen hebben.'

'Iedereen weet bijvoorbeeld wie de rotte appels in de mand zijn.'

'Wat u zegt.'

'Dus u denkt dat het iemand zou kunnen zijn die iets tegen de meisjes had? Uitgerekend deze meisjes? Omdat ze hem misschien iets hadden aangedaan? Dat het uit wraak was?'

Vickery trok aan zijn neus en krabde aan zijn snor. Hij keek naar de hamer op de grond en ik zag dat hij twijfelde tussen de hamer oprapen en mij wegsturen of doorpraten. Op hetzelfde moment zoefde er een zwarte auto op ons af. Het raam aan de passagierskant gleed naar beneden voordat de auto was gestopt en het gezicht van de bestuurder, afgeschermd door een zonnebril, keek ons aan.

'Hé, Bill. Ik dacht dat we nu een bespreking op je kamer hadden.'

'Ik moest nog iets doen.'

Het was Kansas City. Hij liet routineus zijn zonnebril zakken en keek naar me. Zijn lichtbruine kuif viel telkens voor zijn linkeroog. Blauw. Hij glimlachte naar me met tanden als volmaakte kauwgompjes.

'Hallo daar.' Hij wierp een blik op Vickery, die overdreven diep bukte om de hamer op te rapen, en keek weer naar mij.

'Hallo,' zei ik. Ik trok mijn mouwen tot over mijn handen naar beneden, propte ze op in mijn handen en verplaatste mijn gewicht naar mijn ene been.

'Nou, Bill, wil je een lift of loop je liever? Ik kan koffie halen en dan zie ik je daar.'

'Ik drink geen koffie. Dat had je zo langzamerhand moeten weten. Ik zie je over een kwartier.'

'Probeer er tien minuten van te maken, oké? We lopen al zo uit.' Kansas City keek weer naar mij. 'Hoef je echt geen lift, Bill?'

Vickery schudde alleen maar zijn hoofd.

'Wie is je vriendin, Bill? Ik dacht dat ik alle belangrijke Wind Gappers al kende. Of zijn het... Wind Gappianen?' Hij grijnsde. Ik stond zo bedeesd als een schoolmeisje te hopen dat Vickery me zou voorstellen.

Tik! Vickery wilde het niet horen. In Chicago had ik mijn hand uitgestoken, mezelf met een glimlach voorgesteld en van de reactie genoten, maar hier keek ik vragend naar Vickery en hield me koest.

'Oké, tot op het bureau dan.'

Het raampje gleed omhoog en de auto reed weg.

'Was dat die rechercheur uit Kansas City?' vroeg ik.

Vickery stak bij wijze van antwoord weer een sigaret op en liep weg. De oude man aan de overkant was net bij de bovenste tree van zijn stoepje aangekomen.

4

Iemand had blauwe krullen op de poten van de watertoren in het Jacob Asher Memorial Park gespoten. Het zag er vreemd smaakvol uit, alsof de toren gehaakte laarsjes droeg. Het park zelf, de laatste plek waar Natalie Keene levend was gezien, was verlaten. Het zand van het honkbalveld zweefde een halve meter boven de grond. Ik proefde het achter in mijn keel als thee die te lang heeft getrokken. Langs de bosrand was het gras hoog opgeschoten. Het verbaasde me dat niemand die bomen had laten kappen, ze had laten verdelgen, net als de stenen waarachter Ann Nash was blijven haken.

Toen ik nog op de middelbare school zat, was Asher Park de plek waar iedereen in het weekend bij elkaar kwam om bier te drinken, wiet te roken of zich achter een boom te laten aftrekken. Ik had er mijn eerste kus gekregen, op mijn dertiende, van een footballspeler met pruimtabak in zijn wang. De tabak had me een grotere kick gegeven dan de kus; ik had achter zijn auto wijn met Seven-up gekotst met kleine, glimmende stukjes fruit erin.

'James Capisi was erbij.'

Ik keek om en zag een blond jochie van een jaar of tien met ge-millimeterd haar en een donzige tennisbal in zijn hand.

'James Capisi?' vroeg ik.

'Mijn vriend, die was hier toen ze Natalie meenam,' zei het jochie. 'James heeft haar gezien. Ze had haar nachtpon aan. Ze speelden met de frisbee, daar bij het bos, en toen nam ze Natalie mee. Het had ook James kunnen zijn, maar hij stond liever op het veld, dus stond Natalie bij de bomen. James stond hier vanwege de zon. Hij mag niet in de zon komen omdat zijn moeder huidkanker heeft, maar hij deed het toch. Vroeger.' De jongen liet de tennisbal stuiteren en er stoof zand op.

'Komt hij nu niet meer in de zon?'

'Hij komt nergens meer.'

'Vanwege Natalie?'

Hij haalde strijdlustig zijn schouders op.

'Omdat James een watje is.'

De jongen bekeek me van top tot teen en gooide toen opeens de bal naar me toe, hard. Die sloeg tegen mijn heup en stuiterde weg.

Hij proestte. 'Sorry.' De jongen rende achter de bal aan, liet zich er theatraal bovenop vallen, sprong op en slingerde hem naar de grond. Hij sprong drie meter de lucht in en rolde weg.

'Ik kan je niet zo goed volgen. Wie liep er in een nachtpon?' Ik bleef naar de bal kijken.

'Die vrouw die Natalie meenam.'

'Wacht even, wat bedoel je?' Het verhaal dat ik had gehoord, was dat Natalie hier met andere kinderen had gespeeld die een voor een naar huis waren gegaan, en dat zij vermoedelijk was ontvoerd tijdens de korte wandeling naar huis.

'James zag dat die vrouw Natalie meenam. Ze waren nog maar met zijn tweeën, en ze speelden met de frisbee, en Natalie miste en de frisbee landde in het gras bij het bos, en toen pakte die vrouw haar gewoon en toen waren ze weg. En James holde naar huis. En daarna is hij niet meer buiten geweest.'

'Hoe weet je dan wat er is gebeurd?'

'Ik ben een keer naar hem toe gegaan. Toen vertelde hij het. Ik ben zijn maat.'

'Woont James hier ergens?'

'James kan de pest krijgen. Misschien ga ik van de zomer toch naar mijn oma. In Arkansas. Dat is beter dan hier blijven.'

De jongen gooide de bal naar het rasterhek om het honkbalveld. Het metaal rammelde en de bal bleef steken.

'Ben jij van hier?' Hij schopte zand op.

'Ja, maar ik woon hier niet meer, ik ben op bezoek.' Ik probeerde het nog eens. 'Woont James hier ergens?'

'Zit je op school?' Zijn gezicht was diepgebruind. Hij zag eruit als een minicommando.

'Nee.'

'Studeer je dan?' Zijn kin was nat van het spuug.

'Ik ben nog ouder.'

'Ik moet weg.' Hij sprong achteruit, rukte de bal als een rotte kies uit het hek, draaide zich weer naar me om en heupwiegde nerveus. 'Ik moet weg.' Hij gooide de bal naar de straat, waar hij met een indrukwekkende bons tegen mijn auto stuiterde. De jongen rende erachteraan en weg was hij.

Ik vond *Capisi, Janel*, in een flinterdunne telefoongids in de enige buurtwinkel van Wind Gap. Ik vulde een grote beker met frisdrank met aardbeiensmaak en reed naar Holmes 3617.

Het huis van de Capisi's stond aan de rand van de wijk met goedkope huurhuizen helemaal in het oosten van de stad, een opeenhoping van vervallen driekamerwoningen. De meeste huurders werken in de naburige varkensfokkerij annex slachterij, een particuliere onderneming die bijna twee procent van het varkensvlees van Amerika levert. Vraag een arme sloeber in Wind

Gap wat hij doet en hij zal bijna altijd zeggen dat hij in de vleesfabriek werkt, net als zijn vader vroeger. In de fokkerij zijn biggen die gecoupeerd en in kratten gestopt moeten worden, zeugen die bevrucht en opgesloten moeten worden en mesthopen die moeten worden opgeruimd. De slachterij is erger. Sommige arbeiders drijven de varkens bijeen en dwingen ze een gang in waar ze een schok krijgen toegediend. Anderen pakken de achterpoten, slaan ze aan de haak en laten het dier los, dat piepend en schoppend ondersteboven omhoog wordt gehesen. Dan snijden ze de varkens de keel door met puntige slachtmessen en spat het bloed zo dik als verf op de tegelvloeren. De volgende halte is de schroeitank. De meeste arbeiders dragen oordoppen tegen het constante gegil, het uitzinnige, blikkerige gekrijs, en brengen hun dagen door in een geluidloze razernij. 's Avonds drinken ze en luisteren ze naar muziek, harde muziek. In de plaatselijke kroeg, Heelah's, is niets te eten wat van varkens afkomstig is, alleen maar malse kip die waarschijnlijk is verwerkt door net zulke furieuze fabriekarbeiders in net zo'n stinkstad.

Ter wille van de volledige openheid moet ik eraan toevoegen dat de hele onderneming in handen van mijn moeder is en dat ze jaarlijks rond de 1,2 miljoen dollar winst opstrijkt. Ze laat het vuile werk door andere mensen opknappen.

Op de voorveranda van de Capisi's krijste een kater en toen ik naar het huis liep, hoorde ik het geschetter van een praatprogramma. Ik bonsde op de hordeur en wachtte. De kat gaf kopjes langs mijn benen; ik voelde zijn ribben door mijn broek heen. Ik bonsde nog eens en de tv zweeg. De kat kroop onder de schommelbank en miauwde. Ik schreef met mijn nagel het woord *jank* in mijn linkerhandpalm en klopte weer aan.

'Mam?' Een kinderstem bij het open raam.

Ik liep erheen en zag door de stoffige hor een magere jongen met donkere krullen en grote staarogen.

'Hallo, neem me niet kwalijk dat ik stoor. Ben jij James?'

'Wat kom je doen?'

'Hallo, James. Sorry, zat je iets leuks te kijken?'

'Ben je van de politie?'

'Ik probeer te helpen uitzoeken wie je vriendinnetje kwaad heeft gedaan. Wil je met me praten?'

Hij liep niet weg, maar streek gedachteloos met zijn vinger over het raamkozijn. Ik ging zo ver mogelijk bij hem vandaan op de schommelbank zitten.

'Ik ben Camille. Ik hoorde van een vriendje van je wat je hebt gezien. Een jongen met heel kort blond haar?'

'Dee.'

'Heet hij zo? Ik kwam hem in het park tegen, het park waar jij toen met Natalie speelde.'

'Ze heeft haar meegenomen. Niemand gelooft me. Ik ben niet bang, ik moet gewoon binnenblijven. Mijn moeder heeft kanker. Ze is ziek.'

'Dat zei Dee ook. Ik neem het je niet kwalijk. Ik heb je toch niet aan het schrikken gemaakt?' De jongen schraapte met een te lange nagel over de hor. Mijn oren jeukten van het klikkende geluid.

'Je lijkt niet op haar. Als je op haar leek, zou ik de politie bellen. Of je neerschieten.'

'Hoe zag ze er dan uit?'

Hij schokschouderde. 'Dat heb ik al verteld. Al wel honderd keer.'

'Eén keertje nog.'

'Ze was oud.'

'Zo oud als ik?'

'Zo oud als een moeder.'

'Wat nog meer?'

'Ze droeg een witte nachtpon en ze had wit haar. Ze was helemaal wit, maar niet zoals een spook. Dat zeg ik steeds.'

'Wat bedoel je dan met "helemaal wit"?'

'Gewoon, alsof ze nog nooit buiten was geweest.'

'En die vrouw pakte Natalie toen ze naar het bos liep?' Ik zette net zo'n vleiende stem op als mijn moeder vroeger tegen gedienstigen die bij haar in de gunst waren.

'Ik lieg niet.'

'Natuurlijk niet. Die vrouw pakte Natalie toen jullie aan het spelen waren?'

'Heel snel.' Hij knikte. 'Natalie liep door het gras om de frisbee te zoeken. En ik zag die vrouw vanuit het bos naar haar kijken. Ik zag haar eerder dan Natalie, maar ik was niet bang.'

'Vast niet.'

'Zelfs toen ze Natalie pakte, was ik nog niet meteen bang.'

'Maar later wel?'

'Nee.' Zijn stem stierf weg. 'Nietes.'

'James, kun je me vertellen wat er gebeurde toen ze Natalie greep?'

'Ze trok Natalie naar zich toe alsof ze haar knuffelde, en toen keek ze naar mij. Ze staarde naar me.'

'Die vrouw?'

'Ja. Ze glimlachte naar me. Ik dacht eerst dat er niets aan de hand was, maar ze zei niets. En toen lachte ze niet meer. Ze hield haar vinger bij haar lippen, mondje dicht, bedoelde ze, en toen verdween ze in het bos. Met Natalie.' Hij schokschouderde weer. 'Ik heb het allemaal al verteld.'

'Aan de politie?'

'Eerst aan mijn moeder, toen aan de politie. Het moest van mijn moeder. Maar de politie luisterde niet.'

'Waarom niet?'

'Ze dachten dat ik loog, maar zoiets zou ik nooit verzinnen. Dat is stom.'

'Deed Natalie ook iets terwijl het allemaal gebeurde?'

'Nee, ze stond daar maar. Ik denk dat ze niet wist wat ze moest doen.'

'Leek die vrouw op iemand die je kent?'

'Nee, dat heb ik toch gezegd?' Hij deed een pas achteruit en keek over zijn schouder de woonkamer in.

'Nou, sorry dat ik je lastig heb gevallen. Misschien moet je eens een vriendje laten komen. Voor de gezelligheid.' Hij haalde zijn schouders op en beet op een nagel. 'Misschien zou je opknappen als je eens naar buiten ging.'

'Dat wil ik niet. Trouwens, we zijn gewapend.' Hij wees over zijn schouder naar een pistool dat op de armleuning van een bank balanceerde, naast een half opgegeten broodje ham. Jezus.

'Weet je zeker dat het daar goed ligt, James? Je kunt het beter niet gebruiken. Vuurwapens zijn heel gevaarlijk.'

'Valt wel mee. Mijn moeder vindt het goed.' Hij keek me voor het eerst recht aan. 'Ik vind jou mooi. Je hebt mooi haar.'

'Dank je.'

'Ik moet weg.'

'Oké. Pas goed op jezelf, James.'

'Dat doe ik toch?' Hij zuchtte resoluut en liep bij het raam weg. Even later hoorde ik de kwetterende tv-stemmen weer.

Wind Gap telt vijf cafés. Ik zocht er een op dat ik niet kende, Sensors, dat geopend moest zijn in een vlaag van jaren-tachtigwaanzin, te oordelen naar de neon zigzaglijnen aan de wand en de minidansvloer in het midden. Ik zat met een glas whisky mijn aantekeningen van die dag te lezen toen Kansas City op de stoel tegenover me plofte. Hij zette zijn bier met een klap op de tafel tussen ons in.

'Ik dacht dat verslaggevers niet zonder toestemming met minderjarigen mochten praten.' Hij glimlachte en nam een slok bier.

James' moeder moest de politie hebben gebeld.

'Verslaggevers moeten zich agressiever opstellen als de politie ze helemaal buiten een onderzoek houdt,' zei ik zonder op te kijken.

'De politie kan zijn werk niet goed doen als verslaggevers hun onderzoek uitgebreid uitmeten in kranten in Chicago.'

Het was een afgezaagd spelletje. Ik richtte me weer op mijn aantekeningen, die doorweekt waren van het zweet van mijn glas.

'Laten we het op een andere manier proberen. Ik ben Richard Willis. Dick.' Hij nam nog een teug en smakte. 'Nu mag je een grap over mijn naam maken. Je kunt alle kanten op.'

'Verleidelijk.'

'*Dick* kan lul betekenen. *Dick* kan smeris betekenen.'

'Ja, ik vat 'm.'

'En jij bent Camille Preaker, het meisje uit Wind Gap dat het ver heeft geschopt in de grote stad.'

'Ja, dat ben ik ten voeten uit.'

Hij gunde me weer die schrikbarende kauwgompjesglimlach en haalde een hand door zijn haar. Geen trouwring. Ik vroeg me af wanneer ik op zulke dingen was gaan letten.

'Oké, Camille, wat vind je, zullen we een wapenstilstand sluiten? Althans voorlopig? We zien wel hoe het gaat. Ik neem aan dat ik je niet meer de les hoef te lezen over die jongen van Capisi?'

'Ik neem aan dat je zelf wel weet dat er geen reden is om me de les te lezen. Waarom heeft de politie het verslag van de enige ooggetuige van de ontvoering van Natalie Keene naast zich neergelegd?' Ik pakte mijn pen om duidelijk te maken dat ik in functie was.

'Wie zegt dat we het naast ons neer hebben gelegd?'

'James Capisi.'

'O, dat is echt een betrouwbare bron.' Hij lachte. 'Ik zal u een geheimpje vertellen, mejúffrouw Preaker.' Het was een vrij goede imitatie van Vickery, compleet met het draaien aan een denkbeeldige pinkring. 'Wij vertellen jochies van tien nooit veel over lopende onderzoeken, of we hun verhaal nu geloven of niet.'

'Geloven jullie het?'

'Daar mag ik me niet over uitlaten.'

'Als jullie een vrij nauwkeurig signalement zouden hebben van een verdachte van moord, zouden jullie dat de mensen hier vertellen, zodat ze naar de dader kunnen uitkijken, maar dat hebben jullie niet gedaan. Ik moet er dus van uitgaan dat jullie James' verhaal niet geloven.'

'Nogmaals, daar mag ik me niet over uitlaten.'

'Ik heb begrepen dat Ann Nash niet seksueel was misbruikt,' vervolgde ik. 'Geldt dat ook voor Natalie Keene?'

'Mevróúw Preaker, ik kan nu gewoon geen commentaar geven.'

'Waarom zit je dan hier met me te praten?'

'Nou, om te beginnen weet ik dat je laatst op het bureau veel tijd hebt besteed, werktijd, vermoedelijk, aan jouw versie van de ontdekking van het lichaam van Natalie. Ik wilde je bedanken.'

'Mijn vérsie?'

'Iedereen heeft zijn eigen versie van een herinnering,' zei hij. 'Jij hebt bijvoorbeeld verklaard dat Natalies ogen open waren, maar volgens de Broussards waren ze dicht.'

'Geen commentaar,' zei ik rancuneus.

'Ik ben geneigd eerder een vrouw te geloven die de kost verdient als verslaggever dan een echtpaar op leeftijd met een lunchroom,' zei Willis, 'maar ik ben benieuwd hoe zeker je van je zaak bent.'

'Was Natalie seksueel misbruikt? Het blijft onder ons.' Ik legde mijn pen neer.

Hij draaide even zwijgend aan zijn bierflesje.

'Nee.'

'Ik weet zeker dat haar ogen open waren, maar je was er zelf bij.'

'Dat is waar,' zei hij.

'Dat hoef je mij dus niet te vragen. Wat wil je nog meer weten?'

'Hoezo?'

'"Om te beginnen", zei je.'

'O, ja. Nou, eerlijk gezegd wil ik je ook spreken omdat ik ernaar snak eens met iemand van buiten de stad te praten. Daar kun jij je vast wel iets bij voorstellen.' Ik zag de blikkerende tanden weer. 'Ik bedoel, ik weet dat je van hier bent, en ik snap niet hoe je het hebt volgehouden. Ik kom hier al sinds vorig jaar augustus en ik word langzaam gek. Niet dat Kansas City zo'n bruisende wereldstad is, maar er is een uitgaansleven. Een cultureel... een beetje cultuur. Er zijn mensen.'

'Je redt je vast wel.'

'Ik heb geen keus. Ik zal hier nu wel een tijdje moeten blijven.'

'Ja.' Ik richtte mijn aantekenboekje op hem. 'Wat is uw theorie, meneer Willis?'

'Rechercheur Willis, toevallig.' Hij grijnsde weer. Ik leegde mijn glas met een laatste slok en kauwde op het te korte cocktailrietje. 'En, Camille, wil je iets van me drinken?'

Ik schudde mijn glas en knikte. 'Een whisky puur.'

'Lekker.'

Toen hij naar de bar liep, schreef ik met mijn balpen het woord *dick* in schuinschrift op mijn pols. Hij kwam terug met twee glazen Wild Turkey.

'Zo.' Hij trok zijn wenkbrauwen een paar keer snel naar me op. 'Ik stel voor dat we nu gezellig een praatje maken. Als beschaafde mensen. Daar ben ik echt even aan toe. Bill Vickery staat niet bepaald te trappelen om me beter te leren kennen.'

'Ik ook niet.'

'Juist. Goed, je komt uit Wind Gap en je werkt nu bij een krant in Chicago. De *Tribune*?'

'De *Daily Post*.'

'Nooit van gehoord.'

'Logisch.'

'Heb je er zo'n lage dunk van?'

'Het is een goede krant. Best goed.' Ik was niet in de stemming om charmant te zijn, ik wist niet eens of ik het nog wel kon. Adora is de verleidster bij ons thuis. Zelfs de vent die elk jaar tegen de termieten komt spuiten, stuurt haar idolate kerstkaarten.

'Je bent niet erg toeschietelijk, Camille. Als je liever hebt dat ik wegga, ga ik.'

Dat wilde ik eerlijk gezegd niet. Hij zag er goed uit en zijn stem maakte dat ik me minder voddig voelde. Dat hij hier net zomin hoorde als ik, kon ook geen kwaad.

'Sorry, ik doe bot. Het was een wankel weerzien met de stad. Over al die dingen schrijven maakt het er niet makkelijker op.'

'Hoe lang was je hier niet meer geweest?'

'Jaren. Acht, om precies te zijn.'

'Maar je hebt hier nog wel familie.'

'Zeker. Fanatieke Wind Gappianen. Dat is volgens mij de voorkeursbenaming, om je vraag van vanochtend te beantwoorden.'

'Goh, dank je. Ik zou die aardige mensen hier niet graag willen beledigen. Voor zover ik dat niet al heb gedaan. Je familie heeft het hier dus naar zijn zin?'

'Hm-hm. Ze zouden het niet in hun hoofd halen hier weg te gaan. Te veel vrienden, een te ideaal huis en noem maar op.'

'Zijn je ouders hier dan allebei geboren?'

Een groep kerels van mijn leeftijd plofte aan een tafel dicht bij de onze, allemaal met een grote kroes bier. Ze kwamen me bekend voor. Ik hoopte dat ze me niet zouden zien.

'Mijn moeder wel. Mijn stiefvader komt uit Tennessee. Hij is hierheen verhuisd toen ze gingen trouwen.'

'Wanneer was dat?'

'Een jaar of dertig geleden, denk ik.' Ik deed mijn best om niet sneller te drinken dan hij.

'En je vader?'

Ik glimlachte veelzeggend. 'Ben jij in Kansas City geboren en getogen?'

'Ja. Ik zou het niet in mijn hoofd halen er ooit weg te gaan. Te veel vrienden, een te ideaal huis en noem maar op.'

'En het… bevalt je wel als smeris daar?'

'Je maakt nog eens wat mee. Genoeg om niet te worden zoals Vickery. Ik heb vorig jaar een paar sensationele zaken gehad. Voornamelijk moorden. En we hadden een kerel die de ene vrouw na de andere in de stad aanviel.'

'Een verkrachter?'

'Nee, hij ging boven op ze zitten, stak zijn hand in hun mond en krabde hun keel aan flarden.'

'Jezus.'

'We hebben hem te pakken gekregen. Hij is tot dertig jaar veroordeeld. Het was een vertegenwoordiger in sterkedrank van middelbare leeftijd die nog bij zijn moeder woonde. Hij had nog weefsel uit de keel van de laatste vrouw onder zijn nagels zitten. Tien dágen na de aanval.'

Ik wist niet of zijn verontwaardigde toon de stommiteit van de dader gold of diens slechte lichaamsverzorging.

'Gelukkig.'

'En nu ben ik hier. Een kleinere stad, maar meer ruimte om me te bewijzen. Toen Vickery ons belde, was de zaak nog niet zo groot, dus stuurden ze iemand van halverwege de pikorde. Mij.'

Hij glimlachte met iets van zelfspot. 'Toen werd het een serie. Ze laten me de zaak voorlopig houden, maar ze hebben me te verstaan gegeven dat ik het maar beter niet kan verprutsen.'

Zijn situatie kwam me bekend voor.

'Vreemd als zoiets verschrikkelijks je grote kans moet zijn,' vervolgde hij, 'maar daar zul jij ook wel alles van weten. Wat voor verhalen versla jij in Chicago?'

'Politiezaken, dus waarschijnlijk dezelfde rotzooi die jij ziet: misbruik, verkrachting, moord.' Ik wilde hem duidelijk maken dat ik ook mijn gruwelverhalen had. Dom, maar ik gaf eraan toe. 'Vorige maand nog, een man van tweeëntachtig. Zijn zoon had hem vermoord en hem in een badkuip vol ontstoppingsmiddel gelegd om hem te laten oplossen. De zoon heeft bekend, maar hij wist natuurlijk niet waarom hij het had gedaan.'

Het speet me dat ik het woord *rotzooi* had gebruikt voor misbruik, verkrachting en moord. Geen greintje respect.

'Zo te horen hebben we allebei akelige dingen gezien,' zei Richard.

'Ja.' Ik liet mijn whisky in het glas walsen, had niets te zeggen.

'Het spijt me.'

'Mij ook.'

Hij nam me onderzoekend op. De barkeeper dempte de verlichting, het officiële sein dat de avond was begonnen.

'We zouden een keer een filmpje kunnen pakken.' Hij zei het sussend, alsof een avond in de plaatselijke bioscoop ervoor zou zorgen dat alles goed zou komen.

'Misschien.' Ik dronk mijn glas leeg. 'Misschien.'

Hij pulkte het etiket van de lege bierfles naast zich en smeerde het natte papier over de tafel uit. Smerig. Het was wel duidelijk dat hij nooit in een café had gewerkt.

'Zo, Richard, bedankt voor het rondje. Ik moet eens naar huis.'

'Leuk je ontmoet te hebben, Camille. Zal ik je naar je auto brengen?'

'Nee, ik red me wel.'

'Kun je nog rijden? Ik vraag het niet als smeris, echt niet.'

'Het komt wel goed.'

'Oké. Welterusten.'

'Jij ook. De volgende keer wil ik iets voor de krant horen.'

Toen ik terugkwam zaten Alan, Adora en Amma allemaal in de woonkamer. Ik schrok van het tafereeltje, zo sterk leek het op vroeger, met Marian. Amma en mijn moeder zaten op de bank, mijn moeder hield Amma (die ondanks de hitte een wollen nachtpon droeg) in haar armen en hield een ijsblokje bij haar lippen. Mijn halfzusje keek wezenloos voldaan naar me op en speelde toen verder met een eettafel van glanzend mahoniehout, precies dezelfde als die in de kamer naast de woonkamer, maar dan maar tien centimeter hoog.

'Niets aan de hand,' zei Alan, die van zijn krant opkeek. 'Amma heeft gewoon een zomerkoutje.'

Mijn schrik sloeg om in ergernis: ik verviel weer in oude gewoonten, stond op het punt naar de keuken te hollen om ijsthee warm te maken, net als ik altijd voor Marian had gedaan als ze ziek was. Ik stond op het punt naast mijn moeder te gaan zitten in de hoop dat ze ook een arm om mij heen zou slaan. Mijn moeder en Amma zeiden niets. Mijn moeder keek niet eens naar me op, ze trok alleen Amma dichter tegen zich aan en fluisterde lieve woordjes in haar oor.

'Wij Crellins zijn niet zo sterk,' zei Alan enigszins schuldbewust. De artsen in Woodberry zagen waarschijnlijk zelfs elke week wel een Crellin: mijn moeder en Alan maakten zich allebei veel te druk om hun gezondheid. Ik herinner me nog hoe mijn moeder me vroeger haar zalfjes en oliën, huismiddeltjes en homeopathische onzin probeerde op te dringen. Soms slikte ik de smerige drankjes, meestal weigerde ik. Toen werd Marian ziek, ernstig ziek, en had Adora wel iets belangrijkers te doen dan mij over te halen tarwekiemextracten te slikken. Nu deed het me pijn: al die siroopjes en tabletten die ze me had voorgehouden, en die ik niet had willen innemen. Toen had ik voor het laatst haar onverdeelde moederlijke aandacht gekregen. Opeens vond ik het jammer dat ik niet meegaander was geweest.

De Crellins. Iedereen hier is een Crellin, behalve ik, dacht ik kinderlijk jaloers.

'Wat sneu voor je dat je ziek bent, Amma,' zei ik.

'Het motiefje op de poten klopt niet,' jengelde Amma. Ze liet de tafel verontwaardigd aan mijn moeder zien.

'Amma, wat heb je toch een goede ogen,' zei Adora, die naar het tafeltje tuurde. 'Maar je ziet er bijna niets van, lieverd. Jij bent de enige die het ooit zal weten.' Ze streek het haar van Amma's klamme voorhoofd.

'Het moet kloppen,' zei Amma met een woedende blik op de tafel. 'We moeten hem terugsturen. Waarom zou je iets speciaal laten maken als het toch niet goed is?'

'Schat, ik zweer je dat je er niets van ziet.' Mijn moeder gaf een klopje op Amma's wang, maar ze stond al op van de bank.

'Je had gezegd dat het allemaal perfect zou worden. Je had het beloofd!' Haar stem sloeg over en er rolden tranen over haar wangen. 'Nou is het bedorven. Het is allemaal bedorven. De hele eetkamer. Er mag geen verkeerde tafel staan. Ik wil het niet!'

'Amma…' Alan vouwde zijn krant op, liep naar haar toe en sloeg zijn armen om haar heen, maar ze wrong zich los.

'Meer wil ik niet, meer heb ik niet gevraagd, en het kan je niet eens iets schelen dat het niet goed is!' Ze gilde nu door haar tranen heen, een driftbui met alles erop en eraan was het, en haar gezicht was vlekkerig van woede.

'Amma, kalmeer eens,' zei Alan koel terwijl hij weer probeerde zijn armen om haar heen te slaan.

'Meer vraag ik niet!' krijste Amma en ze smeet het tafeltje op de vloer, waar het in vijf stukken brak. Ze trapte het helemaal kapot, drukte haar gezicht in het kussen van de bank en blèrde.

'Tja,' zei mijn moeder, 'nu zullen we echt een nieuwe moeten bestellen.'

Ik trok me terug in mijn kamer, weg van dat vreselijke meisje dat in niets op Marian leek. Mijn lichaam gloeide. Ik ijsbeerde wat heen en weer en probeerde me te herinneren hoe ik moest ademhalen om mijn huid tot rust te brengen, maar hij bleef opspelen. Mijn littekens hebben soms een eigen wil.

Ik ben een snijder, zie je. En ook een krasser, een hakker, een steker en een kerver. Ik ben een heel apart geval. Ik heb een doel. Mijn huid schreeuwt namelijk. Hij is bedekt met woorden als *koken*, *cake*, *katje*, *krullen*, alsof een klein kind met een mes op mijn huid heeft leren schrijven. Soms lach ik erom, maar niet vaak. Als ik uit bad stap en vanuit mijn ooghoek *babydoll* over de lengte van mijn been zie staan. Als ik een trui aantrek en in een flits op mijn pols zie staan: *schadelijk*. Waarom juist die woorden? De brave artsen hebben in duizenden uren therapie een paar ideeën opgedaan. Het zijn vaak vrouwelijke woorden, snoezig of aandoenlijk, en anders zijn ze ronduit negatief. Aantal synoniemen voor 'gespannen' dat in mijn huid gekerfd staat: elf. Het enige wat ik zeker weet is dat het destijds van cruciaal belang voor me was die letters op me te zien en ze niet alleen te zien, maar ook te voelen. Brandend op mijn linkerheup: *petticoat*.

En er vlakbij, gekrast op een gespannen zomerdag toen ik dertien was: *zondig*. Ik werd die ochtend benauwd en verveeld wakker, bang voor de uren die me wachtten. Hoe bescherm je jezelf als je hele dag zo weids en leeg is als de lucht? Er kon van alles gebeuren. Ik herinner me dat ik dat woord zwaar en een beetje kleverig op mijn schaambeen voelde. Het vleesmes van mijn moeder. Ik trok als een kind de denkbeeldige rode lijntjes na. Waste het bloed weg. Sneed nog dieper. Waste het bloed weg. Maakte het mes schoon met chloor en sloop naar de keuken om het terug te leggen. *Zondig.* Opluchting. De rest van de dag verzorgde ik mijn wond. Dep de bochten van de Z met een in alcohol gedrenkt wattenstaafje. Klop op je wang tot het niet meer prikt. Wondwater. Verband. Herhaal.

Het probleem was natuurlijk lang daarvoor al ontstaan. Problemen ontstaan altijd lang voordat je ze écht ziet. Ik was negen en schreef de hele serie van *Het kleine huis op de prairie* met een dik potlood over in schriften met lichtgevend groene kaften.

Ik was tien en schreef zo ongeveer elk woord dat de juf zei met blauwe balpen op mijn spijkerbroek. Ik waste hem stiekem en schuldbewust met babyshampoo in mijn wasbak. De woorden werden vlekkerig en vaak bleven er indigo hiëroglifen op de pijpen achter, alsof er een vogeltje met inkt aan zijn pootjes overheen had gehipt.

Op mijn elfde noteerde ik dwangmatig alles wat er tegen me werd gezegd in een blauw boekje, toen al een verslaggever in het klein. Als ik een zin niet op papier vastlegde, was hij niet echt, ontglipte hij me. Ik zag de woorden in de lucht hangen ('Camille, geef de melk eens door') en zodra ze wegtrokken, als strepen achter een vliegtuig, raakte ik gespannen. Als ik ze opschreef, had ik ze te pakken. Dan hoefde ik niet bang te zijn dat ze zouden verdwijnen. Ik was een taalbeschermer. Ik was de idioot van de klas, een gestreste, nerveuze zesdeklasser die verwoed uitspraken noteerde ('Meneer Feeney is een mietje', 'Jamie Dobson ziet er niet uit', 'Er is nooit chocomel'), met een ijver die aan het maniakale grensde.

Marian stierf op mijn dertiende verjaardag. Ik werd wakker, dribbelde door de gang om haar te begroeten (altijd het eerste wat ik deed) en zag haar liggen, met haar ogen open en de deken tot aan haar kin opgetrokken. Ik weet nog dat ik niet al te verbaasd was. Ze was al stervend zolang ik me kon heugen.

Er gebeurden meer dingen die zomer. Ik werd, volkomen onverwacht, onmiskenbaar mooi. Het had ook anders kunnen uitpakken. Marian was de erkende schoonheid: grote blauwe ogen, klein neusje, perfect spits kinnetje. Mijn trekken veranderden met de dag, alsof er wolken boven me dreven die flatteuze of lelijk makende schaduwen op mijn gezicht wierpen. Toen het een feit was (en we leken het die zomer allemaal te beseffen, diezelfde zomer dat ik bloedspatten op mijn dijen ontdekte, dezelfde zomer dat ik dwangmatig en als een dolle begon te masturberen), was ik verkocht. Ik was verliefd op mezelf en flirtte ongelooflijk met elke spiegel die ik kon vinden. Zo schaamteloos als een veulen. En de mensen waren dol op me. Ik was niet langer de kneus (met, zo bizar, het overleden zusje). Ik was het knappe meisje (met, zo zielig, het dode zusje). Ik was dus populair.

Het was ook de zomer dat ik begon te snijden, en daar gaf ik me bijna net zo hartstochtelijk aan over als aan mijn kersverse schoonheid. Ik genoot ervan mezelf te verzorgen, een ondiep plasje bloed weg te vegen met een vochtig washandje zodat er als bij toverslag, vlak boven mijn navel, *misselijk* kwam te staan. Alcohol aan te brengen met plukjes watten, zodat er sliertjes bleven plakken aan de bloedige lijntjes van *koket*. In mijn eindexamenjaar had ik schunnige neigingen die ik later corrigeerde: een paar snelle halen en *kut* wordt *kat*, *lul* wordt *lol* en *hoer* wordt *boek*.

Het laatste woord dat ik in mijn huid kerfde, zestien jaar nadat ik ermee begon: *verdwijn*.

Soms hoor ik de woorden op mijn lichaam met elkaar kibbelen. *Slipje* op mijn schouder roept naar *maagd* aan de binnenkant van mijn rechterenkel. *Naaien* aan de onderkant van mijn grote teen uit op gedempte toon dreigementen aan het adres van *baby* vlak onder mijn rechterborst. Ik kan ze stil krijgen door aan *verdwijn* te denken, altijd kalm en vorstelijk, de baas over de andere woorden vanuit de beschutting van mijn nek.

En: midden op mijn rug, waar ik niet bij kon, zit een volmaakt cirkeltje gave huid ter grootte van een vuist.

Door de jaren heen heb ik mijn eigen binnenpretjes gehad. *Ik ben echt een open boek. Moet ik het voor je spellen? Ik ben een zinnig mens.* Geestig, hè? Ik kan alleen naar mezelf kijken als mijn huid helemaal bedekt is. Ik drink om niet te veel te hoeven denken aan wat ik mijn lichaam heb aangedaan en om het niet meer te doen. Toch wil ik het grootste deel van mijn wakende bestaan snijden, en geen kleinigheden: *ontwijkend. Ongearticuleerd. Dubbelhartig.* In mijn kliniek in Illinois zouden ze dat verlangen niet goedkeuren.

Wie er een etiket op wil plakken, kan uit een hele geschenkenmand aan medische termen kiezen. Ik weet alleen dat het snijden me een gevoel van veiligheid gaf. Het was bewijs. Gedachten en woorden, vastgelegd op een plek waar ik ze kon zien en voelen. De waarheid, stekend op mijn huid in een bizar soort steno. Zeg tegen me dat je naar de dokter gaat en ik wil *zorgwekkend* in mijn arm krassen. Zeg dat je verliefd bent en ik teken *tragisch* op mijn borst. Ik wilde niet met alle geweld genezen worden, maar ik had geen ruimte meer om te schrijven en sneed tussen mijn tenen (*slecht, huil*) als een junkie die naar de allerlaatste ader zoekt. *Verdwijn* deed de deur dicht. Ik had mijn nek, die uitgelezen plaats, bewaard voor een laatste lekkere snijpartij. Toen liet ik me opnemen. Ik zat twaalf weken in de kliniek. Ze zijn er gespecialiseerd in mensen die snijden, voor tweeënnegentig procent vrouwen, de meeste onder de vijfentwintig. Ik ging er op mijn dertigste heen. Ik ben nu een halfjaar vrij. Het zijn wankele tijden.

Curry kwam een keer bij me op bezoek met een bos gele rozen. Ze haalden alle doornen eraf voordat hij de ontvangsthal in mocht en stopten ze in plastic potjes (net medicijnflesjes, zei Curry) die achter slot en grendel gingen tot het afval werd opgehaald. We zaten in de conversatiezaal, een en al ronde hoeken en zachte banken, en terwijl we over de krant, zijn vrouw en het laatste nieuws in Chicago praatten, inspecteerde ik hem op scherpe voorwerpen. Een gesp van een riem, een veiligheidsspeld, een horlogeketting.

'Ik vind het heel erg voor je, meid,' zei hij aan het eind van zijn bezoek, en ik wist dat hij het meende omdat zijn stem bewogen klonk.

Toen hij weg was, was ik zo misselijk van mezelf dat ik boven de wc overgaf, en al brakend zag ik de schroeven met rubberdoppen aan de achterkant van de pot. Ik peuterde zo'n dop los en schuurde de palm van mijn hand aan de schroef – *ik* – tot een paar verpleeghulpen me wegsleurden. Het bloed stroomde uit de wond alsof ik stigmata had.

Later die week pleegde mijn kamergenote zelfmoord. Niet door te snijden, en dat was natuurlijk het ironische. Ze dronk een fles Glassex leeg die een schoonmaakster had laten slingeren. Ze was zestien, een voormalige cheerleader die hoog op haar dij sneed zodat niemand het kon zien. Toen haar ouders haar spullen kwamen halen, keken ze me vol haat aan.

Ze noemen een depressie altijd *the blues*, maar ik had met plezier alles stralend blauw gezien. Voor mij is een depressie urinegeel. Verwassen, opgebruikte kilometers flauwe pis.

De verpleegkundigen gaven ons medicijnen om het tintelen van onze huid te verzachten. En nog meer medicijnen om ons gloeiende brein te sussen. We werden twee keer per week gefouilleerd op scherpe voorwerpen en bevrijdden onszelf, in theorie, tijdens de groepsgesprekken van woede en zelfhaat. We leerden om onze woede niet op onszelf te richten. We leerden de schuld af te schuiven. Na een maand goed gedrag verdienden we zijdezachte baden en massages. We leerden hoe heilzaam aanrakingen zijn.

Mijn enige andere bezoeker was mijn moeder, die ik al vijf jaar niet meer had gezien. Ze rook naar paarse bloemen en droeg een rinkelende bedelarmband die ik als kind had begeerd. Toen we alleen waren, praatte ze over de struiken en een nieuwe gemeentelijke verordening die inhield dat alle kerstverlichting op 15 januari verwijderd moest zijn. Toen mijn artsen erbij kwamen zitten, huilde ze, haalde ze me aan en maakte ze zich zorgen om me. Ze aaide over mijn bol en vroeg zich af waarom ik mezelf dit had aangedaan.

Toen kwamen de verhalen over Marian, onvermijdelijk. Ze had al een kind verloren, ziet u. Het was bijna haar dood geworden. Waarom zou haar oudste (maar noodzakelijkerwijs minder beminde) zichzelf opzettelijk schaden? Ik was zo anders dan haar verloren meisje dat – *stel je voor* – nu bijna dertig was geweest als ze was blijven leven. Marian hield van het leven, alles wat haar bespaard was gebleven. God, ze kon de hele wereld aan – *weet je nog, Camille, hoe ze lachte, zelfs in het ziekenhuis?*

Ik had geen zin mijn moeder erop te wijzen dat een verbijsterd, stervend meisje van tien niet anders kon. Waarom zou ik ook? Je kunt niet tegen de doden opboksen. Hield ik er maar eens mee op.

5

Toen ik naar beneden ging om te ontbijten, zat Alan alleen aan het enorme mahoniehouten eetkamerameublement, gekleed in een witte broek met een messcherpe vouw en een lichtgroen overhemd. Zijn lichte schaduw glansde in het gepolitoerde hout. Ik keek nadrukkelijk naar de poten van de tafel om te zien waar al die drukte de vorige avond voor nodig was geweest, maar Alan koos ervoor het niet op te merken. Hij at met een theelepel zachtgekookte eieren uit een schaaltje. Toen hij naar me opkeek, zwaaide er een rubberachtige sliert eigeel als spuug langs zijn kin.

'Camille, ga zitten. Wat kan ik je door Gayla laten brengen?' Hij liet de zilveren schel naast zich tinkelen en daar kwam Gayla door de klapdeur van de keuken, een voormalige boerenmeid die tien jaar geleden de varkens had verruild voor schoonmaken en koken bij mijn moeder thuis. Ze was net zo groot als ik, lang dus, maar kon nauwelijks meer dan vijftig kilo wegen. Het witte gesteven verpleegstersschort dat ze als uniform droeg hing losjes om haar heen, als een klokbloem.

Mijn moeder liep langs haar heen, gaf Alan een zoen op zijn wang en zette een peer op een witkatoenen servet voor zich op tafel.

'Gayla, je kent Camille toch nog wel?'

'Maar natuurlijk, mevrouw Crellin,' zei Gayla, en ze keerde me haar spitse gezicht toe. Glimlachte naar me met scheve tanden en gebarsten, bladderende lippen. 'Hallo, Camille. Eieren, toast, fruit?'

'Alleen koffie, alsjeblieft. Met melk en suiker.'

'Camille, we hebben speciaal voor jou eten ingeslagen,' zei mijn moeder. Ze nam een hapje van de bolle kant van de peer. 'Neem tenminste een banaan.'

'En een banaan.' Gayla liep gniffelend terug naar de keuken.

'Camille, mijn excuses voor gisteravond,' begon Alan. 'Amma heeft zo'n fase.'

'Ze is heel aanhankelijk,' vulde mijn moeder aan. 'Meestal op een lieve manier, maar soms gaat ze een beetje te ver.'

'Of meer dan een beetje,' zei ik. 'Dat was een heftige driftbui voor een meisje van dertien. Ik vond het beangstigend.' Mijn persoonlijkheid uit Chicago kwam terug: zelfbewuster en onmiskenbaar beter gebekt. Ik was opgelucht.

'Tja, nou, maar jij was ook niet bepaald evenwichtig op die leeftijd.' Ik wist niet waar mijn moeder op doelde: het snijden, mijn huilbuien om mijn verloren zusje of het overactieve seksleven waaraan ik was begonnen, dus ik knikte alleen maar.

'Nou, ik hoop dat ze is opgeknapt,' zei ik om het gesprek af te sluiten, en ik stond op.

'Camille, kom alsjeblieft nog even zitten,' zei Alan slapjes terwijl hij zijn mondhoeken bette. 'Vertel iets over Chicago. Blijf nog even.'

'Het bevalt goed in Chicago. Mijn werk bevalt nog goed en de reacties zijn goed.'

'Wat houdt dat in: goede reacties?' Alan boog zich naar me toe en vouwde zijn handen, alsof hij zijn vraag heel charmant vond.

'Nou, ik krijg de laatste tijd wat opwindender opdrachten. Ik heb sinds begin dit jaar al drie moorden verslagen.'

'En dat noem jij goed, Camille?' Mijn moeder staakte haar geknabbel. 'Ik zal nooit begrijpen waar jij die hang naar akelige dingen vandaan hebt. Heb je niet genoeg akeligs in je leven zonder dat je het bewust opzoekt?' Ze lachte schril en zangerig, als een ballon die leegloopt door de opening strak te trekken en lucht te laten ontsnappen.

Gayla kwam terug met mijn koffie en een onhandig in een schaaltje gelegde banaan. Toen zij wegliep, kwam Amma binnen, alsof ze samen in een klucht speelden. Amma zoende mijn moeder op haar wang, wenste Alan goedemorgen en kwam tegenover me zitten. Ze gaf me een schop onder de tafel en lachte. *O, was jij dat?*

'Camille, het spijt me dat je me zo moest zien,' zei Amma. 'Helemaal omdat we elkaar niet goed kennen. Het is gewoon een fase van me.' Ze glimlachte overdreven naar me. 'Maar nu hebben we elkaar weer gevonden. Jij bent net die arme Assepoester en ik de boze stiefzus. Halfzus.'

'Lieverd, je hebt geen greintje kwaad in je,' zei Alan.

'Maar Camille was er het eerst. De eerste is meestal de beste. Ga je meer van Camille houden dan van mij nu ze terug is?' vroeg Amma. Haar toon was plagerig, maar ze wachtte met rode wangen het antwoord van mijn moeder af.

'Nee,' zei Adora zacht. Gayla zette een bord ham voor Amma neer en die schonk er lome kringen honing overheen.

'Omdat je van míj houdt,' zei Amma tussen twee happen ham door. De weeë geur van ham en zoet zweefde naar me toe. 'Was ík maar vermoord.'

'Amma, dat mag je niet zeggen,' zei mijn moeder, die wit wegtrok. Haar vingers fladderden naar haar wimpers, maar ze liet ze vastbesloten weer op tafel zakken.

'Dan zou ik nooit meer bang hoeven te zijn. Als je doodgaat, word je volmaakt. Ik zou een soort prinses Diana zijn. Iedereen is nu dol op haar.'

'Je bent het populairste meisje van de hele school en thuis aanbidden we je, Amma. Niet zo hebberig zijn.'

Amma gaf me weer een schop onder de tafel en glimlachte nadrukkelijk, alsof er een belangrijke kwestie was geregeld. Ze zwaaide een punt van het gewaad dat ze aanhad over haar schouder en ik zag dat wat ik voor een jurk had aangezien, in feite een kunstig gedrapeerd blauw laken was. Mijn moeder zag het ook.

'Wat heb je in vredesnaam aan, Amma?'

'Mijn maagdenmantel. Ik ga naar het bos om Jeanne d'Arc te spelen. De meisjes gaan me verbranden.'

'Daar komt niets van in, schat,' zei mijn moeder vinnig en ze pakte Amma, die nog meer honing over haar ham wilde schenken, de fles af. 'Er zijn twee meisjes van jouw leeftijd dood en jij denkt dat je in het bos gaat spelen?'

Mijn moeder zei dat ik niet met de kinderen in het bos mocht spelen. Een zin uit een oud boek van Agatha Christie.

'Wees maar niet bang, er gebeurt niets.' Amma glimlachte walgelijk overdreven.

'Jij blijft thuis.'

Amma prikte in haar ham en pruttelde iets lelijks. Mijn moeder keek me met haar hoofd schuin aan. De diamant op haar trouwring flitste als een sos-signaal in mijn ogen.

'Zo, Camille, gaan we misschien nog íéts leuks doen tijdens je verblijf hier?' vroeg ze. 'We kunnen in de achtertuin picknicken. Of een ritje maken met de cabrio, misschien naar de golfbaan in Woodberry. Gayla, wil je me ijsthee brengen, alsjeblieft?'

'Het klinkt allemaal leuk. Ik moet alleen weten hoe lang ik hier nog blijf.'

'Ja, dat willen wij ook graag weten. Niet dat je niet mag blijven zolang je wilt,' zei ze, 'maar het zou prettig zijn als we het wisten, dan kunnen we onze eigen plannen maken.'

'Goed.' Ik nam een hapje van mijn banaan, die naar lichtgroen niets smaakte.

'Of misschien kunnen Alan en ik jou een keer opzoeken. We hebben Chicago nooit echt gezien.' Mijn kliniek lag op anderhalf uur rijden van de stad. Mijn moeder was naar O'Hare gevlogen en had daar een taxi genomen. Die had haar honderdachtentwintig dollar gekost, honderdveertig als je de fooi meerekende.

'Dat zou ook leuk zijn. We hebben fantastische musea. Je zou het meer prachtig vinden.'

'Ik weet niet of ik nog van water kan genieten.'

'Waarom niet?' Ik wist het al.

'Nadat dat kleine meisje, die kleine Ann Nash, in de rivier is verdronken.' Ze nam een slokje ijsthee. 'Ik kende haar, hoor.'

Amma kreunde en schoof heen en weer op haar stoel.

'Maar ze is niet verdronken,' zei ik in de wetenschap dat ze zich aan mijn verbetering zou ergeren. 'Ze is gewurgd. Ze is alleen in de rivier achtergelaten.'

'En dat meisje van Keene. Ik mocht ze allebei graag. Heel graag.' Ze keek weemoedig voor zich uit en Alan legde zijn hand op de hare. Amma stond op, slaakte een gilletje, zoals een opgewonden hondje opeens kan keffen, en rende de trap op.

'Het arme kind,' zei mijn moeder. 'Ze heeft het er bijna net zo moeilijk mee als ik.'

'Zíj zag die meisjes elke dag, dus dat geloof ik graag,' zei ik tegen wil en dank zuur. 'Waar kende jij ze eigenlijk van?'

'Ik hoef je er niet op te wijzen dat Wind Gap een klein stadje is. Het waren lieve, mooie meisjes. Prachtige meisjes.'

'Maar je kende ze niet echt.'

'Ik kende ze wel. Ik kende ze heel goed.'

'Hoe dan?'

'Camille, hou op, alsjeblieft. Ik heb je net verteld dat ik van streek en nerveus ben, en in plaats van me te troosten val je me aan.'

'Zo, dus je wilt nooit meer water zien?'

Mijn moeder maakte een kort, krassend geluid. 'Je moet nu echt ophouden, Camille.' Ze vouwde haar servet als een zwachtel om de resten van de peer en liep de kamer uit. Alan liep achter haar aan met zijn manische gefluit, als een pianist uit voorbije tijden die een stomme film van dramatische achtergrondmuziek voorziet.

Elke tragedie die in de wereld gebeurt, treft mijn moeder persoonlijk, en vooral dat trekje van haar maakt me misselijk. Ze tobt over mensen die ze nooit heeft gezien die telkens pech hebben. Ze huilt om nieuws van de andere kant van de wereld. Het is haar allemaal te veel, de wreedheid van de mensen.

Na het overlijden van Marian kwam ze een jaar niet uit haar kamer. Een schitterende kamer: een hemelbed als een galjoen, een toilettafel vol bedauwde parfumflessen. Een zo luisterrijke vloer dat verschillende interieurtijdschriften er foto's van hadden gemaakt: zuiver ivoor, in vierkantjes gelegd, dat de kamer van onderaf verlichtte. Die kamer met zijn decadente vloer vervulde me met ontzag, temeer daar ik er niet mocht komen. Notabelen als Truman Winslow, de burgemeester van Wind Gap, kwamen er wekelijks een bezoek brengen met verse bloemen en klassieke romans. Als de deur voor zulke mensen openging, ving ik soms een glimp van mijn moeder op. Ze lag altijd in bed, gestut door een sneeuwjacht van kussens, gekleed in lagen dunne, gebloemde negligés. Ik mocht nooit naar binnen.

Curry wilde mijn artikel overmorgen al hebben, maar ik had weinig te melden. Languit op mijn bed, met mijn handen gevouwen zoals een lijk, somde ik op wat ik wist en probeerde het in een vorm te gieten. Niemand had de ontvoering van Ann Nash vorig jaar augustus gezien. Ze was gewoon verdwenen en tien uur later was haar lichaam een paar kilometer verderop in Falls Creek gevonden. De politie had me niet willen vertellen hoe lang na haar ontvoering ze was gewurgd, maar meneer Nash wel: een uur of vier. Haar fiets was nooit gevonden. Als ik moest raden, zou ik zeggen dat ze haar ontvoerder kende. Een kind met haar fiets tegen haar zin meenemen kon een luidruchtige aangelegenheid zijn in die stille straten. Was het iemand uit de kerk geweest, of zelfs uit de buurt? Iemand die betrouwbaar leek.

Als de eerste moord zo bedachtzaam was gepleegd, waarom was Natalie dan overdag ontvoerd, waar een vriendje bij stond? Het klopte niet. Als James Capisi aan de bosrand had gestaan en niet schuldbewust zonnestralen had opgezogen, was hij dan nu ook dood geweest? Of had de moordenaar Natalie Keene bewust uitgekozen? Ze was ook langer vastgehouden: ze werd al meer dan twee dagen vermist toen haar lichaam werd gevonden in die opening van dertig centimeter tussen de gereedschapswinkel en een kapsalon in de drukbezochte hoofdstraat.

Wat had James Capisi gezien? De jongen zat me niet lekker. Ik geloofde niet dat hij loog, maar kinderen verwerken doodsangst anders. Hij had een verschrikking gezien, en die verschrikking werd de boze heks uit een sprookje, de wrede sneeuwkoningin. Maar als die persoon er nu eens gewoon vrouwelijk uit had gezien? Een slungelige man met lang haar, een travestiet, een androgyne jongen? Vrouwen moordden niet op die manier, dat deden ze gewoon niet. Je kon de vrouwelijke seriemoordenaars op de vingers van één hand tellen, en hun slachtoffers waren bijna altijd mannen; meestal was er op seksueel gebied iets uit de hand gelopen. Anderzijds waren de meisjes niet seksueel misbruikt, en dat paste weer niet in het patroon van een mannelijke dader.

Er leek ook geen reden te zijn waarom juist deze twee meisjes waren vermoord. Zonder James Capisi's verhaal over Natalie Keene zou ik denken dat ze gewoon pech hadden gehad, maar als James de waarheid sprak, was er moeite gedaan om juist Natalie te ontvoeren, en als de moordenaar het inderdaad op haar had voorzien, was Ann ook geen gril geweest. De meisjes waren geen van beiden zo mooi dat iemand erdoor geobsedeerd kon worden. *Ashleigh was altijd de knapste van het stel,* had Bob Nash al gezegd. Natalie kwam uit een welgestelde familie en ze was nog betrekkelijk nieuw in Wind Gap. Ann kwam uit de lagere middenklasse en de Nashes woonden al generaties in Wind Gap. Ze waren geen vriendinnen geweest. Het enige wat hen bond, was hun boosaardigheid, als ik Vickery's verhalen mocht geloven. Dan was de theorie van de lifter er nog. Geloofde Richard Willis daar echt in? Wind Gap lag aan een belangrijke vrachtwagenroute van en naar Memphis, maar een nieuwe inwoner kan moeilijk negen maanden onopgemerkt blijven, en in de bossen rond Wind Gap was tot nog toe niets gevonden, zelfs niet veel dieren. Die waren jaren geleden al verjaagd.

Ik voelde dat mijn gedachten naar me terugzweefden, bezoedeld met oude vooroordelen en te veel kennis van een ingewijde. Opeens smachtte ik ernaar met Richard Willis te praten, iemand die niet uit Wind Gap kwam, die het gebeurde zag als werk, een puzzel die hij in elkaar moest passen tot en met het laatste stukje, alles netjes op zijn plaats, zonder iets over te houden. Zo moest ik ook denken.

Ik nam een koel bad met het licht uit. Toen ging ik op de rand van de badkuip zitten en wreef me helemaal in met mijn moeders lotion, snel, in één keer. Ik kromp in elkaar bij het voelen van de bobbels en ribbels op mijn huid.

Ik trok een lichte, katoenen broek aan en een trui met gesloten hals en lange mouwen. Ik borstelde mijn haar en bekeek mezelf in de spiegel. Wat ik ook met de rest van mijn lichaam had gedaan, mijn gezicht was nog steeds mooi. Niet op zo'n manier dat iets eruit sprong, maar in de zin van een volmaakt evenwicht tussen de trekken. Het klopte allemaal op een adembenemende manier. Grote blauwe ogen, hoge jukbeenderen rond een kleine, driehoekige neus. Volle lippen die bij de mondhoeken iets naar beneden wezen. Ik was beeldig om te zien, zolang ik maar volledig gekleed was. Als het anders was gelopen, had ik mezelf kunnen vermaken met een reeks afgewezen minnaars met een gebroken hart. Ik had met geniale mannen kunnen aanpappen. Ik had kunnen trouwen.

Ons stukje van de lucht boven Missouri was zoals altijd knalblauw. Bij de gedachte alleen al sprongen de tranen me in de ogen.

Ik trof Richard in de lunchroom van de Broussards, waar hij wafels zonder stroop at. Ernaast lag een stapel mappen die bijna tot zijn schouders reikte. Ik plofte op een stoel tegenover hem en voelde me vreemd blij: samenzweerderig en op mijn gemak.

Hij keek op en glimlachte naar me. 'Mevrouw Preaker. Neem een sneetje toast. Telkens als ik hier kom, zeg ik dat ik geen toast wil. Het lijkt niets te helpen. Alsof ze een bepaalde hoeveelheid moeten verbruiken.'

Ik nam een sneetje en smeerde er een bloem van boter over uit. Het brood was koud en hard, en toen ik erin beet, vielen er kruimels op de tafel. Ik veegde ze onder mijn bord en kwam ter zake.

'Richard, kom op. Praat met me. Voor de krant of vertrouwelijk. Ik kom er niet meer uit. Ik kan me niet objectief genoeg opstellen.'

Hij klopte op de berg mappen naast zich en wuifde met zijn

kladblok naar me. 'Ik heb alle objectiviteit die je je maar kunt wensen, in elk geval vanaf 1927. Niemand weet wat er met de gegevens van vóór 1927 is gebeurd. Ik denk dat een receptioniste ze heeft weggegooid om het politiebureau netjes te houden.'

'Wat voor gegevens?'

'Ik stel een crimineel profiel op van Wind Gap, een geschiedenis van de misdaad in de stad,' zei hij. Hij wapperde met een map naar me. 'Wist je dat er in 1975 twee dode tienermeisjes zijn gevonden aan de oever van Falls Creek, vlak bij de plek waar Ann Nash is ontdekt? Hun polsen waren doorgesneden en de politie hield het op zelfmoord. De meisjes waren "te sterk aan elkaar gehecht, ongezond intiem voor hun leeftijd. Vermoeden van een lesbische relatie". Alleen hebben ze het mes nooit gevonden. Eigenaardig.'

'Een van die meisjes heette Murray.'

'Ha, je weet het dus.'

'Ze had net een kind gekregen.'

'Ja, een meisje.'

'Dat moet Faye Murray geweest zijn. Ze zat bij mij op de middelbare school. Ze noemden haar Gay Murray. Na school namen de jongens haar mee het bos in en dan pakten ze haar om beurten. Haar moeder pleegt zelfmoord, en zestien jaar later moet Faye met alle jongens op school neuken.'

'Ik kan je niet volgen.'

'Om te bewijzen dat ze niet lesbisch is. Zo moeder, zo dochter, toch? Als ze niet met die jongens had geneukt, had niemand met haar om willen gaan, maar ze deed het wel. Zo bewees ze dat ze niet lesbisch was, maar ze was wél een slet. Dus wilde daarom niemand met haar omgaan. Dat is Wind Gap. We kennen elkaars geheimen allemaal en we maken er allemaal misbruik van.'

'Wat een paradijselijk oord.'

'Ja. Vertel op.'

'Ik heb je net iets verteld.'

Ik schoot in de lach, tot mijn verbazing. Ik stelde me voor dat ik mijn kopij aan Curry mailde: *politie heeft nog geen aanwijzingen, maar noemt Wind Gap 'paradijselijk oord'.*

'Hoor eens, Camille, laten we het op een akkoordje gooien. Ik geef jou een citaat voor in de krant en jij geeft mij achtergrondinformatie bij die oude dossiers. Ik moet iemand hebben die me kan vertellen hoe het hier echt is, en Vickery vertelt me niets. Hij is erg... beschermend.'

'Geef me een citaat voor in de krant, maar werk vertrouwelijk met me. Ik zal niets gebruiken van wat je me geeft, tenzij jij het goedvindt. Jij mag alles gebruiken wat ik jou geef.' Het was niet zo'n eerlijke afspraak, maar we moesten het ermee doen.

'Wat wil je citeren?' vroeg Richard met een glimlach.

'Geloof je echt dat die moorden door een buitenstaander zijn gepleegd?'

'Dit wordt geplaatst?'

'Ja.'

'We sluiten geen enkele mogelijkheid uit.' Hij nam een laatste hap wafel en keek peinzend naar het plafond. 'We letten scherp op mogelijke verdachten binnen de gemeenschap, maar houden ook terdege rekening met de mogelijkheid dat de moorden het werk van een buitenstaander zijn.'

'Je hebt dus geen idee.'

Hij grinnikte en haalde zijn schouders op. 'Ik heb je mijn commentaar gegeven.'

'Oké, onder ons: je hebt geen idee?'

Hij wipte de dop van de kleverige stroopflacon een paar keer op en neer en legde zijn mes en vork naast elkaar op zijn bord.

'Onder ons, Camille, vind je echt dat dit op een misdrijf door een buitenstaander lijkt? Jij bent politieverslaggever.'

'Nee.' Ik had er moeite mee om het hardop te zeggen. Ik probeerde niet naar de tanden van de vork voor me te kijken.

'Slimme meid.'

'Vickery zei dat jij dacht dat het een lifter was of zoiets.'

'O, verdomme, die mogelijkheid heb ik geopperd toen ik hier net was, negen maanden geleden. Hij klampt zich eraan vast alsof hij zo mijn incompetentie kan bewijzen. Vickery en ik hebben een communicatieprobleem.'

'Heb je wel serieuze verdachten?'

'Laten we van de week een keer iets gaan drinken. Ik wil dat je me alles over iedereen in Wind Gap vertelt.'

Hij pakte de rekening en schoof de stroopflacon naar de muur. Er bleef een plakkerige kring op tafel achter en zonder erbij na te denken doopte ik mijn vinger erin en stopte hem in mijn mond. Littekens piepten uit mijn mouw. Net toen ik mijn handen weer onder het tafelblad verstopte, keek Richard op.

Ik vond het geen punt om Richard de verhalen van Wind Gap te vertellen. Ik voelde geen speciale band met de stad. Het was de plek waar mijn zusje was gestorven, de plek waar ik was begonnen in mezelf te snijden. Een zo verstikkend klein stadje dat je elke dag struikelde over mensen die je wel kon schieten. Mensen die dingen van je wisten. Zo'n plek tekent je.

Al had ik er, oppervlakkig gezien, niet beter behandeld kunnen worden. Daar zorgde mijn moeder wel voor. De stad was dol op haar, zij was de slagroom op de taart: het mooiste, liefste meisje dat Wind Gap ooit had voortgebracht. Haar ouders, mijn grootouders, hadden de varkensfokkerij en de helft van de huizen eromheen bezeten en ze hadden mijn moeder aan dezelfde strenge regels gehouden als hun arbeiders: niet drinken, niet roken, niet vloeken en verplicht naar de kerk. Ik moet er niet aan denken hoe ze reageerden toen mijn moeder op haar zeventiende zwanger bleek te zijn. Een jongen uit Kentucky die ze tijdens een kerkkamp had ontmoet, kwam in de kerstvakantie op bezoek en toen hij wegging, zat ik in haar buik. Mijn grootouders kregen allebei een boosaardig woekerende tumor die net zo hard groeide als de buik van mijn moeder en ze waren binnen een jaar na mijn geboorte dood.

De ouders van mijn moeder hadden vrienden in Tennessee, en voordat ik vast voedsel kon eten, maakte hun zoon Adora al het hof. Ik kan me die vrijerij alleen maar als onhandig gedoe voorstellen. Alan, in de plooi en geperst, die uitweidt over het weer. Mijn moeder, voor het eerst in haar leven alleen, dringend verlegen om een geschikte huwelijkspartner, die lacht om... grapjes? Ik weet niet of Alan ooit van zijn leven een grapje heeft gemaakt, maar ik ben ervan overtuigd dat mijn moeder wel een reden kon vinden om meisjesachtig voor hem te giechelen. En waar was ik in dat verhaal? Vermoedelijk in de verste kamer, stilgehouden door de meid, die vijf dollar extra toegestopt kreeg voor haar moeite. Ik kan me voorstellen dat Alan toen hij mijn moeder ten huwelijk vroeg net deed alsof hij over haar schouder keek, of aan een plant prutste of wat dan ook, als hij haar maar niet hoefde aan te kijken. Mijn moeder die het aanzoek minzaam aanvaardt en dan nog een kop thee voor hem inschenkt. Misschien werd er een droge kus uitgewisseld.

Enfin, tegen de tijd dat ik kon kruipen, waren ze getrouwd. Ik weet bijna niets van mijn echte vader. De naam op de geboorteakte is verzonnen: Newman Kennedy, naar respectievelijk de lievelingsacteur en de lievelingspresident van mijn moeder. Ze wilde me zijn echte naam niet vertellen uit angst dat ik hem zou opsporen. Nee, ik moest als Alans kind beschouwd worden. Dat was lastig, want acht maanden na hun huwelijk kreeg ze al een kind van Alan. Zij was twintig, hij vijfendertig, met geld van zijn ouders dat mijn moeder niet nodig had, aangezien ze zelf rijk genoeg was. Ze hebben geen van beiden ooit gewerkt. Veel meer ben ik in de loop der jaren niet over Alan te weten gekomen. Hij reed paard en won daar prijzen mee, maar hij doet het niet meer omdat het Adora zenuwachtig maakt. Hij is vaak ziek en zelfs als hij dat niet is, beweegt hij zelden. Hij leest talloze boeken over de Burgeroorlog en lijkt het prima te vinden dat mijn moeder het woord doet. Hij is zo glad en doorzichtig als glas. Anderzijds heeft Adora ook nooit geprobeerd om een band tussen ons te smeden. Ik werd geacht Alans kind te zijn, maar hij was nooit een vader voor me en ik werd nooit aangespoord hem iets anders dan Alan te noemen. Alan heeft me zijn achternaam nooit geschonken en ik heb er nooit om gevraagd. Ik herinner me dat ik hem als klein kind een keer *pappie* noemde. De ontzetting op zijn gezicht drukte nieuwe pogingen definitief de kop in. Eerlijk gezegd denk ik dat Adora liever heeft dat we vreemden voor elkaar zijn. Ze wil dat alle relaties in huis via haar lopen.

Ja, terug naar de baby. Marian was een lieve aaneenschakeling van ziekten. Ze had van meet af aan ademhalingsproblemen. 's Nachts werd ze snakkend naar lucht wakker, vlekkerig en grauw. Ik hoorde haar als een zieke windvlaag aan de andere kant van de gang, in de slaapkamer naast die van mijn moeder. Er floepten lampen aan en dan werd er gekird, en soms gehuild of geschreeuwd. Frequente uitstapjes naar de spoedeisende hulp, veertig kilometer verderop in Woodberry. Later kreeg ze spijsverteringsklachten en zat ze mummelend tegen haar poppen in een ziekenhuisbed in haar kamer terwijl mijn moeder haar lichtgroen eten toediende door een infuus.

In die laatste jaren trok mijn moeder al haar wimpers uit. Ze kon er niet met haar vingers afblijven. Er lagen bergjes wimpers op tafelbladen. Ik maakte mezelf wijs dat het elfennestjes waren. Ik weet nog dat er twee lange, blonde wimperharen aan mijn voet geplakt zaten en dat ik ze nog weken naast mijn kussen bewaarde. 's Nachts kietelde ik ermee langs mijn wangen en lippen, maar op een dag werd ik wakker en toen waren ze weggewaaid.

Toen mijn zusje ten slotte stierf, was ik in zekere zin dankbaar. Ik had het gevoel dat ze nog niet af was geweest toen ze naar deze wereld werd verbannen. Ze was nog niet klaar voor de last. De mensen fluisterden troostend dat Marian was teruggeroepen naar de hemel, maar mijn moeder liet zich niet van haar rouw afleiden. Het is nog steeds een liefhebberij van haar.

Mijn auto, fletsblauw, onder de vogelpoep en ongetwijfeld met dampende leren stoelen, trok me niet echt aan, dus besloot ik een wandeling door de stad te maken. Ik liep in Main Street langs de poelier waar de kippen vers uit de slachterij in Arkansas worden afgeleverd. De geur sperde mijn neusgaten open. Tien of meer geplukte kippen hingen wulps in de etalage, en in de vensterbank eronder lagen wat witte veren.

Tegen het eind van de straat, waar een provisorisch gedenkteken voor Natalie was ontstaan, zag ik Amma met haar drie vriendinnen. Ze bekeken de ballonnen en goedkope cadeautjes. De drie vriendinnen hielden de wacht terwijl mijn halfzus twee kaarsen, een bos bloemen en een teddybeer weggriste. Alles ging in haar bovenmaatse tas, behalve de beer, die ze ook vast bleef houden toen de meisjes elkaar een arm gaven en spottend naar me toe huppelden. Recht op me af, zelfs, en ze stopten pas op een paar centimeter voor me. Ze vulden de lucht met het soort zware parfum dat je op krasstrips in tijdschriften kunt vinden.

'Heb je gezien wat we deden? Ga je dat in de krant zetten?' gilde Amma. Ze was beslist over haar driftbui om het poppenhuis heen. Dat soort kinderachtige dingen bewaarde ze kennelijk voor thuis. Ze had haar zomerjurk verruild voor een minirok, sandalen met plateauzolen en een strapless topje. 'Dan moet je mijn naam wel goed spellen: Amity Adora Crellin. Meiden, dit is… mijn zusje. Uit Chicago. *De bastaard van de familie.*' Amma trok haar wenkbrauwen op en de andere meiden giechelden. 'Camille, dit zijn mijn líéve vriendinnen, maar daar hoef je niet over te schrijven. Ik ben de baas.'

'Ze is alleen maar de baas omdat ze de grootste mond heeft,' zei een klein meisje met honingblond haar en een hese stem.

'En de grootste tieten,' zei een tweede meisje met knalrood haar.

Het derde meisje, dat rossig blond was, pakte Amma's linkerborst en kneep erin. 'Half echt, half vulling.'

'Rot op, Jodes,' zei Amma. Ze gaf haar een tik op haar wang alsof ze een kat de les las. Het meisje kreeg rode vlekken en mompelde sorry.

'Maar goed, zus, wat kom je nou eigenlijk doen?' vroeg Amma streng terwijl ze naar haar teddybeer keek. 'Waarom schrijf jij een verhaal over twee dode meisjes die toch al nooit iemand zijn opgevallen? Alsof je populair wordt door je te laten vermoorden.' Twee meisjes lachten hard en gekunsteld, het derde keek nog naar de grond. Er spatte een traan op de stoep.

Ik herkende die uitdagende meidenpraat wel. Het was een verbaal soort afweer en hoewel ik wel waardering had voor de show, vond ik dat ik Natalie en Ann moest verdedigen, en het gebrek aan respect van mijn zus streek me tegen de haren in. Ik moet er eerlijkheidshalve aan toevoegen dat ik ook jaloers was op Amma. (Was haar tweede voornaam *Adora*?)

'Ik wil wedden dat Adora het niet leuk zou vinden om te lezen dat haar dochter dingen heeft gestolen die als eerbetoon aan een van haar medeleerlingen zijn neergelegd,' zei ik.

'Een medeleerling is nog geen vriendin,' zei het langste meisje. Ze keek vragend naar de anderen, op zoek naar bevestiging van mijn domheid.

'O, Camille, het is maar een grapje,' zei Amma. 'Ik vind het vreselijk. Het waren leuke meisjes. Alleen vreemd.'

'Heel vreemd,' beaamde een van de anderen.

'O, jongens, stel dat hij alle malloten vermoordt?' zei Amma giechelend. 'Zou dat niet perfect zijn?' Het huilende meisje keek op en glimlachte. Amma negeerde haar nadrukkelijk.

'Hij?' vroeg ik.

'Iedereen weet wie het heeft gedaan,' zei het hese blondje.

'Natalies broer. Gekte zit in de familie,' verkondigde Amma.

'Hij heeft iets met kleine meisjes,' zei het meisje dat Jodes werd genoemd pruilerig.

'Hij verzint altijd smoezen om iets tegen me te zeggen,' vertelde Amma. 'In elk geval weet ik dat hij mij niet gaat vermoorden. Ik ben te cool.' Ze blies een handkus, gaf de beer aan Jodes, sloeg haar armen om de schouders van de andere meisjes en wrong zich met een brutaal 'sorry' langs me heen. Jodes volgde op een afstandje.

Ik bespeurde een vleugje wanhoop en zelfingenomenheid in Amma's sarcasme. Zoals ze ook aan het ontbijt had gedrensd: *Was ík maar vermoord*. Amma wilde niet dat iemand anders meer aandacht kreeg dan zij. Zeker geen meisjes die geen concurrentie voor haar waren geweest toen ze nog leefden.

Tegen middernacht belde ik Curry thuis op. Curry forenst tegen de stroom in, anderhalf uur naar ons kantoor in de voorstad vanaf de eengezinswoning in Mt. Greenwood, een Ierse arbeidersenclave in de South Side, die zijn ouders hem hebben nagelaten. Zijn vrouw Eileen en hij hebben geen kinderen. Nooit gewild ook, blaft Curry altijd, maar ik heb gezien hoe hij van een veilige afstand naar de hummeltjes van zijn personeel kijkt en hoe goed hij oplet als er bij wijze van uitzondering eens een baby op de redactie is. Curry en zijn vrouw zijn laat getrouwd. Ik denk dat ze geen kinderen konden krijgen.

Eileen is een struise vrouw met rood haar en sproeten die hij op zijn tweeënveertigste heeft ontmoet bij de autowasstraat bij hem in de buurt. Later bleek dat ze een verre nicht was van zijn beste vriend uit zijn jeugd. Exact drie maanden na de eerste kennismaking trouwden ze. Ze zijn nu tweeëntwintig jaar samen. Ik vind het mooi dat Curry het verhaal graag vertelt.

Eileen begroette me hartelijk, precies wat ik nodig had. Natuurlijk sliepen ze nog niet, zei ze met een lach. Curry was nog met een van zijn legpuzzels bezig, 4500 stukjes. Hij nam nu bijna de hele woonkamer in beslag en ze had Curry nog een week gegeven om de puzzel af te maken.

Ik hoorde Curry naar de telefoon stommelen en kon zijn tabak bijna ruiken. 'Preaker, meid, hoe is het? Alles kits?'

'Het gaat. Ik schiet hier alleen niet echt op. Ik heb nu pas een officiële uitspraak van de politie kunnen bemachtigen.'

'En die is?'

'Ze sluiten niemand uit.'

'Ha. Gelul. Er moet meer achter zitten. Zoek het uit. Heb je de ouders nog gesproken?'

'Nog niet.'

'Ga met die ouders praten. Als je geen nieuws kunt brengen, wil ik een profiel van de dode meisjes. Dit is een menselijk drama, niet zomaar rechttoe, rechtaan politieverslaggeving. Ga met andere ouders praten, kijk of die ook theorieën hebben. Vraag of ze extra voorzorgsmaatregelen nemen. Praat met slotenmakers en wapenhandelaren, vraag of ze het extra druk hebben. Doe er een geestelijke bij, of een paar leraren. Of een tandarts, vraag hoe moeilijk het is om zo veel tanden en kiezen te trekken, wat voor gereedschap je ervoor moet hebben, of je ervoor moet leren. Praat met een paar kinderen. Ik wil stemmen horen, gezichten voor me zien. Geef me twaalfhonderd woorden voor zondag; laten we dit breed uitmeten zolang we nog de enigen zijn.'

Ik maakte eerst aantekeningen op een kladblok en toen in

mijn hoofd terwijl ik de littekens op mijn rechterarm met mijn viltstift natrok.

'Voordat er nog een moord wordt gepleegd, bedoel je.'

'Tenzij de politie verdomd veel meer weet dan jij te horen krijgt, komt er nog een moord, ja. Die gast laat het niet bij twee, daar zijn die moorden veel te ritualistisch voor.'

Curry weet niets uit de eerste hand van ritualistische moorden, maar hij werkt zich elke week door een paar goedkope waargebeurde misdaadverhalen heen, vergeelde pockets met glimmende omslagen die hij bij zijn tweedehands boekwinkel haalt. *Twee voor een dollar, Preaker, dat noem ik nou amusement.*

'En, groentje, zou het iemand uit de stad zijn? Zijn daar nog theorieën over?'

Curry leek het leuk te vinden om mij, zijn favoriete leerling-verslaggever, met die bijnaam aan te spreken. Ik zag hem voor me in zijn woonkamer, met zijn blik op de legpuzzel, terwijl Eileen snel een trek van zijn sigaret nam en tonijnsalade met zoetzuur voor zijn lunch van de volgende dag maakte. Dat at hij drie keer per week.

'Inofficieel zeggen ze ja.'

'Godver, zorg dan dat ze het officieel maken. Dat moeten we hebben. Dat is gunstig.'

'Er is nog iets vreemds, Curry. Ik heb een jongen gesproken die zei dat hij heeft gezien dat Natalie werd ontvoerd. Volgens hem was het een vrouw.'

'Een vrouw? Het is geen vrouw. Wat zegt de politie?'

'Geen commentaar.'

'Wie is dat joch?'

'Het zoontje van een arbeider uit de vleesfabriek. Een lief kind. Hij leek echt doodsbang te zijn, Curry.'

'De politie gelooft hem niet, anders had je er wel van gehoord, toch?'

'Ik weet het echt niet. Ze spelen hier stommetje.'

'Jezus, Preaker, breek die lui open. Zorg dat ze een officiële mededeling doen.'

'Makkelijker gezegd dan gedaan. Ik heb het gevoel dat het bijna een nadeel is dat ik hiervandaan kom. Het staat ze tegen dat ik voor zoiets terug naar huis kom.'

'Zorg dat ze je aardig gaan vinden. Je bent een sympathieke vrouw. Je moeder kan voor je instaan.'

'Die is er ook niet zo blij mee dat ik er ben.'

Stilte, gevolgd door een zucht aan Curry's kant van de lijn die in mijn oren gonsde. Mijn rechterarm was een landkaart in diepblauw.

'Red je het wel, Preaker? Zorg je goed voor jezelf?'

Ik zei niets. Opeens kon ik wel janken.

'Het gaat wel. Deze omgeving is niet goed voor me. Ik voel me… misplaatst.'

'Hou je haaks, meid. Je doet het prima. Het komt helemaal goed met jou. En als je je niet lekker voelt, bel je mij maar, dan kom ik je redden.'

'Dank je, Curry.'

'Eileen zegt dat je voorzichtig moet zijn. Godver, ik vind zelf dat je voorzichtig moet zijn.'

6

Kleine steden richten zich meestal op maar één soort drinker. Die soort kan verschillen: je hebt de ordinaire steden, die de kroegen buiten het centrum houden en hun klanten het gevoel geven dat ze bijna buiten de wet staan. Je hebt de snobistische cocktailstadjes, met cafés die zo veel voor een gin-tonic rekenen dat de arme mensen thuis moeten drinken. En dan heb je nog de op de middenklasse gerichte stadjes met winkelcentra waar je nootjes en broodjes met een grappige naam bij je bier krijgt.

Gelukkig drinkt iedereen in Wind Gap, zodat wij al die soorten cafés en meer hebben. We mogen dan klein zijn, maar we kunnen de meeste andere steden onder tafel drinken. De drankgelegenheid het dichtst bij het huis van mijn moeder was een dure tent met veel glas, gespecialiseerd in salades en Spritzers, de enige chique eettent van Wind Gap. Het was brunchtijd en alleen al de gedachte aan Alan met zijn zachte eieren was onprettig, dus liep ik naar La Mère. Ik heb maar een paar jaar Frans gehad, maar gezien het opdringerige scheepvaartthema van het restaurant houd ik het erop dat de eigenaren het La Mer hadden willen noemen, de zee, en niet La Mère, de moeder. Toch was het een toepasselijke naam, want de moeder, de mijne dus, kwam er regelmatig, evenals haar vriendinnen. Ze waren allemaal dol op de caesarsalade met kip, die Frans noch vis was, maar ik wil niet de kniesoor zijn die daarop let.

'Camille!' Een blondine in tennistenue repte zich naar me toe, flonkerend van de gouden kettingen en dikke ringen. Het was Annabelle Gasser, geboren Anderson, bijgenaamd Annie-B., Adora's boezemvriendin. Het was algemeen bekend dat Annabelle de achternaam van haar man verafschuwde; ze trok haar neus zelfs op als ze hem uitsprak. Het was nooit in haar opgekomen dat ze haar eigen achternaam kon houden.

'Dag lieverd, je moeder had al gezegd dat je in de stad was.' Zij had het dus gehoord, in tegenstelling tot die arme, door Adora verstoten Jackie O'Neele, die ik ook aan de tafel zag zitten en die er net zo aangeschoten uitzag als bij de begrafenis. Annabelle zoende me op beide wangen en deed een pas achteruit om me op te nemen. 'Nog steeds een schoonheid. Waarom kom je niet bij ons zitten? We zitten gewoon bij een paar flessen wijn te kletsen. Jij kunt de gemiddelde leeftijd van onze tafel naar beneden halen.'

Annabelle trok me mee naar de tafel waaraan Jackie tegen nog twee blonde, gebruinde vrouwen aan zat te wauwelen. Ze luisterde niet eens toen Annabelle me voorstelde, maar zeurde gewoon door over haar nieuwe slaapkamerameublement tot ze opschrok, mij zag en een glas water omstootte.

'Camille! Jij hier? Wat fijn je weer te zien, schat.' Ze leek het te menen. Ze wasemde weer die geur van kauwgom met vruchtensmaak uit.

'Ze is hier al vijf minuten, hoor,' katte een van de blondines terwijl ze het ijs en water met een gebruinde hand van het tafelblad maaide. Aan twee van de vingers flitsten diamanten.

'Ja, nou weet ik het weer. Jij bent hier om over die moorden te schrijven, stoute meid,' vervolgde Jackie. 'Wat zal Adora dat vreselijk vinden. Dat jij met je vunzige gedachten in haar huis slaapt.' Haar glimlach, die twintig jaar geleden uitdagend moest zijn geweest, deed nu lichtelijk krankzinnig aan.

'Jackie!' zei een van de blondines, en ze keek Jackie met ogen als schoteltjes aan.

'Voordat Adora het heft in handen nam, sliepen we natuurlijk allemaal met onze vunzige gedachten bij Joya thuis. Hetzelfde huis, maar toen speelde een ander gestoord mens de baas,' zei ze tegen mij. Ze voelde achter haar oren. Aan de littekens van de facelift?

'Jij hebt je oma Joya nooit gekend, hè, Camille?' zei Annabelle poeslief.

'Poeh, dat was me er een, snoes,' zei Jackie. 'Een griezelig mens, griezelig gewoon.'

'Hoezo?' vroeg ik. Ik had nooit iets dergelijks over mijn grootmoeder gehoord. Adora had zich laten ontvallen dat haar moeder streng was geweest, maar meer liet ze niet los.

'O, Jackie overdrijft,' zei Annabelle. 'Pubers hebben altijd een hekel aan hun moeder, en kort daarna was Joya dood. Ze hebben nooit de kans gekregen om een volwassen relatie op te bouwen.'

Even voelde ik een zielig sprankje hoop dat mijn moeder en ik daarom zo afstandelijk met elkaar omgingen: ze had geen voorbeeld gehad. Het idee was al ter ziele voordat Annabelle mijn glas had bijgevuld.

'Ja, hoor, Annabelle,' zei Jackie. 'Als Joya nog had geleefd, hadden Adora en zij zich kostelijk vermaakt. Joya in elk geval wel. Ze had het enig gevonden om haar klauwen in Camille te zetten. Weet je nog, die lange nagels van haar? Ze lakte ze nooit, dat heb ik altijd gek gevonden.'

'Ander onderwerp.' Annabelle glimlachte. Elk woord was als het tinkelen van een zilveren tafelschel.

'Camilles werk lijkt me zó boeiend,' zei een van de blondines braaf.

'Vooral nu,' zei de andere.

'Ja, Camille, zeg eens wie het heeft gedaan?' zei Jackie enthousiast. Ze glimlachte weer verlekkerd en deed haar ronde bruine ogen een paar keer open en dicht. Ze deed me denken aan een tot leven gekomen buikspreekpop. Met een strakgetrokken huid en couperose.

Ik moest een paar telefoontjes plegen, maar dacht dat dit meer zou kunnen opleveren. Een kwartet dronken, verveelde, krengerige huisvrouwen die alle roddels van Wind Gap kenden? Ik kon het als een werklunch declareren.

'Nou, ik ben best benieuwd wat jullie ervan denken.' Een zin die ze niet vaak te horen kregen.

Jackie doopte haar brood in een schaaltje dressing en knoeide op haar blouse. 'Nou, jullie weten hoe ik erover denk. Bob Nash, de vader van Ann. Hij is pervers. Hij kijkt altijd naar mijn borsten als ik hem in de winkel tegenkom.'

'Voor zover je die hebt,' zei Annabelle, en ze stootte me plagerig aan.

'Nee, echt, hij gaat te ver. Ik ga het tegen Steven zeggen.'

'Ik heb een sappig nieuwtje,' zei de vierde blondine. Heette ze Dana of Diana? Ik was het vergeten zodra Annabelle ons aan elkaar had voorgesteld.

'O, DeeAnna heeft altijd mooie primeurtjes, Camille,' zei Annabelle en ze gaf een kneepje in mijn arm. DeeAnna zweeg even om de spanning te rekken, likte langs haar tanden, schonk zich nog eens bij en keek over haar glas heen naar ons.

'John Keene is het huis uit,' verkondigde ze toen.

'Wat?' zei een blondine.

'Dat méén je niet,' zei een andere.

'Mijn god,' zei een derde genietend.

'En…' vervolgde DeeAnna triomfantelijk met de glimlach van een presentatrice die een prijs gaat weggeven, 'hij woont nu bij Julie Wheeler. In het koetshuis achter het huis.'

'Ongelooflijk,' zei Melissa of Melinda.

'Nu weten we zéker dat ze het doen,' zei Annabelle met een lach. 'Meredith kan de schijn van het brave meisje met geen mogelijkheid meer ophouden.' Ze wendde zich tot mij. 'Weet je, Camille,' legde ze uit, 'John Keene is de grote broer van Natalie, en toen het gezin hier kwam wonen, viel de hele stad als een blok voor hem. Ik bedoel, het is een stuk. Echt een stuk. Julie Wheeler is een vriendin van je moeder en van ons. Ze kreeg pas kinderen toen ze al dertig of zo was, en toen was ze niet meer te harden. Zo iemand die denkt dat haar kinderen niets verkeerd kunnen doen. Dus toen Meredith, haar dochter, John aan de haak sloeg… O, mijn god. We dachten dat er geen eind aan zou komen. Meredith, dat maagdelijke meisje dat alleen maar tienen haalde, had de kanjer van de school veroverd. Maar zo'n jongen, op die leeftijd, pikt het niet als een meisje hem zijn zin niet geeft. Zo werkt dat gewoon niet. En nu kunnen ze hun gang gaan. We zouden polaroids moeten maken en ze onder Julies ruitenwissers stoppen.'

'Ja, maar je weet wel hoe ze het gaat spelen,' onderbrak Jackie haar. 'Dat het zo nobel van ze is dat ze John hebben opgevangen om hem een adempauze te geven voor zijn rouw.'

'Maar waarom is hij het huis uit?' vroeg Melissa/Melinda. Ik begon te denken dat zij de enige verstandige in het gezelschap was. 'Ik bedoel, moet hij nu niet juist bij zijn ouders zijn? Waarom zou hij een adempauze nodig hebben?'

'Omdat híj de moordenaar is,' floepte DeeAnna eruit, en de anderen lachten.

'O, wat zou het heerlijk zijn als Meredith Wheeler met een seriemoordenaar sliep,' zei Jackie. Opeens lachte er niemand meer.

Annabelle hikte met een niesgeluid en keek op haar horloge. Jackie steunde haar kin in haar hand en blies hard genoeg uit om de broodkruimels over haar bord te jagen.

'Ik kan gewoon niet geloven dat het echt waar is,' zei DeeAnna, die naar haar nagels keek. 'In ons stadje, waar we zijn opgegroeid. Die kleine meisjes. Ik word er misselijk van. Echt misselijk.'

'Ik ben blij dat mijn dochters al volwassen zijn,' zei Annabelle. 'Ik geloof niet dat ik het aan zou kunnen. Die arme Adora moet dodelijk ongerust zijn om Amma.'

Ik nam op de meisjesachtige manier van mijn gastvrouwen een muizenhapje van mijn brood en leidde het gesprek van Adora af. 'Denken de mensen echt dat John Keene er iets mee te maken zou kunnen hebben, of zijn dat valse roddels?' Ik voelde het venijn waarmee ik het laatste woord uitsprak. Ik was vergeten hoe onleefbaar dit soort vrouwen Wind Gap kon maken voor mensen die ze niet mochten. 'Ik vraag het alleen maar omdat een stel meisjes, ik denk uit de onderbouw, gisteren hetzelfde tegen me zei.' Het leek me beter te verzwijgen dat Amma een van die meisjes was.

'Laat me raden, vier brutale blondjes die zichzelf mooier vinden dan ze zijn?' zei Jackie.

'Jackie, schat, weet je wel tegen wie je het hebt?' zei Melissa/Melinda, en ze legde een hand op Jackies schouder.

'O, shit. Ik vergeet telkens dat Amma en Camille familie zijn. Het generatieverschil, hè?' Jackie glimlachte. Er knalde een kurk achter haar en ze hief haar wijnglas zonder zelfs maar naar de ober om te kijken. 'Camille, je kunt het net zo goed van ons horen: die kleine Amma van jou is een probleemkind.'

'Ik heb gehoord dat ze naar alle bovenbouwfeesten gaan,' zei DeeAnna. 'En alle jongens inpikken. En dingen doen die wij pas deden toen we oude getrouwde vrouwen waren, en dan nog alleen na overdracht van een paar mooie sieraden.' Ze draaide aan een diamanten tennisarmband.

Iedereen lachte; Jackie beukte zelfs als een opgewonden kleuter met haar vuisten op tafel.

'Maar…'

'Ik weet niet of de mensen echt denken dat John het heeft gedaan. Ik weet dat de politie met hem heeft gepraat,' zei Annabelle. 'Het is onmiskenbaar een vreemd gezin.'

'O, ik dacht dat jullie bevriend waren,' zei ik. 'Ik heb jullie daar na de begrafenis gezien.' *Misselijke kutwijven,* voegde ik er in gedachten aan toe.

'Iedereen die iets voorstelt in Wind Gap was daar na de begrafenis,' zei DeeAnna. 'Zo'n feest willen we toch niet missen?' Ze probeerde de anderen weer aan het lachen te maken, maar Jackie en Annabelle knikten plechtig en Melissa/Melinda keek om zich heen alsof ze zichzelf naar een andere tafel wilde toveren.

'Waar is je moeder?' vroeg Annabelle opeens. 'Ze moet hier komen. Het zou haar goeddoen. Ze gedraagt zich zo vreemd sinds dit allemaal is begonnen.'

'Ze gedroeg zich ook al vreemd voordat het begon,' zei Jackie met vreemd malende kaken. Ik vroeg me af of ze moest overgeven.

'O, Jackie, hou toch op.'

'Ik meen het. Camille, laat ik je dit zeggen: zoals het er nu voor staat met je moeder, ben jij beter af in Chicago. Je zou zo snel mogelijk terug moeten gaan.' Haar gezicht stond niet meer hysterisch, maar volkomen ernstig. En oprecht bezorgd. Ik begon haar weer aardig te vinden.

'Echt, Camille…'

'Kop dicht, Jackie,' zei Annabelle en ze gooide een broodje naar Jackies gezicht, hard. Het raakte haar neus en smakte op tafel. Een malle uitbarsting van agressie, zoals toen Dee zijn tennisbal naar me gooide – dát het gebeurt, is schokkender dan het effect. Jackie wuifde de klap weg en praatte door.

'Ik zeg wat ik wil, en ik zeg dat Adora Camille kwaad…'

Annabelle stond op, liep naar Jackie toe en trok haar aan haar arm omhoog.

'Jackie, steek je vinger even in je keel,' zei ze met een stem die zowel sussend als dreigend klonk. 'Je hebt te veel gedronken en anders ga je je echt beroerd voelen. Ik ga wel even met je mee naar de wc om je te helpen, dan voel je je zo weer beter.'

Jackie wilde Annabelles hand wegslaan, maar ze verstevigde haar greep en kort daarop zwalkten ze samen weg. Stilte aan de tafel. Mijn mond hing open.

'Dat is nog niets,' zei DeeAnna. 'Wij oudere meiden hebben dezelfde ruzietjes als jullie jonkies. Zo, Camille, heb je al gehoord dat we misschien een winkel van de Gap krijgen?'

Jackies woorden lieten me niet los: *Zoals het er nu voor staat met je moeder, ben jij beter af in Chicago.* Wat had ik verder nog voor teken nodig om uit Wind Gap weg te gaan? Ik vroeg me af waar Adora en zij precies ruzie om hadden gekregen. Het moest meer zijn dan een vergeten verjaardagskaart. Ik nam me voor bij Jackie langs te gaan als ze iets nuchterder was. Als ze dat ooit was. Anderzijds kon ik er moeilijk bezwaar tegen hebben dat iemand dronk.

Lekker rozig van de wijn belde ik de Nashes vanuit de buurtwinkel. Een beverig meisjesstemmetje zei hallo en toen niets meer. Ik hoorde een ademhaling, maar kreeg geen antwoord op mijn vraag of ik pappie of mammie mocht spreken. Een trage klik en de verbinding was verbroken. Ik besloot het er in eigen persoon op te wagen.

Op de oprit van de Nashes stond een vierkant bestelbusje uit het discotijdperk naast een roestige gele Trans Am, waar ik uit

opmaakte dat Bob en Betsy allebei thuis waren. De oudste dochter deed open, maar toen ik vroeg of haar ouders thuis waren,
bleef ze gewoon achter de hordeur staan. De Nashes waren klein
van stuk. Ik wist dat deze telg, Ashleigh, twaalf was, maar net als
het mollige jongetje dat ik bij mijn eerste bezoek had gezien, zag
ze er een paar jaar jonger uit dan ze was, en zo gedroeg ze zich
ook. Ze sabbelde op haar haar en knipperde nauwelijks met haar
ogen toen de kleine Bobby naar haar toe waggelde, mij zag en begon te huilen. En toen te blèren. Het duurde meer dan een minuut voordat Betsy Nash naar de deur kwam. Ze zag er net zo
verdwaasd uit als haar kinderen en leek me niet te snappen toen
ik me voorstelde.

'Wind Gap heeft geen plaatselijke krant,' zei ze.

'Nee, ik ben van de *Chicago Daily Post*,' zei ik. 'In Chicago. In
Illinois.'

'Mijn echtgenoot gaat over dat soort aankopen,' zei ze, en ze
haalde haar vingers door het blonde haar van haar zoontje.

'Ik kom u geen abonnement verkopen of zo… Is meneer Nash
thuis? Zou ik hem even snel mogen spreken?'

De Nashes liepen als één man weg en weer een paar minuten
later had Bob Nash me naar binnen geloodst en gooide hij was-
goed van de bank om me een zitplaats te kunnen aanbieden.

'Godver, wat een zooi is het hier,' pruttelde hij goed hoorbaar
naar zijn vrouw. 'Neem me niet kwalijk voor de rommel in huis,
mevrouw Preaker. Het is hier een beetje in de soep gelopen sinds
Ann.'

'O, dat geeft niets,' zei ik terwijl ik een piepklein jongenson-
derbroekje onder me vandaan trok. 'Zo ziet het er bij mij thuis
altijd uit.' Het tegendeel was waar. Als ik iets van mijn moeder
had geërfd, was het wel een dwangmatige netheid. Ik moest me
ervan weerhouden sokken te strijken. Toen ik uit de kliniek
kwam, had ik zelfs een tijdje dingen uitgekookt: mijn pincet en

wimpertang, schuifspeldjes en tandenborstel. Het was een verwennerijtje dat ik mezelf gunde. Uiteindelijk gooide ik het pincet weg, trouwens. Te veel nachtelijke gedachten aan de blinkende hete punten. Stoute meid, wat je zegt.

Ik hoopte dat Betsy Nash zou verdwijnen. Letterlijk. Ze was zo ijl dat ik me kon voorstellen dat ze langzaam verdampte en alleen een natte plek op het puntje van de bank achterliet. Maar ze bleef, en nog voordat we aan ons gesprek begonnen waren, flitsten haar ogen al heen en weer tussen haar man en mij, alsof ze zich schrap zette. De kinderen bleven ook in de kamer hangen, kleine blonde geesten, gevangen in een niemandsland tussen luiheid en domheid. Het knappe meisje zou het misschien redden, maar de dikke middelste dochter, die nu versuft de kamer in slofte, was gedoemd tot seks en vreetbuien om zichzelf te troosten. De jongen was het type dat later op parkeerplaatsen bij benzinestations zou gaan drinken. Het soort ontevreden, verveelde jongere dat ik toen ik de stad inreed had gezien.

'Meneer Nash, ik wil u meer over Ann vragen. Voor een groter artikel,' begon ik. 'U bent heel gul geweest met uw tijd, en ik hoopte dat u me nog iets meer kon geven.'

'Wij werken mee aan alles wat deze zaak onder de aandacht kan brengen,' zei hij. 'Wat wilt u weten?'

'Wat voor spelletjes vond ze leuk, wat at ze graag? Welke woorden zou u gebruiken om haar te beschrijven? Was ze een leider of een volger? Had ze veel losse vriendinnen of maar een paar hartsvriendinnen? Hoe vond ze het op school? Wat deed ze op zaterdag?' De Nashes keken me zwijgend aan. 'Ik noem maar iets,' zei ik met een glimlach.

'Dat zijn meer vragen voor mijn vrouw,' zei Bob Nash. 'Zij is de… verzorgster.' Hij keek naar Betsy Nash, die telkens dezelfde jurk op haar schoot vouwde en uitvouwde.

'Ze hield van pizza en vissticks,' zei ze. 'En ze ging met veel meisjes om, maar ze had maar een paar echte vriendinnen, als u begrijpt wat ik bedoel. Ze speelde vaak alleen.'

'Kijk, mammie, Barbie moet kleertjes hebben,' zei Ashleigh en ze zwaaide met een blote plastic pop voor het gezicht van haar moeder. Toen we haar alle drie negeerden, gooide ze de pop op de vloer en begon met zelfverzonnen balletpassen door de kamer te draaien. Tiffanie zag haar zeldzame kans schoon, griste de Barbie weg en begon de rubberachtige bruine benen te spreiden en te sluiten, spreiden en sluiten.

'Ze was stoer, ze was mijn stoerste,' zei Bob Nash. 'Als ze een jongen was geweest, had ze football kunnen spelen. Ze bezeerde zich continu met haar wilde spelletjes, zat altijd vol schrammen en blauwe plekken.'

'Ann was mijn mond,' zei Betsy zacht. Toen zweeg ze.

'Hoe bedoelt u, mevrouw Nash?'

'Ze was een echte prater, zei alles wat er in haar opkwam. Op een goede manier. Meestal.' Ze zweeg weer, maar ik zag de gedachten achter haar ogen en wachtte af. 'Weet u, ik dacht dat ze advocaat zou kunnen worden, of een debatclub zou kunnen leiden op de universiteit, want ze was zo... Ze stond nooit stil bij wat ze zei. Anders dan ik. Ik denk dat alles wat ik zeg stom is. Ann dacht dat iedereen alles moest horen wat ze te zeggen had.'

'U vroeg hoe ze het op school vond, mevrouw Preaker,' mengde Bob Nash zich weer in het gesprek. 'Daar werkte ze zich in de nesten met haar spraakzaamheid. Ze kon een beetje bazig zijn, en in de loop der jaren hebben we wel eens van een leraar te horen gekregen dat ze zich niet zo goed aanpaste aan de groep. Ze was een beetje wild.'

'Maar soms denk ik dat het kwam doordat ze zo slim was,' voegde Betsy Nash eraan toe.

'Ze was heel bijdehand, ja,' zei Bob Nash met een knikje. 'Soms dacht ik dat ze slimmer was dan haar pa. Soms dacht ze zélf dat ze slimmer was dan haar pa.'

'Mammie, kijk!' Biggetje Tiffanie, dat gedachteloos op Barbies tenen had zitten kluiven, rende naar het midden van de woonkamer en maakte de ene koprol na de andere. Ashleigh slaakte een woedende kreet toen ze zag dat haar moeder aandacht besteedde aan haar tweede dochter en gaf Tiffanie een harde zet. Toen trok ze nog een keer gemeen aan haar haar. Tiffanie zette het op een brullen en Bobby junior volgde haar voorbeeld.

'Het is Tiffanies schúld,' riep Ashleigh, die ook begon te huilen.

Ik had een broos evenwicht verstoord. Een gezin met meer kinderen is een broeinest van kleingeestige jaloezietjes, zoveel wist ik zelf ook, en de kinderen Nash raakten in paniek bij het idee dat ze niet alleen met elkaar, maar ook met een dood zusje moesten wedijveren. Ik leefde met hen mee.

'Betsy,' prevelde Bob Nash zacht, en hij trok zijn wenkbrauwen iets op. Bobby junior werd snel van de vloer getild en op een heup gehesen, Tiffanie werd met een hand van de vloer getrokken, de andere arm werd om de inmiddels ontroostbare Ashleigh geslagen en het viertal verliet het vertrek.

Bob Nash keek zijn gezin even na.

'Zo gaat het nu al bijna een jaar met die meiden,' zei hij. 'Ze gedragen zich als kleine kinderen. Ik dacht dat ze zo snel mogelijk volwassen hoorden te willen worden. Dat Ann weg is, heeft dit gezin meer veranderd dan...' Hij ging verzitten. 'Ze was gewoon zo'n persóónlijkheid, ziet u? U zult wel denken: negen, wat is dat nou helemaal? Daar zit toch nog niets bij? Maar Ann had karákter. Ik kon raden hoe ze over dingen dacht. Als we tv zaten te kijken, wist ik wat ze leuk vond en wat stom. Dat heb ik met mijn andere kinderen niet. Jezus, dat heb ik niet eens met mijn vrouw. Maar Ann, je voelde gewoon dat ze er wás. Ik...' Bob Nash' keel werd dichtgeknepen. Hij stond op, wendde zich van me af, keek om, liep achter de bank langs en bleef voor me staan. 'Godver-

domme, ik wil haar terug. Ik bedoel, wat nu? Is dit alles?' Hij ge-
baarde met zijn hand door de kamer en naar de deur waardoor
zijn vrouw en kinderen waren vertrokken. 'Want als dit alles is,
heeft het niet veel zin, hè? En verdomme, iemand moet die man
vinden, want hij moet me vertellen: waarom Ann? Ik moet het
weten. Zij was degene van wie ik altijd dacht dat ze er wel zou komen.'

Ik bleef roerloos zitten. Ik voelde mijn slagader in mijn hals
kloppen.

'Meneer Nash, ik heb gehoord dat Anns persoonlijkheid, die
heel krachtig was, zoals u al zei, bepaalde mensen tegen de haren
in zou kunnen hebben gestreken. Zou dat er iets mee te maken
kunnen hebben, denkt u?'

Ik voelde dat hij argwaan kreeg en zag het aan de manier waarop hij ging zitten, nadrukkelijk achteroverleunde, zijn armen
over de rugleuning strekte en deed alsof hij op zijn gemak was.

'Wie zou ze tegen de haren in hebben gestreken?'

'Nou, was er geen probleem met een vogel van de buren? Had
ze een vogel van de buren mishandeld?'

Bob Nash wreef in zijn ogen en keek naar zijn voeten.

'God, wat roddelen de mensen hier. Niemand heeft ooit be-
wezen dat Ann het had gedaan. Ze had al ruzie met die buren.
Joe Duke van de overkant. Zijn dochters zijn ouder, en ze vielen
Ann vaak lastig, pestten haar vaak. Op een dag vroegen ze haar
of ze bij hen kwam spelen. Ik weet niet wat er is gebeurd, maar
tegen de tijd dat Ann thuiskwam, riepen ze allemaal dat zij die
pokkenvogel had vermoord.' Hij lachte, haalde zijn schouders
op. 'Mij best als ze het had gedaan, het beest maakte maar herrie.'

'Denkt u dat Ann zoiets had kunnen doen, als ze in het nauw
werd gedreven?'

'Nou, je moest wel gek zijn om Ann in het nauw te willen drijven,' zei hij. 'Dat liet ze niet over haar kant gaan. Ze was niet bepaald een dametje.'

'Denkt u dat ze haar moordenaar kende?'

Nash pakte een roze T-shirt van de bank en vouwde het als een zakdoek in vieren. 'Ik dacht van niet, maar nu denk ik van wel. Ik denk dat ze met een bekende is meegegaan.'

'Zou ze eerder met een man meegaan of met een vrouw?' vroeg ik.

'O, dus u hebt het James Capisi-verhaal gehoord?'

Ik knikte.

'Nou, een meisje zal eerder iemand vertrouwen die haar aan haar moeder doet denken, nietwaar?'

Hangt ervan af wat voor moeder ze heeft, dacht ik.

'Maar toch denk ik dat het een man is. Ik kan me niet voorstellen dat een vrouw een kind… zoiets aandoet. Ik heb gehoord dat John Keene geen alibi heeft. Misschien wilde hij een meisje vermoorden, hij zag Natalie elke dag, de hele dag lang, en kon hij geen weerstand meer bieden aan die drang en heeft hij toen een andere wildebras vermoord, een meisje dat op Natalie leek. Uiteindelijk kon hij zich niet meer beheersen en toen heeft hij Natalie ook vermoord.'

'Is dat wat de mensen zeggen?' vroeg ik.

'Zo ongeveer, denk ik.'

Opeens dook Betsy Nash in de deuropening op. Met neergeslagen ogen zei ze: 'Bob, Adora is hier.' Mijn maag verkrampte zonder mijn toestemming.

Mijn moeder zeilde de kamer in. Ze rook naar knalblauw water en leek zich in huize Nash beter op haar gemak te voelen dan mevrouw Nash zelf. Het was een natuurtalent van Adora, andere vrouwen het gevoel geven dat ze van ondergeschikt belang waren. Betsy Nash trok zich terug als een dienstmeisje in een film uit de jaren dertig. Mijn moeder richtte zich direct tot Bob Nash, zonder mij ook maar een blik waardig te keuren.

'Bob, Betsy vertelde me dat er een verslaggever bij jullie was en ik begreep meteen dat het mijn dochter moest zijn. Het spijt me ontzettend. Ik weet niet hoe ik me moet verontschuldigen voor die inbreuk op jullie privacy.'

Bob Nash keek van Adora naar mij. 'Is dit je dochter? Ik had geen idee.'

'Nee, dat zal wel niet. Camille is niet zo familieziek.'

'Waarom hebt u dat niet gezegd?' vroeg Nash aan mij.

'Ik heb u verteld dat ik uit Wind Gap kwam. Ik ben niet op het idee gekomen dat u zou willen weten wie mijn moeder was.'

'O, ik ben niet boos, begrijp me niet verkeerd, alleen is uw moeder een heel goede vriendin van ons,' zei hij op de toon van een ruimhartige beschermheer. 'Ze heeft Ann bijles in taal en spelling gegeven. Uw moeder en Ann konden heel goed met elkaar opschieten. Ann was apetrots dat ze een volwassen vriendin had.'

Mijn moeder zat met haar handen gevouwen op haar schoot en haar rok over de bank uitgespreid, en ze knipperde met haar ogen naar me. Ik had het gevoel dat ze me waarschuwde dat ik iets stil moest houden, maar ik wist niet wat.

'Dat wist ik niet,' zei ik ten slotte. Waar. Ik dacht dat mijn moeder haar verdriet chargeerde met de bewering dat ze die meisjes had gekend. Nu stond ik ervan te kijken hoe subtiel ze het had aangepakt. Maar waarom had ze Ann in vredesnaam bijles gegeven? Ze was wel hulpmoeder op school geweest toen ik nog klein was, vooral om andere huisvrouwen uit Wind Gap te ontmoeten, maar ik kon me niet voorstellen dat haar adeldom ook de verplichting schiep hele middagen door te brengen met een slonzig kind uit het westen van de stad. Soms onderschatte ik Adora. Denk ik.

'Camille, je kunt maar beter gaan,' zei Adora. 'Ik ben hier voor de gezelligheid en ik kan me tegenwoordig moeilijk ontspannen waar jij bij bent.'

'Meneer Nash en ik zijn nog niet uitgepraat.'

'O, jawel.' Adora keek vragend naar Nash en hij glimlachte schutterig, als iemand die in de zon kijkt.

'Misschien kunnen we de draad later weer oppakken, mevrouw… Camille.' Opeens lichtte er een woord op mijn onderlip op: *straf.* Ik voelde het heet worden.

'Meneer Nash, bedankt voor uw tijd,' zei ik en ik beende de kamer uit zonder een blik op mijn moeder te werpen. Voordat ik bij mijn auto was, huilde ik al.

7

Ik stond een keer op een koude hoek in Chicago bij een voetgangerslicht te wachten toen er een blinde man aan kwam tikken. Op welk kruispunt ben ik hier, vroeg hij en toen ik geen antwoord gaf, draaide hij zich naar me toe en zei: *is daar iemand?*

Ik ben er, zei ik, en het voelde schrikbarend geruststellend om die woorden te horen. Als ik een paniekaanval heb, zeg ik ze hardop tegen mezelf. *Ik ben er.* Meestal heb ik niet het gevoel dat ik er ben. Ik heb het gevoel dat er maar een warm briesje mijn kant op hoeft te komen of ik ben voorgoed weg, zonder ook maar een flintertje van een nagel achter te laten. Op sommige dagen vind ik het een geruststellende gedachte, op andere krijg ik het er koud van.

Mijn gevoel van gewichtloosheid is, denk ik, te wijten aan het feit dat ik zo weinig van mijn verleden weet, of dat was tenminste wat de therapeuten in de kliniek dachten. Ik probeer al heel lang niet meer iets over mijn vader te weten te komen; als ik me hem voorstel, zie ik een algemeen 'vaderbeeld' voor me. Ik vind het ondraaglijk om te specifiek aan hem te denken, om me voor te stellen dat hij boodschappen doet, zijn ochtendkoffie drinkt of thuiskomt bij zijn kinderen. Zal ik op een dag tegen een vrouw op lopen die op me lijkt? Als kind deed ik mijn uiterste best een overtuigende gelijkenis tussen mijn moeder en mezelf te vinden, iets om te bewijzen dat ik haar kind was. Ik bekeek haar stiekem, stal de ingelijste foto's uit haar kamer en probeerde mezelf wijs te maken dat ik haar ogen had. De gelijkenis hoefde niet in het gezicht te zitten. Het kon ook de welving van een kuit zijn, of de buiging van mijn hals.

Ze heeft me nooit verteld hoe ze Alan heeft ontmoet. Wat ik van hun verhaal weet, heb ik van andere mensen gehoord. Vragen worden ontmoedigd, als ongepaste nieuwsgierigheid gezien. Ik herinner me mijn ontzetting toen ik mijn huisgenote op de universiteit met haar moeder hoorde telefoneren: de gedetailleerde onbenulligheden en haar gebrek aan zelfcensuur kwamen me decadent voor. Ze vertelde idiote dingen, zoals dat ze was vergeten dat ze zich voor een college had ingeschreven – ze was glad vergeten dat ze drie keer per week naar geografie moest – en ze vertelde ze zo trots als een kleuter die een stempeltje voor een tekening heeft gekregen.

Ik weet nog dat ik die moeder ten slotte te zien kreeg. Ze darde door onze kamers, stelde allerlei vragen en wist al van alles over me. Ze gaf Alison een grote plastic zak met veiligheidsspelden, die konden goed van pas komen, dacht ze, en toen ze weg waren gegaan om te lunchen, verbaasde ik mezelf door in tranen uit te barsten. Het gebaar, zo willekeurig en vriendelijk, verbijsterde me. Was dat wat moeders deden, zich afvragen of je veiligheidsspelden nodig had? De mijne belde een keer per maand op en stelde altijd dezelfde praktische vragen (cijfers, colleges, te verwachten kostenposten).

Ik herinner me niet dat ik Adora als kind ooit heb verteld wat mijn lievelingskleur was, of hoe ik mijn dochter later wilde noemen. Ik geloof niet dat ze ooit heeft geweten wat mijn lievelings-kostje was en ik liep al helemaal niet in de kleine uurtjes naar haar kamer, huilerig van een nachtmerrie. Ik heb altijd medelijden met het meisje dat ik was, want het kwam niet in me op dat mijn moeder me zou kunnen troosten. Ze heeft nooit tegen me gezegd dat ze van me hield en ik ben er nooit van uitgegaan dat ze dat deed. Ze zorgde voor me. Ze leidde me. O, ja, en ze heeft een keer lotion met vitamine E voor me gekocht.

Ik heb mezelf een tijdje aangepraat dat Adora's afstandelijkheid een afweermechanisme was dat ze na Marian nodig had, maar als ik heel eerlijk ben, heeft ze volgens mij altijd meer moeite met kinderen gehad dan ze ooit zou willen toegeven. Ik geloof zelfs dat ze kinderen haat. Ze had een jaloezie, een rancune die ik nu nog kan voelen, in mijn herinnering. Waarschijnlijk heeft ze het ooit een leuk idee gevonden, een dochtertje. Ik wed dat ze als jong meisje fantaseerde over het moederschap, een kind koesteren, het likken als een poes die bol staat van de melk. Die gulzigheid heeft ze naar kinderen toe. Ze vreet ze op. Zelfs ik was in het openbaar een geliefd kind. Toen haar rouw om Marian was afgelopen, paradeerde ze met me in de stad. Ze glimlachte me, plaagde me en kietelde me terwijl ze met kennissen op de stoep praatte. Weer thuis sleepte ze zich als een onafgemaakte zin naar haar kamer, en dan zat ik met mijn gezicht tegen haar deur gedrukt de dag door te nemen, zoekend naar aanwijzingen: wat had ik gedaan om haar misnoegen te wekken?

Ik heb één herinnering die als een gemene bloedprop is blijven steken. Marian was ongeveer twee jaar dood en mijn moeder had een groepje vriendinnen op de borrel gevraagd. Een van hen had een baby bij zich. Het kind werd uren vertroeteld, met rode lippenstiftkussen overstelpt, schoongemaakt met tissues en weer met rode kussen bestempeld. Ze dachten dat ik in mijn kamer zat te lezen, maar ik zat boven aan de trap te kijken.

Toen mijn moeder de baby eindelijk mocht vasthouden, knuffelde ze hem vurig. *O, wat heerlijk om weer een baby in mijn armen te hebben!* Adora liet hem op haar knie wippen, liep met hem door de kamers en fluisterde tegen hem, en ik keek van bovenaf toe als wraakgierige kleine god, met mijn hand op mijn wang om me voor te stellen hoe het voelde mijn wang tegen die van mijn moeder te drukken.

Toen de dames naar de keuken gingen om te helpen opruimen, veranderde er iets. Ik herinner me dat mijn moeder, alleen in de woonkamer, bijna wellustig naar het kind keek. Ze drukte haar lippen hard op het appelwangetje van het kind. Toen deed ze haar mond een klein stukje open, nam een hapje wang tussen haar tanden en beet zachtjes.

Het kind brulde. Terwijl de rode vlek wegtrok, knuffelde Adora het kind en zei tegen de andere vrouwen dat het gewoon een kleine druktemaker was. Ik rende naar Marians kamer en dook onder de dekens.

Na mijn moeder en de Nashes ging ik weer iets drinken bij Footh's. Ik zoop wel te veel, maar nooit zo veel dat ik dronken werd, stelde ik mezelf gerust. Ik moest gewoon even een slokje hebben. Ik zie wel iets in het beeld van drank als smeermiddel, een beschermende laag tegen alle scherpe gedachten in je hoofd. De barkeeper was een vent met een rond gezicht die twee klassen lager dan ik had gezeten. Ik wist vrijwel zeker dat hij Barry heette, maar niet zeker genoeg om hem zo te noemen. 'Welkom terug,' mompelde hij toen hij mijn grote glas voor twee derde vol whisky schonk en er nog een scheutje cola bij deed. 'Van het huis,' zei hij tegen de servethouder. 'We nemen hier geen geld aan van knappe vrouwen.' Zijn nek werd vuurrood en hij deed alsof hij opeens dringend aan de andere kant van de bar moest zijn.

Op de terugweg naar huis nam ik Neeho Drive, een straat waar een aantal vriendinnen van me had gewoond en die de stad doorsneed en steeds chiquer werd naarmate Adora's huis dichterbij kwam. Ik zag Katie Laceys vroegere huis, een ondeugdelijke villa die haar ouders hadden laten bouwen toen we tien waren, nadat ze hun oude victoriaanse huis met de grond gelijk hadden gemaakt.

Bij het eerste kruispunt voor me tufte een meisje op een golfkarretje met bloemenstickers erop. Ze droeg haar haar in ingewikkelde vlechten, als een Zwitsers meisje op een cacaoverpakking. Amma. Ze had Adora's bezoek aan de Nashes aangegrepen om te ontsnappen – sinds de moord op Natalie waren meisjes alleen een zeldzaamheid in Wind Gap.

Ze reed naar het oosten, de kant van de krotten en de vleesfabriek op. Ik sloeg de hoek om en volgde haar zo langzaam dat de motor bijna afsloeg.

De route bood Amma een lekkere helling naar beneden, en het karretje ging zo hard dat haar vlechten achter haar dansten. Binnen tien minuten waren we de stad uit. Hoog, geel gras en verveelde koeien. Schuren zo verzakt als oude mannen. Ik liet de auto een paar minuten stationair draaien om Amma een voorsprong te geven en reed toen net ver genoeg om haar in het zicht te kunnen houden. Ik volgde haar langs boerderijen en een kraampje met walnoten langs de weg dat werd bemand door een jongen die zijn sigaret zwierig als een filmster vasthield. De lucht begon al snel naar mest en muf speeksel te ruiken en ik wist waar we naartoe gingen. Tien minuten later kwamen de metalen varkenskooien in zicht, lang en glanzend als rijen nietjes. Mijn oren zweetten van het gekerm. Als kreten uit een roestige waterput. Ik sperde onwillekeurig mijn neusgaten open en de tranen sprongen me in de ogen. Als je ooit in de buurt van een vleesverwerkende fabriek bent geweest, weet je wat ik bedoel. De stank is niet zoals water of lucht, maar massief. Alsof je er een gat in zou kunnen snijden om je ervan te bevrijden, maar dat kan niet.

Amma zoefde door de hekken van de fabriek. De portier wuifde naar haar. Ik kwam niet zo makkelijk binnen, maar toen zei ik het toverwoord: *Adora.*

'Ja, Adora heeft een volwassen dochter. Nu weet ik het weer,' zei de oude man. josé, stond er op zijn naamplaatje. Ik probeerde te zien of hij al zijn vingers nog had. Mexicanen krijgen geen relaxt baantje als hun werkgever niet bij hen in het krijt staat. Zo gaat dat in de fabrieken hier: de Mexicanen krijgen de rottigste, gevaarlijkste banen en toch blijven de blanken klagen.

Amma parkeerde haar golfkarretje naast een pick-up en veegde het stof van haar kleren. Toen nam ze doelbewust de kortste weg langs het slachthuis en de rijen kooien met roze natte snuiten die elkaar tussen de tralies door verdrongen naar de grote metalen loods van de fokkerij. De zeugen worden meestal achter elkaar door geïnsemineerd, worp na worp, tot hun lichaam bezwijkt en ze naar de slacht gaan, maar zolang ze nog bruikbaar zijn, moeten ze zogen. Ze liggen op hun zij vastgebonden in een biggenkrat, met hun poten gespreid zodat de biggen beter bij de spenen kunnen. Varkens zijn uiterst slimme, sociabele dieren, en die gedwongen lopende-bandintimiteit maakt dat de zogende zeugen het liefst dood willen. Dat gaan ze ook, zodra ze geen melk meer geven.

Alleen al het idee van dit soort praktijken staat me tegen, maar als je het echt ziet, doet het iets met je, ontneemt het je iets van je menselijkheid. Alsof je naar een verkrachting kijkt zonder in te grijpen. Ik zag Amma aan de andere kant van de loods bij een biggenkrat staan. Een paar mannen trokken een bundeltje piepende biggen uit de kooi en gooiden andere biggen terug. Ik liep naar de zijkant van de loods, zodat ik achter Amma kwam te staan zonder dat ze mij kon zien. De zeug lag bijna comateus op haar zij, met haar buik zichtbaar tussen de metalen spijlen. Haar rode, bloedige spenen wezen als vingers naar buiten. Een van de mannen wreef olie op de bloedigste speen, kneep erin en lachte. Ze besteedden geen aandacht aan Amma, alsof het heel gewoon was dat ze er was. Ze knipoogde naar een van de mannen toen ze een andere zeug in een krat opsloten en wegreden om de volgende lading te halen.

De biggen in de kooi zwermden als mieren op een klodder jam over de zeug heen. Ze vochten om de spenen, die in en uit snuiten wipten en zo stijf als rubber terugveerden. De ogen van de zeug rolden omhoog in hun kassen. Amma ging in kleermakerszit zitten en keek gefascineerd toe. Vijf minuten later zat ze nog net zo, maar nu glimlachte en kronkelde ze. Ik moest weg. Ik liep eerst langzaam, toen op een drafje naar mijn auto. Met de portieren op slot, de radio op zijn hardst en een brandende keel van de lauwe whisky reed ik weg van de stank en het lawaai. En dat kind.

8

Amma. Tot nu toe had ik weinig belangstelling voor haar gehad, maar dat was nu anders. Mijn keel werd dichtgeknepen door wat ik op de fokkerij had gezien. Mijn moeder zei dat ze het populairste meisje van de hele school was, en ik geloofde het. Jackie zei dat ze het gemeenste meisje was, en dat geloofde ik ook. Als je in de maalstroom van Adora's verbittering leefde, moest je wel een beetje misvormd raken. En wat vond Amma van Marian? vroeg ik me af. Wat moest het verwarrend zijn om in de schaduw van een schaduw te leven. Maar Amma was een slimme meid: ze reageerde alles buitenshuis af. In Adora's bijzijn was ze meegaand, lief, aanhankelijk, alles wat ze moest zijn om de liefde van mijn moeder te winnen.

Maar die agressie… de driftaanval, de klap in het gezicht van haar vriendin en nu dit misselijke gedrag weer. Een voorliefde voor het doen en zien van akelige dingen. Het deed me opeens denken aan de verhalen over Ann en Natalie. Amma leek niet op Marian, maar misschien leek ze wel een beetje op die twee.

Laat in de middag, vlak voor het eten, besloot ik het nog eens bij de Keenes te proberen. Ik moest hen kunnen citeren in mijn achtergrondartikel. Als het niet lukte, zou Curry me van mijn opdracht ontslaan. Ik zou er persoonlijk geen traan om laten als ik uit Wind Gap weg moest, maar ik moest bewijzen dat ik dit aankon, zeker gezien mijn wankele reputatie. Een vrouw die zichzelf snijdt, staat niet boven aan de lijst voor belangrijke opdrachten.

Ik reed langs de plek waar Natalies lichaam was gevonden. Wat Amma niet de moeite van het jatten waard had gevonden, vormde een zielig hoopje: drie kaarsstompjes, allang uitgewaaid, en goedkope bloemen, nog in de verpakking van de supermarkt. Een verslapte, hartvormige luchtballon deinde lusteloos aan zijn koordje.

Natalies broer zat op de inrit van de Keenes op de passagiersstoel van een rode cabrio te praten met een blond meisje dat bijna net zo mooi was als hij. Ik parkeerde achter hen en zag dat ze stiekem naar me keken en snel deden alsof ze me niet hadden gezien. Het meisje lachte geanimeerd en haalde haar roodgelakte nagels door het donkere haar van de jongen. Ik knikte schutterig naar hen, wat ze vast niet zagen, en glipte langs hen heen naar de voordeur.

Natalies moeder deed open. Achter haar was het huis donker en stil. Haar gezicht verstrakte niet; ze had me niet herkend.

'Mevrouw Keene, het spijt me dat ik u kom lastigvallen, maar ik moet u echt spreken.'

'Over Natalie?'

'Ja, mag ik binnenkomen?' Het was vals om haar huis binnen te dringen zonder me voor te stellen. Journalisten zijn net vampiers, mag Curry graag zeggen. Ze kunnen je huis niet in als je ze niet zelf uitnodigt, maar eenmaal binnen krijg je ze niet meer weg tot ze je helemaal hebben leeggezogen. Mevrouw Keene hield de deur open.

'O, wat is het hier lekker koel, dank u,' zei ik. 'Het zou vandaag tweeëndertig graden worden, maar volgens mij is het nog warmer.'

'Ik heb gehoord dat het vijfendertig graden zou worden.'

'Dat geloof ik graag. Mag ik zo vrij zijn u om een glas water te vragen?' Nog een beproefde list: een vrouw die je haar gastvrijheid heeft aangeboden, zal je minder snel de deur uit zetten. Het is nog beter om een tissue te vragen, maar dan moet je wel allergisch of verkouden zijn. Vrouwen zijn gek op zwakte. De meeste vrouwen.

'Natuurlijk.' Ze keek me even zwijgend aan alsof ze het gevoel had dat ze hoorde te weten wie ik was en zich geneerde om het te vragen. Uitvaartondernemers, geestelijken, politiemensen, artsen, rouwenden – waarschijnlijk had ze de afgelopen paar dagen meer mensen gesproken dan in het hele jaar ervoor.

Mevrouw Keene liep naar de keuken en ik keek om me heen. De woonkamer zag er heel anders uit nu alle meubelen weer op hun plek stonden. Ik zag een foto van de twee kinderen Keene op een tafel staan. Ze droegen allebei een spijkerbroek en een rode trui en leunden aan weerszijden tegen een grote eik. De jongen glimlachte opgelaten, alsof hij iets deed wat beter onopgemerkt kon blijven. Het meisje, dat ongeveer half zo groot was als hij, keek geforceerd ernstig, alsof ze voor een oude daguerreotype poseerde.

'Hoe heet uw zoon?'

'Dat is John. Het is een lieve, zachtaardige jongen. Dat vind ik het mooiste aan hem. Hij is net voor zijn eindexamen geslaagd.'

'Ze hebben het dus een beetje naar voren gehaald. Toen ik hier op school zat, moesten we tot juni wachten.'

'Hm. Fijn, een langere zomer.'

Ik glimlachte. Zij glimlachte. Ik ging zitten en nam een slokje water. Ik wist niet meer wat Curry's advies was voor als je je eenmaal iemands woonkamer had binnengedrongen.

'We hebben nog niet officieel kennisgemaakt. Ik ben Camille Preaker. Van de *Chicago Daily Post*, weet u nog? We hebben elkaar pas even telefonisch gesproken.'

Ze glimlachte niet meer. Haar onderkaak maalde.

'Dat had u meteen moeten zeggen.'

'Ik weet dat dit een verschrikkelijke tijd voor u is, maar als ik u een paar vragen zou mogen stellen…'

'Dat mag u niet.'

'Mevrouw Keene, we willen uw familie recht doen, daarom ben ik hier. Hoe meer informatie we de mensen kunnen geven…'

'… hoe meer kranten jullie verkopen. Ik ben dit spuugzat. Ik zeg het nog één keer: blijf hier weg. Probeer niet om contact met ons te krijgen. Ik heb u niets te zeggen.' Ze kwam voor me staan en boog zich naar me over. Ze droeg dezelfde ketting als op de begrafenis, van houten kralen met een groot rood hart in het midden dat op haar boezem heen en weer zwaaide als het horloge van een hypnotiseur. 'Jullie zijn parasieten,' beet ze me toe. 'Ik walg van jullie. Ik hoop dat je op een dag terugkijkt en inziet hoe verfoeilijk je bent. Wil je nu weggaan, alsjeblieft?'

Ze liep achter me aan naar de deur, alsof ze pas kon geloven dat ik weg was als ze me buiten zag lopen. Ze sloot de deur zo krachtig achter me dat de deurbel even tinkelde.

Toen ik blozend op de stoep stond te bedenken wat een leuk detail die ketting met dat hart in mijn artikel zou zijn, zag ik dat het meisje in de rode cabrio naar me keek. De jongen was weg.

'Jij bent Camille Preaker, hè?' riep ze.

'Ja.'

'Ik ken je nog wel,' zei het meisje. 'Ik was nog maar een uk toen jij hier woonde, maar we kenden je allemaal.'

'Wie ben jij?'

'Meredith Wheeler. Dat weet je vast niet meer, ik was nog maar een kleine snotaap toen jij al op de middelbare school zat.'

Het vriendinnetje van John Keene. Haar naam kwam me bekend voor, dankzij de vriendinnen van mijn moeder, maar haarzelf zou ik me nooit herinnerd hebben. Toch verbaasde het me niet dat ze mij wél herkende. Opgroeiende meisjes in Wind Gap hielden de oudere meisjes obsessief in de gaten: wie versierden de footballsterren, wie was de koningin van het bal, wie was belangrijk? Je ruilde van favorieten alsof het honkbalplaatjes waren. Ik kan me CeeCee Wyatt nog herinneren, de koningin van het eindexamenbal toen ik net op de middelbare school zat. Ik heb een keer elf lippenstiften gekocht op zoek naar exact dezelfde roze tint die zij ophad toen ze me op een ochtend begroette.

'Ik weet het nog wel,' zei ik. 'Ongelooflijk dat je al autorijdt.'

Ze lachte alsof mijn leugentje haar plezier deed.

'Je bent verslaggever geworden, hè?'

'Ja, in Chicago.'

'Ik zorg wel dat John met je wil praten. Je hoort nog van me.'

Meredith zoefde weg. Ze zal wel heel tevreden over zichzelf zijn geweest – *Je hoort nog van me* – haar lipgloss hebben ververst en geen moment hebben gedacht aan de tienjarige dode die het gespreksonderwerp zou zijn.

Ik belde de grootste gereedschapswinkel in de stad, die waar Natalie was gevonden. Zonder te zeggen wie ik was, ratelde ik over de badkamer die ik eventueel wilde opknappen, de nieuwe tegels die ik misschien wilde hebben. Het was niet moeilijk het gesprek op de moorden te brengen. Er zullen de laatste tijd wel veel mensen over de beveiliging van hun huis hebben nagedacht, opperde ik.

'Nou en of, mevrouw. De dievenkettingen en nachtsloten waren de afgelopen dagen niet aan te slepen,' zei de bromstem.

'Echt waar? Hoeveel hebt u er verkocht?'

'Tegen de veertig, denk ik.'

'Vooral aan gezinnen, zeker? Mensen met kinderen?'

'Ja, dat zijn de mensen die reden tot bezorgdheid hebben, immers? Het is verschrikkelijk. We gaan proberen de ouders van Natalie een kleine donatie te doen.' Hij zweeg. 'Wilt u tegels komen bekijken?'

'Ja, dat zou ik kunnen doen, dank u.'

Ik kon weer een verslaggeversklusje afvinken, en ik had me niet eens aan de verwensingen van een rouwende moeder hoeven onderwerpen.

Richard had Gritty's uitgekozen voor onze eetafspraak, een 'familierestaurant' met een saladebuffet waar alles te vinden was, behalve salade. De sla zat altijd in een kleine bak aan het eind, een vettige, fletse toevoeging achteraf. Toen ik me twaalf minuten te laat naar binnen repte, was Richard met de gezellig dikke gastvrouw aan het flirten. Het meisje, dat net zo'n rond gezicht had als de taarten die in de vitrine achter haar ronddraaiden, leek niet op te merken dat ik stond te wachten. Ze ging helemaal op in de mogelijkheden die Richard bood: in gedachten was ze de ontmoeting al in haar dagboek aan het noteren.

'Preaker,' zei Richard zonder zijn ogen van het meisje af te wenden, 'je bent schandalig laat. Wees maar blij dat JoAnn me gezelschap heeft gehouden.' Het meisje giechelde, wierp mij een vernietigende blik toe, bracht ons naar een hoektafel en smeet een vettige menukaart voor me neer. Ik zag de kringen van de glazen van de vorige klanten nog op het tafelblad.

Er kwam een serveerster, die voor mij een borrelglaasje water neerzette en Richard een piepschuimen trog met frisdrank aanreikte. 'Hé, Richard... ik weet het nog, hè?'

'Daarom ben je ook mijn favoriete serveerster, Kathy.' Wat lief.

'Ha, Camille; ik had al gehoord dat je in de stad was.' Ik wilde die zin nooit meer horen. Nu ik nog eens goed keek, zag ik dat de serveerster een vroegere klasgenote van me was. We waren in de derde klas een halfjaar vriendinnen geweest omdat we verkering hadden met een paar beste vrienden, ik met Phil en zij met Jerry, sportieve jongens die in de herfst football speelden, in de winter worstelden en het hele jaar door feesten gaven in Phils souterrain. Ik zag in een flits voor me hoe we elkaars hand vasthielden om niet te vallen terwijl we vlak achter de schuifdeuren in de sneeuw piesten, te dronken om naar boven te lopen en zijn moeder onder ogen te komen. Ik herinnerde me dat ze me vertelde dat ze het op het biljart met Jerry had gedaan, wat verklaarde waarom het laken plakte.

'Hé, Kathy, leuk je te zien. Alles goed?'

Ze maakte een breed armgebaar en keek om zich heen in het restaurant.

'Je ziet het, hè? Maar ja, dat krijg je als je hier blijft hangen, hè? Groetjes van Bobby. Bobby Kidder.'

'O, natuurlijk! God…' Ik was vergeten dat ze getrouwd waren. 'Hoe is het met hem?'

'Hij blijft gewoon Bobby. Kom eens langs als je tijd hebt. We wonen aan Fisher.'

Ik zag al voor me hoe ik bij Bobby en Kathy Kidder in de woonkamer zou zitten en een praatje probeerde te maken terwijl de klok luid tikte. Kathy zou het hoogste woord hebben, dat had ze altijd al gehad. Ze was zo iemand die nog liever hardop straatnaambordjes voorlas dan de stilte te moeten verdragen. Als Bobby echt nog gewoon Bobby was, was hij zwijgzaam maar beminnelijk, een man met weinig interesses en grijsblauwe ogen die alleen oplichtten als het gesprek op jagen kwam. Op de middelbare school had hij de hoeven bewaard van alle herten die hij had gedood. Hij had het laatste paar altijd in zijn zak, en zodra hij een hard oppervlak zag, pakte hij die hoeven en trommelde ermee. Ik had altijd het gevoel dat het een morsesignaal van het dode hert was, een verlaat noodsein van de hertenbout van morgen.

'Maar goed, nemen jullie het buffet?'

Ik bestelde een biertje, wat een beladen stilte veroorzaakte. Kathy keek over haar schouder naar de wandklok. 'Hm, we mogen pas om acht uur schenken, maar ik zal zien of ik je stiekem een biertje kan toestoppen ter ere van vroeger, goed?'

'Nou, ik wil je geen last bezorgen.' Net iets voor Wind Gap, die willekeurige drankregels. Vijf uur 's middags zou nog ergens op slaan, maar acht uur 's avonds was gewoon een manier om je een schuldgevoel te bezorgen.

'Nou, Camille, dan zou ik voor het eerst in tijden weer eens iets spannends beleven.'

Terwijl Kathy eropuit ging om clandestien bier voor me te bemachtigen, vulden Richard en ik onze borden met schnitzels, grutjes, aardappelpuree en, in Richards geval, een drillerig puddinkje dat in zijn warme eten was uitgelopen voordat we bij onze tafel terug waren. Kathy had discreet een fles bier op de zitting van mijn stoel gezet.

'Drink je altijd zo vroeg?'

'Het is maar bier.'

'Ik rook je kegel toen je binnenkwam, onder een laag pepermunt – Menthos?' Hij glimlachte naar me alsof hij gewoon nieuwsgierig was, zonder een oordeel te vellen. Ik wilde wedden dat hij straalde in de verhoorkamer.

'Pepermunt, ja; een kegel, nee.'

Eerlijk gezegd was ik daarom te laat gekomen. Vlak voor de parkeerplaats van het restaurant had ik bedacht dat de snelle slok die ik na mijn bezoek aan de Keenes had genomen verdoezeld moest worden, en ik was doorgereden naar de buurtwinkel om pepermunt te kopen. Menthos.

'Al goed, Camille,' zei hij vriendelijk. 'Maak je niet druk. Het gaat me niets aan.' Hij nam een hap puree, rood van de drilpudding, en hield verlegen zijn mond.

'En, wat wil je over Wind Gap weten?' Ik had het gevoel dat ik hem diep teleurgesteld had, als een onverschillige moeder die terugkomt op haar belofte met een jarig kind naar de dierentuin te gaan. Daarom was ik bereid hem de waarheid te vertellen, de volgende vraag die hij stelde uitgebreid te beantwoorden om het goed te maken… en opeens vroeg ik me af of hij daarom over mijn drankgebruik was begonnen. Uitgekookte smeris.

Hij keek me aan tot ik mijn ogen neersloeg. 'Ik wil weten hoe het met de agressie zit. Elke plaats heeft zijn eigen soort. Is het openlijk of verborgen? Wordt het geweld in groepen gepleegd, in de vorm van kroeggevechten of groepsverkrachtingen, of is het gerichter, persoonlijker? Wie zijn de geweldplegers en wie zijn hun slachtoffers?'

'Nou, ik weet niet of ik de hele geweldsgeschiedenis hier in één onweerlegbare uitspraak kan vervatten.'

'Noem eens een echt gewelddadig incident dat je in je jeugd hebt gezien.'

Mijn moeder en de baby.

'Ik heb een vrouw een kind zien mishandelen.'

'Gaf ze het een aframmeling? Sloeg ze?'

'Nee, ze beet.'

'Oké. Was het een jongetje of een meisje?'

'Een meisje, geloof ik. Ik was nog klein, dus ik weet het niet zeker.'

'Was het haar eigen kind?'

'Nee.'

'Oké, oké, dit gaat goed. Een heel persoonlijke daad van agressie, gericht tegen een klein meisje dus. Wie was de dader? Ik wil het natrekken.'

'Ik weet niet hoe ze heette. Het was familie van iemand van buiten de stad.'

'Nou, wie zou me dan kunnen vertellen hoe ze heet? Ik bedoel, als ze hier familie heeft, is het de moeite van het onderzoeken waard.'

Ik voelde mijn armen en benen verslappen en wegdrijven, als wrakhout op een met olie bedekt meer. Ik drukte mijn vingertoppen tegen de tanden van mijn vork. Het verhaal hardop vertellen maakte me al panisch. Ik had er niet eens aan gedacht dat Richard details zou willen horen.

'Hé, ik dacht dat je gewoon een profiel van het geweld in de stad wilde opstellen,' zei ik. Mijn stem klonk hol achter het suizende bloed in mijn oren. 'Meer weet ik niet. Het was een vrouw die ik niet kende en ik weet niet bij wie ze hoorde. Ik nam gewoon aan dat ze van buiten de stad was.'

'Ik dacht dat verslaggevers nooit zomaar iets aannamen.' Hij glimlachte weer.

'Ik was toen nog geen verslaggever, ik was nog klein…'

'Camille, ik maak het je moeilijk. Sorry.' Hij plukte de vork uit mijn hand, legde hem nadrukkelijk aan zijn kant van de tafel, pakte mijn hand en gaf er een kus op. Ik zag het woord *lippenstift* uit mijn rechtermouw kruipen. 'Het spijt me, ik wilde je niet aan een kruisverhoor onderwerpen. Ik speelde de gemene smeris.'

'Ik vind het moeilijk om jou als een gemene smeris te zien.'

Hij grinnikte. 'Ja, het is vergezocht. Die ellendige jongensachtige charme ook!'

We dronken even zwijgend. Hij draaide de zoutstrooier rond en zei: 'Mag ik nog een paar dingen vragen?' Ik knikte. 'Wat is het volgende incident dat je te binnen schiet?'

De penetrante geur van de tonijnsalade op mijn bord maakte me misselijk. Ik keek of ik Kathy zag, want ik wilde nog een biertje.

'De lagere school. Twee jongens dreven een meisje tijdens de pauze in een hoek en dwongen haar een stok in zichzelf te steken.'

'Tegen haar wil? Ze dwongen haar echt?'

'Hm… een beetje, denk ik. Het waren pestkoppen, ze zeiden dat ze het moest doen en ze deed het.'

'Heb jij dat gezien, of erover gehoord?'

'Een paar anderen moesten kijken. Toen de juf erachter kwam, moesten we onze excuses aanbieden.'

'Aan dat meisje?'

'Nee, het meisje moest ook haar excuses aanbieden, aan de klas. "Jongedames moeten hun lichaam beheersen, want jongens kunnen dat niet."'

'Jezus. Soms vergeet je hoe anders het vroeger was, en nog niet eens zo lang geleden. Wat… nou ja, onwetend.' Richard maakte een aantekening en schoof een hap drilpudding in zijn mond. 'Wat herinner je je verder nog?'

'Een meisje uit de onderbouw werd een keer dronken op een schoolfeest en vier of vijf jongens van het footballteam deden het met haar, ze gaven haar zo'n beetje aan elkaar door. Telt dat?'

'Camille, natuurlijk telt dat. Dat weet je toch wel?'

'Nou, ik wist niet of het echt als geweld telde of dat het…'

'Ja, ik vind het grof geweld als een stel etters een meisje van dertien verkracht, zeker weten.'

'Hoe gaat het hier?' Kathy stond plotseling bij onze tafel te glimlachen.

'Zou je me nog een biertje kunnen toestoppen, denk je?'

'Twee,' zei Richard.

'Oké, maar dit doe ik alleen als gunst voor Richard omdat hij hier de grootste fooien geeft.'

'Dank je, Kathy.' Richard glimlachte.

Ik leunde over de tafel. 'Ik zeg niet dat het niet verkeerd is, Richard, ik probeer alleen te achterhalen wat jouw maatstaven voor geweld zijn.'

'Ja, en ik krijg een goed beeld van het soort geweld waar we hier mee te maken hebben, alleen al doordat jij me vraagt of zoiets telt. Is de politie erbij gehaald?'

'Natuurlijk niet.'

'Het verbaast me dat zij haar excuses niet hoefde aan te bieden omdat ze zich had laten verkrachten. Eerste klas middelbare school. Ik word er misselijk van.' Hij wilde mijn hand weer pakken, maar ik legde hem in mijn schoot.

'Verkrachting is dus een kwestie van leeftijd?'

'Hoe oud ze ook was, het zou altijd een verkrachting zijn.'

'Als ik vanavond iets te veel dronk, niet meer wist wat ik deed en met vier mannen sliep, zou dat dan verkrachting zijn?'

'Ik weet niet hoe het juridisch zit, dat hangt van veel zaken af, zoals je advocaat, maar ethisch gezien... Nou en of, verdomme.'

'Seksist.'

'Wat zeg je?'

'Je bent een seksist. Ik ben het zo ontzettend zat, die liberale, links georiënteerde mannen die seksuele discriminatie beoefenen onder het mom dat ze vrouwen tegen seksuele discriminatie beschermen.'

'Ik kan je verzekeren dat ik niets van dien aard doe.'

'Er zit een vent bij mij op kantoor die zogenaamd gevóélig is. Toen ik werd gepasseerd voor een promotie, raadde hij me aan een klacht in te dienen wegens seksuele discriminatie. Ik werd niet gediscrimineerd, ik was een middelmatige verslaggever. En soms wordt een dronken vrouw niet verkracht, maar neemt ze gewoon een stomme beslissing, en als je zegt dat vrouwen een bijzondere behandeling verdienen als ze dronken zijn omdát ze vrouwen zijn, zeg je dat er op ons gepást moet worden. Dat vind ik kwetsend.'

Kathy kwam ons bier brengen en we dronken zwijgend tot het op was.

'Jezus, Preaker, goed dan. Ik beken schuld.'

'Goed.'

'Maar je ziet het patroon toch wel? In het geweld tegen vrouwen. In de houding ten opzichte van het geweld.'

'Alleen zijn de meisjes Nash en Keene geen van beiden seksueel misbruikt, toch?'

'Ik denk dat het trekken van tanden en kiezen in de ogen van onze dader gelijkstaat aan een verkrachting. Het draait allemaal om macht. Je dringt het lichaam binnen, je hebt er vrij veel kracht voor nodig en elke kies die loskomt… een klein orgasme.'

'Is dit officieel?'

'Als ik dit in je krant zie, als ik ook maar een woord van dit gesprek onder jouw naam zie staan, zeg ik nooit meer iets tegen je. En dat zou heel jammer zijn, want ik praat graag met je. Proost.' Richard klonk met zijn lege fles tegen de mijne. Ik zei niets.

'Ik wil zelfs met je uit,' zei hij. 'Gewoon voor de lol. Geen gepraat over het werk meer. Mijn hoofd snakt naar een avondje vrij van dit gedoe. We zouden iets echt kleinsteeds kunnen doen.'

Ik trok vragend mijn wenkbrauwen op.

'Karamels maken? Een ingevet varken vangen?' Hij telde de bezigheden op zijn vingers af. 'Zelf ijs maken? In zo'n ouderwets koetsje door de hoofdstraat rijden? O, is er geen schilderachtige dorpskermis ergens? Ik zou een krachtprestatie voor je kunnen leveren.'

'Met zo'n instelling moet je je wel heel geliefd maken bij de mensen hier.'

'Kathy mag me graag.'

'Omdat je haar fooien geeft.'

Uiteindelijk belandden we in Asher Park, geklemd op schommels die te smal voor ons waren, heen en weer wiebelend in het warme avondstof. De plek waar Natalie Keene voor het laatst levend was gezien, maar daar begonnen we geen van beiden over. Aan de andere kant van het speelveld spoot eindeloos water uit een oude stenen drinkfontein. Het zou blijven spuiten tot de eerste maandag van september.

'Ik zie hier 's avonds veel scholieren feesten,' zei Richard. 'Vickery heeft het tegenwoordig te druk om ze weg te sturen.'

'Zo was het al toen ik nog op school zat. Ze doen hier niet zo moeilijk over drank. Behalve bij Gritty's dan, schijnt het.'

'Ik had je graag op je zestiende gezien. Laat me raden: jij was net als die wilde dochter van de priester. Mooi, rijk en slim. Dat zal hier wel vragen om moeilijkheden zijn, lijkt me. Ik zie je daar al zitten,' zei hij en hij wees naar de tribune. 'De jongens onder tafel drinken.'

Het was het minst erge wat ik in dit park had gedaan. Ik had hier niet alleen voor het eerst gekust, maar ook voor het eerst een jongen gepijpt, op mijn dertiende. Een honkballer uit de eindexamenklas die me eerst onder zijn hoede had genomen, en toen in het bos. Hij wilde me pas kussen als ik hem ter wille was geweest, en toen wilde hij me niet kussen omdat mijn mond 'daar' was geweest. Prille liefde. Kort daarna kwam mijn wilde nacht op het feest van de footballers. Dertien jaar, vier kerels. Zo veel seks heb ik de afgelopen tien jaar niet eens gehad. Ik voelde het woord *zondig* op mijn schaambeen opgloeien.

'Ik heb plezier genoeg gehad,' zei ik. 'Als je mooi en rijk bent, kom je heel ver in Wind Gap.'

'En slim?'

'Je hersens verberg je. Ik had veel vriendinnen, maar niemand met wie ik echt een band had, snap je?'

'Ik kan me er iets bij voorstellen. Had je wel een goede band met je moeder?'

'Niet echt.' Ik had net iets te veel gedronken; mijn gezicht voelde strak en warm aan.

'Hoe kwam dat?' Richard draaide zijn schommel naar me toe en keek me aan.

'Ik denk dat sommige vrouwen gewoon niet geschikt zijn voor het moederschap. En dat sommige vrouwen geen geschikte dochters zijn.'

'Heeft ze je ooit mishandeld?' De vraag maakte me nerveus, zeker na het gesprek tijdens het eten. Had ze me dan niet mishandeld? Ik wist zeker dat ik me op een dag zou verbeelden dat ze me had gekrabd, gebeten of geknepen. Ik had het gevoel dat het was gebeurd. Ik stelde me voor dat ik mijn blouse uittrok om hem mijn littekens te laten zien onder het uitroepen van: *ja, kijk maar!* Kinderachtig.

'Wat een bizarre vraag, Richard.'

'Sorry, je klonk gewoon zo... verdrietig. Boos. Weet ik veel.'

'Dat is het kenmerk van iemand die een gezonde relatie met zijn ouders heeft.'

'Schuldig.' Hij lachte. 'Zal ik over iets anders beginnen?'

'Graag.'

'Oké, even denken... een luchtig gesprek. Een schommelgesprek.' Richard trok een grimas die overpeinzing moest voorstellen. 'Goed, wat zijn je lievelingskleur, je lievelingsijs en je lievelingsseizoen?'

'Blauw, koffie en de winter.'

'De winter? Niemand houdt van de winter.'

'Het wordt vroeg donker, dat vind ik prettig.'

'Waarom?'

Omdat de dag dan voorbij is. Ik streep de dagen graag af in mijn agenda: al 151 dagen afgestreept en er is nog niets echt verschrikkelijks gebeurd. 152 dagen en de wereld is nog niet vergaan. 153 en ik heb niemand te gronde gericht. 154 en niemand heeft echt de pest aan me. Soms denk ik dat ik me pas echt veilig kan voelen als ik mijn laatste dagen op de vingers van één hand kan aftellen. Nog drie dagen, dan hoef ik me niet meer druk te maken om het leven.

'Ik hou gewoon van de nacht.' Net toen ik meer wilde zeggen, niet veel meer maar toch meer, kwam er een aftands geel golfkarretje ratelend tot stilstand aan de overkant van de straat. Amma en haar blondjes kwamen allemaal door het achterportier naar buiten. Amma stak haar hoofd door het raampje aan de bestuurderskant en leunde voorover om de jongen achter het stuur een kwellende blik op haar decolleté te gunnen. Hij had het lange, vettige, vuilblonde haar dat je zou verwachten van iemand die nog in een gele IROC rijdt. De drie andere meiden stonden achter haar, met hun heupen naar voren, en de langste keerde hun haar kont toe, bukte zich, lenig en lang, en deed alsof ze haar veter strikte. Ze wisten hoe je een jongen versiert.

De meisjes deinden naar ons toe. Amma wuifde de zwarte wolk uitlaatgassen overdreven weg. Ik moest toegeven dat het een stel mooie meiden was. Lang blond haar, hartvormige gezichtjes en slanke benen. Minirokjes met kleine shirtjes waaronder platte kinderbuiken zichtbaar waren. En behalve Jodes, die zo'n hoge, stijve boezem had dat het wel vulling moest zijn, hadden ze allemaal borsten, vol, deinend en overrijp. Die eerste jaren met veel melk, varkens- en rundvlees. Al die extra hormonen die we ons vee toedienen. Het zou niet lang meer duren voor kleuters al borsten hadden.

'Ha, Dick,' riep Amma. Ze zoog aan een bovenmaatse rode lolly.

'Dag, dames.'

'Hé, Camille, heb je al een ster van me gemaakt?' vroeg Amma. Ze liet haar tong om de lolly glijden. De op de Alpen geïnspireerde vlechten waren weg, net als de kleren die ze naar de varkensfabriek had gedragen, die naar van alles en nog wat moesten stinken. Ze had nu een hemdje aan op een rok die tot net voorbij haar kruis kwam.

'Nog niet.' Ze had een perzikhuidje zonder ook maar één vlekje of rimpel, en haar gezicht was zo volmaakt en karakterloos alsof ze net uit de baarmoeder was gekomen. Al die meiden leken onaf. Ik wilde dat ze weggingen.

'Dick, wanneer ga je een ritje met ons maken?' vroeg Amma. Ze plofte voor ons in het zand en trok haar benen op om een glimp van haar slipje te onthullen.

'Dan zou ik jullie eerst moeten arresteren. Misschien kan ik die jongens met wie je maar blijft omgaan beter arresteren. Jongens uit de bovenbouw zijn te oud voor jullie.'

'Ze zitten niet in de bovenbouw,' zei het lange meisje.

'Nee.' Amma giechelde. 'Ze hebben hun school niet afgemaakt.'

'Amma, hoe oud ben je?' vroeg Richard.

'Net dertien geworden.'

'Waarom heb je altijd alleen maar aandacht voor Amma?' kwam de brutale blonde tussenbeide. 'Wij zijn er ook nog, hoor. Je weet vast niet eens hoe we heten.'

'Camille, mag ik je voorstellen aan Kylie, Kelsey en Kelsey?' zei Richard. Hij wees naar het langste meisje, het brutale meisje en het derde meisje. Mijn zusje noemde haar…

'Dat is Jodes,' zei Amma. 'Er zijn twee Kelseys, dus noemen we haar bij haar achternaam. Om verwarring te voorkomen. Ja toch, Jodes?'

'Ze mogen me ook Kelsey noemen als ze willen,' zei het meisje. Haar lage positie in de pikorde was waarschijnlijk haar straf omdat ze de minst mooie was. Een wijkende kin.

'En Amma is jouw halfzus, hè?' vervolgde Richard. 'Ik ben nog wel een beetje op de hoogte, hoor.'

'Ja, volgens mij ben je heel goed op de hoogte,' zei Amma. Het klonk dubbelzinnig uit haar mond, al kon ik geen andere betekenis verzinnen. 'En, hebben jullie verkering of zo? Ik heb gehoord dat die kleine Camille hier heel gewild is. Of was, tenminste.'

Richard stootte een lach als een boer uit, een geschrokken kwaakgeluid. *Onbetamelijk* vlamde op mijn been op.

'Het is waar, Richard. Ik was heel wat, destijds.'

'Heel wát,' hoonde Amma. De twee andere meisjes lachten terwijl Jodes als een razende lijnen in het zand trok met een stok. 'Je zou de verhalen eens moeten horen, Dick. Je zou er opgewonden van raken. Of ken je ze al?'

'Dames, we moeten weg, maar het was me wát, zoals altijd,' zei Richard, en hij pakte mijn hand om me van de schommel te helpen. Hij bleef hem vasthouden en gaf er op weg naar de auto twee keer een kneepje in.

'Een echte heer,' riep Amma. Ze liepen alle vier achter ons aan. Hij kan geen misdaad oplossen, maar hij heeft wel tijd om Camille in zijn stinkauto te helpen.' Ze liepen vlak achter ons. Amma en Kylie trapten zelfs op onze hielen. Ik voelde *misselijk* opgloeien op de plek waar Amma mijn achillespees had geschampt met haar sandaal. Toen draaide ze haar natte lolly in mijn haar.

'Hou op,' gromde ik. Ik draaide me vliegensvlug om en pakte haar pols zo hard dat ik de ader voelde kloppen. Trager dan de mijne. Ze verzette zich niet, maar drukte zich juist tegen me aan. Ik voelde haar aardbeienadem in mijn hals.

'Toe dan, doe het dan.' Amma lachte. 'Als je me nu vermoordde, zou Dick nog niet weten wie het had gedaan.' Ik liet haar los, duwde haar van me af, en Richard en ik liepen sneller naar de auto dan me lief was.

9

Ik viel om negen uur in slaap, per ongeluk en als een blok, en werd de volgende ochtend om zeven uur wakker van de felle zon. Een uitgedroogde boom ritselde met zijn takken tegen de hoek van mijn raam alsof hij naast me in bed wilde klimmen om zich te laten troosten.

Ik hees me in mijn uniform: lange mouwen, lange rok, en ging naar beneden. Gayla lichtte op in de achtertuin in haar verpleegstersuniform dat spierwit afstak tegen al het groen. Ze hield een zilveren dienblad vast waarop mijn moeder onvolmaakte rozen legde. Mijn moeder droeg een botergele zomerjurk die goed bij haar haar kleurde. Ze beende met een snoeischaar door de trossen roze en gele rozen, bekeek elke bloem gretig, plukte bloemblaadjes af, duwde takken opzij en gluurde.

'Je moet ze meer water geven, Gayla. Kijk toch wat je ze hebt aangedaan.'

Ze maakte een lichtroze roos van een struik los, boog hem naar de grond, zette hem onder een bevallig voetje vast en knipte hem bij de wortel af. Gayla moest al zeker vijfentwintig rozen op haar dienblad hebben liggen. Ik zag niet wat eraan mankeerde.

'Camille, wij gaan vandaag samen winkelen in Woodberry,' riep mijn moeder zonder op te kijken. 'Goed?' Ze repte met geen woord over de confrontatie bij de Nashes de vorige dag. Dat zou te direct zijn.

'Ik moet een paar dingen doen,' zei ik. 'Trouwens, ik wist niet dat jij bevriend was met de Nashes. Met Ann.' Ik had er spijt van dat ik haar een paar dagen eerder aan het ontbijt met het meisje had geplaagd. Niet dat ik het echt erg vond dat ik mijn moeder had geërgerd; het was meer dat ik het vreselijk vond om bij haar in het krijt te staan.

'Hm-hm. Alan en ik geven zaterdag een feest. Dat hadden we lang voordat we wisten dat je zou komen al gepland. Al wisten we eigenlijk pas dat je kwam toen je er al was.' Ze knipte weer een roos af.

'Ik dacht dat je die meisjes amper kende. Ik wist niet…'

'Al goed. Het wordt een mooi zomerfeest met veel leuke mensen en je moet een jurk hebben. Je hebt zeker geen jurk bij je?'

'Nee.'

'Goed, dan hebben we eens de kans om bij te praten. Je bent hier al meer dan een week, dus dat wordt wel tijd, lijkt me.' Ze legde een laatste steel op het dienblad. 'Zo, Gayla, gooi die maar weg. We plukken later wel wat fatsoenlijke rozen voor in huis.'

'Ik zet ze wel in mijn kamer, mama. Ik vind ze mooi.'

'Dat zijn ze niet.'

'Ik vind het niet erg.'

'Camille, ik heb ze net bekeken, en het zijn geen goede bloemen.' Ze liet de schaar op de grond vallen en trok aan een steel.

'Maar ze zijn prima voor mij. Voor op mijn kamer.'

'O, kijk nou wat je doet. Ik bloed.' Mijn moeder hield haar door doornen geprikte handen op. Er liepen dieprode straaltjes over haar polsen. Einde gesprek. Ze liep naar het huis, gevolgd door Gayla, gevolgd door mij. De klink van de achterdeur was kleverig van het bloed.

Alan verbond de beide handen van mijn moeder overvloedig, en toen we bijna over Amma struikelden, die weer op de veranda met haar poppenhuis bezig was, trok Adora plagerig aan haar vlecht en zei tegen haar dat ze met ons mee moest komen. Ze liep gehoorzaam mee, en ik bleef maar wachten tot ze op mijn hiel zou trappen. Niet met moeder erbij.

Adora wilde dat ik in haar lichtblauwe cabrio naar Woodberry reed, dat kon bogen op twee dure boetieks, maar het dak mocht niet open. 'Dan krijgen we het koud,' zei ze met een samenzweerderige glimlach naar Amma. Het meisje ging zwijgend achter mijn moeder zitten en plooide haar lippen in een sluwe glimlach toen ik haar blik in de achteruitkijkspiegel ving. Om de paar minuten streek ze met haar vingertoppen over het haar van mijn moeder, heel licht, zodat ze het niet merkte.

Toen ik de Mercedes voor haar lievelingswinkel parkeerde, vroeg Adora zwakjes of ik het portier voor haar wilde openhouden. Het was voor het eerst in twintig minuten dat ze iets tegen me zei. Lekker bijpraten. Ik hield de deur van de boetiek ook voor haar open, en het vrouwelijke belletje sloot naadloos aan bij de verrukte begroeting door de verkoopster.

'Adora!' Haar gezicht betrok. 'Hemeltje, schat, wat heb je met je handen gedaan?'

'Het was een ongelukje. Ik was een klusje aan het doen. Ik ga vanmiddag naar de dokter.' Natuurlijk ging ze naar de dokter. Als ze haar vinger aan een papiertje sneed, ging ze al naar de dokter.

'Wat is er gebeurd?'

'O, ik wil er echt niet over praten, maar ik wil je wél voorstellen aan mijn dochter Camille. Ze logeert bij ons.'

De verkoopster keek naar Amma en glimlachte toen weifelend naar me.

'Camille?' Ze herstelde zich snel: 'Ik was geloof ik vergeten dat je nog een derde dochter had.' Het woord 'dochter' sprak ze heel zacht uit, alsof het een vloek was. 'Ze lijkt zeker op haar vader,' zei de verkoopster, die me bekeek alsof ik een paard was dat ze overwoog te kopen. 'Amma lijkt sprekend op jou en Marian ook, op je foto's, maar deze...'

'Ze lijkt niet zo op mij,' zei mijn moeder. 'Ze heeft de teint en de jukbeenderen van haar vader. En zijn temperament.'

Ik had mijn moeder nog nooit zo veel over mijn vader horen vertellen. Ik vroeg me af hoeveel andere verkoopsters zulke losse weetjes over hem te horen hadden gekregen. Heel even stelde ik me voor dat ik alle winkelbedienden in het zuiden van Missouri uithoorde om een wazig profiel van de man op te stellen.

Mijn moeder klopte met haar verbonden handen op mijn hoofd. 'Mijn schattebout heeft een nieuwe jurk nodig. Iets kleurigs. Zelf houdt ze van zwart en grijs. Maat 36.'

De vrouw, die zo dun was dat haar heupbeenderen als de punten van een gewei uit haar rok staken, verzamelde zigzaggend tussen de ronde rekken een boeket van opzichtig groene, blauwe en roze jurken.

'Dit zou je beeldig staan,' zei Amma en ze hield een glittertopje voor mijn moeder op.

'Niet doen, Amma,' zei mijn moeder. 'Dat is ordinair.'

'Doe ik je echt aan mijn vader denken?' Ik moest het Adora wel vragen. Ik voelde dat ik bloosde om mijn brutaliteit.

'Ik wist wel dat je die opmerking niet kon laten lopen,' zei ze terwijl ze haar lippenstift voor een spiegel bijwerkte. Het verbandgaas om haar handen was nog steeds onmogelijk smetteloos.

'Ik was gewoon nieuwsgierig; ik had je nog nooit horen zeggen dat mijn persoonlijkheid je deed denken aan…'

'Jouw persoonlijkheid doet me denken aan iemand die heel anders is dan ik. En je lijkt beslist niet op Alan, dus neem ik aan dat je het van je vader hebt. Basta.'

'Maar mama, ik wil gewoon weten…'

'Camille, je verergert het bloeden.' Ze hield haar verbonden handen op, en nu zat het gaas vol rode vlekken. Ik kon haar wel krabben.

De verkoopster kwam met een lading jurken naar ons toe. 'Deze moet je absoluut hebben,' zei ze, en ze hield een turkooizen zomerjurk op. Strapless.

'En dit plaatje hier?' vervolgde de verkoopster met een knikje naar Amma. 'Die past waarschijnlijk al in ons maatje 32.'

'Amma is pas dertien. Ze is nog niet aan zulke kleren toe,' zei mijn moeder.

'Pas dertien, goeie god. Ik vergeet het steeds, ze ziet er al zo volwassen uit. Je zult wel dodelijk ongerust om haar zijn met al die toestanden in Wind Gap.'

Mijn moeder sloeg een arm om Amma heen en kuste haar op haar kruin. 'Soms denk ik dat ik gek word van ongerustheid. Ik zou haar het liefst ergens opsluiten.'

'Zoals de dode vrouwen van Blauwbaard,' zei Amma binnensmonds.

'Zoals Raponsje,' zei mijn moeder. 'Toe dan, Camille, laat je zusje eens zien hoe mooi je kunt zijn.'

Ze liep achter me aan naar de paskamers, zwijgend en hooghartig. Terwijl mijn moeder op een stoel achter de deur wachtte, nam ik in het kleine kamertje met spiegels mijn opties door. Strapless, spaghettibandjes, kopmouwen. Mijn moeder wilde me straffen. Ik vond een roze jurk met driekwart mouwen, trok snel mijn broek en shirt uit en hees me in de jurk. De hals was lager dan ik had gedacht: de woorden op mijn borst leken gezwollen onder het tl-licht, alsof er wormen onder mijn huid kronkelden. *Wijn, melk, pijn, bloed.*

'Camille, laat eens zien.'

'Eh, dit is hem niet.'

'Ik wil het zien.' *Kleineren* brandde op mijn rechterheup.

'Ik pas een andere.' Ik bekeek de andere jurken, die allemaal even bloot waren. Ik ving weer een glimp van mezelf in de spiegel op. Ik zag er afgrijselijk uit.

'Camille, laat me erin.'

'Wat is er met Camille?' tjilpte Amma.

'Dit komt niet goed.' De rits opzij bleef steken. Paarse en dieproze littekens lichtten op op mijn blote armen. Ook zonder recht in de spiegel te kijken zag ik de weerkaatsing: een groot waas van verschrompelde huid.

'Camille,' snauwde mijn moeder.

'Waarom mogen we niet kijken?'

'Camille.'

'Mama, je hebt die jurken gezien, je weet waarom het niet kan,' zei ik smekend.

'Ik wil even kijken.'

'Ik wil er wel een passen, mama,' flikflooide Amma.

'Camille…'

'Ook goed.' Ik klapte de deur open. Mijn moeder, die met haar hoofd ter hoogte van mijn hals zat, kromp in elkaar.

'O, lieve god.' Ik voelde haar adem over mijn huid strijken. Ze hief een verbonden hand alsof ze mijn borst wilde aanraken en liet hem weer zakken. Amma kermde achter haar als een jong hondje. 'Kijk toch eens wat je jezelf hebt aangedaan,' zei Adora. 'Moet je zien.'

'Ik zie het.'

'Ik hoop dat je ervan hebt genoten. Ik hoop dat je nog met jezelf kunt leven.'

Ze deed de deur dicht en ik rukte aan de jurk. De rits zat nog steeds vast, maar ik trok de tandjes ver genoeg uit elkaar om de jurk tot op mijn heupen te trekken en me eruit te wurmen. De rits liet een spoor van roze krasjes op mijn huid achter. Ik drukte de opgepropte jurk tegen mijn mond en krijste.

Ik hoorde mijn moeders afgemeten stem achter de deur. Toen ik naar buiten kwam, zag ik dat de verkoopster een hooggesloten kanten blouse met lange mouwen en een koraalrode rok inpakte die tot mijn enkels moest reiken. Amma keek met schichtige roze ogen naar me op en liep toen naar de auto om daar te wachten.

Thuis aangekomen slofte ik achter Adora aan naar binnen. Alan wachtte ons gemaakt nonchalant op, met zijn handen in de zakken van zijn linnen broek. Adora fladderde langs hem heen naar de trap.

'Hoe was je dagje uit?' riep hij haar na.

'Vreselijk,' kermde mijn moeder. Ik hoorde de deur boven dichtgaan. Alan keek me fronsend aan en ging naar boven om mijn moeder met zijn zorgen te omringen. Amma was al verdwenen.

Ik liep naar de keuken, naar de bestekla. Ik wilde de messen die ik ooit op mezelf had gebruikt gewoon even zien. Ik ging niet snijden, ik wilde mezelf alleen die scherpe druk even gunnen. Ik voelde al hoe de punt van het mes zacht tegen de mollige kussentjes van mijn vingertoppen drukte, die subtiele spanning vlak voor de snee.

De la ging een paar centimeter open en bleef toen steken. Mijn moeder had hem afgesloten. Ik trok nog eens en nog eens. Ik hoorde het zilverige rammelen van de over elkaar glijdende messen, als weerspannige metalen vissen. Mijn huid was warm. Ik stond op het punt Curry te bellen toen de deurbel zich met beleefd geklingel kenbaar maakte.

Ik gluurde om een hoekje en zag Meredith Wheeler en John Keene buiten staan.

Ik voelde me alsof ik op masturberen was betrapt. Ik beet op mijn wang en deed open. Meredith zeilde naar binnen, keurde de kamers en slaakte naar pepermunt ruikende kreetjes, zo mooi was het allemaal. Ze verspreidde een zwaar parfum dat geschikter was voor een getrouwde societydame dan voor een tienermeisje in een groen met wit cheerleaderstenue. Ze zag me kijken.

'Ja, ik weet het, de school is afgelopen. Dit is de laatste keer dat ik dit draag. We houden een cheersessie met de meiden van volgend jaar, om de fakkel door te geven, zeg maar. Jij bent toch ook cheerleader geweest?'

'Ja, ongelooflijk, hè?' Ik was niet bijzonder goed geweest, maar het rokje stond me wel. Vroeger, toen ik nog alleen in mijn romp sneed.

'Ik geloof het best. Je was het mooiste meisje van de hele stad. Mijn neef zat twee klassen lager dan jij. Dan Wheeler, ken je die? Hij raakte niet over je uitgepraat. Knap en slim, knap en slim. En aardig. Hij zou me vermoorden als hij wist dat ik je dit vertelde. Hij woont tegenwoordig in Springfield, maar hij is niet getrouwd.'

Haar poeslieve toontje herinnerde me aan precies het soort meisjes bij wie ik me nooit op mijn gemak had gevoeld, die meisjes die gekunsteld vriendschappelijk deden, me dingen over zichzelf vertelden die alleen vriendinnen zouden mogen weten en zichzelf als 'mensenmens' beschreven.

'Dit is John,' zei ze op een toon alsof ze hem nu pas zag.

Het was de eerste keer dat ik hem van dichtbij zag. Hij was werkelijk mooi, bijna vrouwelijk, lang en slank, met obsceen volle lippen en ijsblauwe ogen. Hij streek een golf zwart haar achter zijn oor en glimlachte naar de hand die hij me aanbood alsof het een geliefd huisdier was dat een nieuw kunstje deed.

'Zo, waar willen jullie praten?' vroeg Meredith. Ik overwoog even haar te lozen uit angst dat ze niet zou weten wanneer of hoe ze haar mond moest houden, maar John leek behoefte aan gezelschap te hebben en ik wilde hem niet afschrikken.

'Pak maar een stoel in de woonkamer,' zei ik. 'Ik zal ijsthee voor ons halen.'

Ik rende eerst de trap op, propte een nieuwe cassette in mijn dictafoon en luisterde aan de deur van mijn moeder. Stilte, op het geluid van een ventilator na. Sliep ze? Zo ja, had Alan zich dan naast haar genesteld of zat hij op de kruk van haar toilettafel naar haar te kijken? Na al die tijd had ik nog steeds geen idee hoe Adora en haar man met elkaar omgingen als er niemand anders bij was. Toen ik langs Amma's kamer liep, zag ik haar heel decent op het puntje van een schommelstoel zitten met een boek dat *Griekse godinnen* heette. Sinds mijn aankomst had ze zich met Jeanne d'Arc, de vrouw van Blauwbaard en prinses Diana geïdentificeerd. Allemaal martelaressen, drong het tot me door. Onder de godinnen zou ze nog slechtere voorbeelden vinden. Ik liet haar begaan.

In de keuken schonk ik thee in, telde tien volle seconden af en drukte de tanden van een vork in mijn handpalm. Mijn huid kwam langzaam tot rust.

Toen ik de woonkamer in liep, zat Meredith met haar benen over Johns schoot geslagen. Ze kuste hem in zijn nek. Ik zette het dienblad met veel gekletter op tafel, maar ze hield niet op. John keek me aan en maakte zich langzaam van haar los.

'Je bent helemaal niet leuk vandaag,' pruilde ze.

'Zo, John, ik ben heel blij dat je met me wilt praten,' begon ik. 'Ik weet dat je moeder haar bedenkingen had.'

'Ja. Ze wil eigenlijk niemand spreken, maar de… pers al helemaal niet. Ze is erg op zichzelf.'

'Maar jij hebt er geen bezwaar tegen?' lokte ik zijn toestemming uit. 'Je bent toch achttien, neem ik aan?'

'Net geworden.' Hij nipte vormelijk van zijn thee, alsof hij lepels in zijn mond afmat.

'Want wat ik echt zou willen, is onze lezers een beeld van je zusje geven,' zei ik. 'De vader van Ann Nash praat ook over Ann, en ik wil niet dat Natalie in dit verhaal wordt ondergesneeuwd. Weet je moeder dat je met me praat?'

'Nee, maar het geeft niet. Ik denk dat we ons er maar bij moeten neerleggen dat we het hier niet over eens zijn.' Hij lachte blaffend.

'Zijn moeder doet hysterisch over de media,' zei Meredith, die een slokje thee uit Johns glas nam. 'Ze is ontzettend op zichzelf. Ik bedoel, volgens mij weet ze amper wie ik ben, en wij zijn al meer dan een jaar samen, hè?' John knikte. Ze fronste haar voorhoofd, teleurgesteld, vermoedde ik, omdat hij het verhaal van hun romance niet vertelde. Ze haalde haar benen van zijn schoot, sloeg ze over elkaar en begon aan de rand van de bank te plukken.

'Ik heb begrepen dat je nu bij de Wheelers woont?'

'Hij woont op het erf in een voormalig koetshuis,' zei Meredith. 'Mijn zusje baalt ervan, want zij zat er altijd met haar misselijke vriendinnen. Behalve jouw zusje dan, die is cool. Je kent mijn zusje toch wel? Kelsey?'

Het zat erin dat dit fraaie exemplaar een band had met Amma.

'Grote of kleine Kelsey?' vroeg ik.

'Dat bedoel ik. Er zijn hier veel te veel Kelseys. Mijn zusje is die lange.'

'Ik heb haar gezien. Ze lijkt dikke maatjes te zijn met Amma.'

'Dat is haar geraden,' zei Meredith vinnig. 'Die kleine Amma bestiert de hele school. Je moet wel gek zijn om haar tegen je in het harnas te jagen.'

Genoeg over Amma, dacht ik, maar er speelden beelden door

mijn hoofd van Amma die minder populaire meisjes bij de kluis-jes pestte. De onderbouw is een akelige tijd.

'Kun je een beetje wennen in het koetshuis, John?'

'Prima,' zei Meredith snel. 'We hebben een mandje met man-nenspullen voor hem samengesteld. Mijn moeder heeft hem zelfs een cd-speler gegeven.'

'O, echt?' Ik keek John veelbetekenend aan. *Tijd om je zegje te doen, maat. Laat je maar in je eigen tijd door je vriendin op je kop zitten.*

'Ik moest thuis gewoon weg,' zei hij. 'We zijn allemaal nogal gespannen, zie je, en overal liggen spullen van Natalie en mijn moeder wil niet dat iemand eraan komt. Haar schoenen staan nog in de gang en haar badpak hangt in de gezamenlijke badka-mer, dus daar moet ik elke dag tegenaan kijken als ik onder de douche sta. Ik trek het niet.'

'Ik kan het me voorstellen.' Het was waar: ik weet nog dat Ma-rians roze jasje in de gangkast hing toen ik ging studeren. Mis-schien hangt het er nog.

Ik zette de dictafoon aan en schoof hem over het tafelblad naar John toe.

'Vertel eens iets over je zusje, John.'

'Eh, het was een lieve meid. Ze was ontzettend slim. Ongeloof-lijk.'

'In welk opzicht? Was ze goed op school of was ze gewoon pienter?'

'Nou, op school ging het niet zo goed. Ze had een beetje een autoriteitsprobleem,' zei hij, 'maar ik denk dat dat kwam doordat ze zich verveelde. Volgens mij had ze beter een paar klassen kun-nen overslaan.'

'Zijn moeder dacht dat ze dan een stigma opgeplakt zou krij-gen,' vulde Meredith aan. 'Ze was altijd bang dat Natalie zou op-vallen.'

Ik keek John met opgetrokken wenkbrauwen aan.

'Ja, dat klopt. Mijn moeder wilde heel graag dat Natalie erbij zou horen. Ze was een mal kind, een robbedoes, en gewoon raar.' Hij sloeg zijn ogen neer en lachte.

'Heb je een bepaald verhaal in gedachten?' vroeg ik. Anekdotes zijn Curry's hoogste goed, en ik was zelf ook benieuwd.

'O, ze had bijvoorbeeld een keer een hele nieuwe taal bedacht. Voor een gewoon kind zou het koeterwaals zijn, maar Natalie had een heel alfabet gemaakt. Het leek wel Russisch. En ze leerde mij die taal ook, of dat probeerde ze tenminste. Ze gaf de moed vrij snel op.' Hij lachte nog eens en weer klonk het blaffend, alsof het van onder de grond kwam.

'Vond ze het leuk op school?'

'Nou, het is moeilijk om de nieuwe te zijn, en de meisjes hier… Nou ja, ik denk dat meisjes overal verwaande snotneuzen kunnen zijn.'

'Johnny! Grof!' Meredith deed alsof ze hem een duw gaf. Hij lette niet op haar.

'Ik bedoel, jouw zus… Amma, toch?' Ik knikte. 'Ze was een tijdje met haar bevriend. Ze gingen samen het bos in en dan kwam Natalie onder de schrammen en over haar toeren thuis.'

'O, ja?' Gezien de minachting waarmee Amma Natalies naam had genoemd, kon ik het me indenken.

'Ze waren een tijdje heel dik met elkaar, maar ik denk dat ze Amma ging vervelen. Natalie was een paar jaar jonger. Ik weet het niet. Ze kregen ruzie of zo.' Dat had Amma van haar moeder geleerd: nonchalant vriendinnen afdanken. 'Maar het was niet erg,' zei John alsof hij me gerust wilde stellen. Of zichzelf. 'Er was één jongen met wie ze vaak speelde, James Capisi. Een boerenjongen van een jaar of wat jonger. Niemand anders ging met hem om, maar ze leken het goed met elkaar te kunnen vinden.'

'Hij zegt dat hij de laatste is die Natalie bij haar leven heeft gezien,' zei ik.

'Hij liegt,' zei Meredith. 'Ik ken dat verhaal ook. Het is altijd al een fantast geweest. Ik bedoel, zijn moeder heeft kanker en gaat dood. Hij heeft geen vader. Hij heeft niemand die aandacht aan hem besteedt. Dus komt hij met zo'n vergezocht verhaal. Luister maar niet naar wat hij allemaal zegt.'

Ik keek weer naar John, die zijn schouders ophaalde.

'Het is ook wel een vergezocht verhaal, hè? Een gestoorde vrouw die Natalie op klaarlichte dag meeneemt,' zei hij. 'Trouwens, waarom zou een vrouw zoiets doen?'

'Waarom zou een man zoiets doen?' vroeg ik.

'Wie weet waarom mannen van die geschifte dingen doen?' zei Meredith. 'Het zit in hun genen.'

'John, ik moet weten of je door de politie bent verhoord.'

'Ja, samen met mijn ouders.'

'En heb je een alibi voor de avond van beide moorden?' Ik wachtte op een reactie, maar John nipte kalm van zijn thee.

'Nee. Ik was aan het rijden. Soms moet ik er gewoon uit, weet je?' Hij keek snel naar Meredith, die haar lippen op elkaar klemde toen ze zijn blik ving. 'Dit stadje is kleiner dan ik gewend ben. Soms wil je even vrij zijn. Ik weet wel dat jij het niet snapt, Mer.'

Meredith zei niets.

'Ik snap het wel,' zei ik vriendelijk. 'Ik weet nog dat ik me heel opgesloten voelde toen ik hier opgroeide, dus ik moet er niet aan denken hoe erg het is als je uit een grotere stad hierheen verhuist.'

'Johnny wil de ridder uithangen,' onderbrak Meredith me. 'Hij was beide avonden bij mij. Hij wil me geen moeilijkheden bezorgen. Zet dat maar in de krant.' Meredith wiegde heen en weer op het puntje van de bank, stram rechtop en lichtelijk afwezig, alsof ze in tongen sprak.

'Meredith, niet doen,' zei John zacht.

'Ik sta niet toe dat de mensen denken dat mijn vriendje verdomme een kindermoordenaar is, dank je feestelijk, John.'

'Als je met dat verhaal naar de politie gaat, weten ze binnen een uur dat het niet waar is, en dan ziet het er nog slechter voor me uit. Niemand gelooft echt dat ik mijn eigen zusje zou vermoorden.' John pakte een lok van Merediths haar en streelde die zachtjes van de wortels tot aan de punten. Het woord *kietel* flitste zomaar op mijn rechterheup op. Ik geloofde die jongen. Hij huilde in het openbaar, vertelde gekke verhalen over zijn zusje en speelde met het haar van zijn vriendinnetje en ik geloofde hem. Ik hoorde Curry bijna minachtend snuiven om mijn naïviteit.

'Over verhalen gesproken,' begon ik. 'Ik moet je iets vragen. Is het waar dat Natalie in Philadelphia een klasgenootje had mishandeld?'

John verstijfde, keek naar Meredith en maakte voor het eerst een onaangename indruk op me. Hij gaf me een goede illustratie van 'een minachtend opgetrokken mondhoek'. Toen schokte zijn hele lichaam en dacht ik dat hij naar de deur wilde rennen, maar hij leunde achterover en haalde diep adem.

'Tof. Dit is nu waarom mijn moeder de pest heeft aan de media,' gromde hij. 'Het heeft in de krant daarginds gestaan. Een artikeltje van maar een paar alinea's. Natalie werd erin afgeschilderd als een beest.'

'Vertel dan maar hoe het echt is gegaan.'

Hij schokschouderde. Plukte aan een nagel. 'Het was tijdens handenarbeid, en de kinderen waren aan het knippen en plakken, en toen raakte er een meisje gewond. Natalie was een driftkikkertje en dat andere meisje speelde altijd de baas over haar. Die keer had Natalie toevallig een schaar in haar hand. Het was geen boos opzet. Ik bedoel, ze was pas negen.'

In een flits zag ik hoe Natalie, dat ernstige kind op de familiefoto van de Keenes, het andere meisje met een schaar in haar oog stak. Rood bloed vermengde zich onverwacht met de aquarel in pasteltinten voor mijn geestesoog.

'Hoe is het met dat meisje afgelopen?'

'Ze hebben haar linkeroog kunnen redden. Het rechter was, eh, onherstelbaar beschadigd.'

'Had Natalie haar in beide ogen gestoken?'

John stond op en wees naar me, bijna net zoals zijn moeder had gedaan. 'Natalie heeft daarna een jaar bij een psychiater gelopen. Ze had nog maanden nachtmerries. Ze was pas negen. Het was een ongeluk. We vonden het allemaal verschrikkelijk. Mijn vader heeft een fonds voor het meisje opgericht. We moesten verhuizen om Natalie met een schone lei te laten beginnen. Daarom moesten we hierheen: mijn vader nam de eerste de beste baan aan die hij kon krijgen. We zijn in het holst van de nacht verhuisd, als misdadigers. Hierheen. Naar deze klotestad.'

'Goh, John, ik wist niet dat je het hier zo erg vond,' prevelde Meredith.

Hij barstte in huilen uit, ging weer zitten en sloeg zijn handen voor zijn gezicht.

'Ik bedoelde niet dat ik liever niet hier was komen wonen, ik bedoelde dat ik het erg vind dat Natalie hier is gaan wonen, want nu is ze dood. We wilden haar alleen maar helpen. En nu is ze dood.' Hij jammerde zacht en Meredith sloeg onwillig haar armen om hem heen. 'Mijn zusje is vermoord.'

Die avond zou er niet netjes aan tafel worden gegeten, want mevrouw Adora voelde zich niet lekker, deelde Gayla me mee. Ik neem aan dat dat aanstellerige 'mevrouw' voor haar naam een idee van mijn moeder was en probeerde me voor te stellen hoe ze dat had afgedwongen. *Gayla, de beste bedienden in de beste hui-*

zen spreken de vrouw des huizes vormelijk aan. Wij willen toch ook de beste zijn? Zoiets.

Ik wist niet of het probleem door mijn ruzie met mijn moeder was veroorzaakt of door die van Amma. Ik hoorde hen als mooie vogels in de kamer van mijn moeder kibbelen. Adora beschuldigde Amma ervan, en terecht, dat ze zonder toestemming het golfkarretje had meegenomen. Zoals in alle landelijke stadjes is iedereen in Wind Gap bezeten van machines. De meeste huishoudens hebben niet alleen anderhalve auto per gezinslid (die halfjes zijn vaak omgezet in een antieke auto of een oude roesthoop op blokken, afhankelijk van de inkomensgroep), maar ook boten, jetski's, scooters en tractoren, en de elite bezit daarnaast nog eens golfkarretjes waarin jongeren zonder rijbewijs door de stad crossen. Officieel illegaal, maar niemand zegt er iets van. Ik denk dat mijn moeder Amma dat stukje vrijheid had willen onthouden na de moorden. Ik had hetzelfde gedaan. Hun ruzie piepte bijna een halfuur door, als een oude wipwap. *Lieg niet tegen me, meisje…* Het dreigement was zo vertrouwd dat ik een bekend gevoel van onbehagen kreeg. Amma werd dus toch betrapt, zo af en toe.

De telefoon ging en ik nam op, want Amma was net lekker op dreef. Tot mijn verrassing hoorde ik de ratelende cheerleaderstem van mijn vroegere vriendin Katie Lacey. Angie Papermaker gaf een jankfeestje. Wijn drinken, naar een zielige film kijken, huilen, roddelen. Ik moest ook komen. Angie woonde aan de goudkust van de nieuwe rijken: een verzameling immense villa's aan de rand van de stad, zo ongeveer in Tennessee. Ik kon niet aan Katies stem horen of ze jaloers was of zich erboven verheven voelde. Haar kennende waarschijnlijk van allebei een beetje. Ze was altijd zo'n meisje geweest dat alles wilde hebben wat anderen hadden, ook als ze het niet wilde hebben.

Toen ik Katie en haar vriendinnen bij de Keenes zag, had ik al geweten dat ik ten minste één avond aan hen zou moeten opofferen. Ik kon ook mijn interview met John uitwerken, wat me gevaarlijk verdrietig maakte. Bovendien zou deze bijeenkomst, net als het gesprek met Annabelle, Jackie en die andere kattige vriendinnen van mijn moeder, vermoedelijk meer informatie opleveren dan ik in tien echte interviews kon vergaren.

Zodra ze voor het huis stopte, wist ik dat Katie Lacey, nu Katie Brucker, er warmpjes bij zat, wat ik ook had verwacht. Ik wist dat doordat het haar maar vijf minuten had gekost om van haar huis naar dat van mijn moeder te rijden (ze bleek een straat verderop te wonen) en vanwege de auto waarmee ze me kwam afhalen: zo'n gigantische, stomme suv die meer kost dan het hele huis van sommige andere mensen en net zo veel comfort biedt. Hoewel er geen kinderen in de auto zaten, hoorde ik achter mijn hoofd het gekwetter van een kinderprogramma op de dvd-speler. Voor me gaf het navigatiesysteem overbodige stap-voor-stap aanwijzingen.

Haar man, Brad Brucker, had het vak van haar vader afgekeken, en toen pappie met pensioen ging, had hij de zaak overgenomen. Ze brachten een controversieel hormoon aan de man om kippen afschrikwekkend snel op te fokken. Mijn moeder had er altijd haar neus voor opgehaald; zij zou nooit iets gebruiken wat het groeiproces op zo'n verbijsterende wijze versnelde. Wat niet wilde zeggen dat ze hormonen schuwde: mijn moeders varkens werden met chemicaliën geïnjecteerd tot ze zo bol en rood waren als rijpe kersen, tot hun poten hun malse gewicht niet meer konden dragen. Maar dat ging in een iets kalmer tempo.

Brad Brucker was het soort echtgenoot dat ging wonen waar Katie wilde, Katie bevruchtte wanneer ze daarom vroeg, de bank van de Pottery Barn kocht die Katie wilde hebben en verder zijn kop hield. Als je lang genoeg naar hem keek, was hij best knap, en zijn pikje was niet groter dan mijn ringvinger. Ik wist het uit de eerste hand, dankzij een vrij mechanisch seksueel contact in de derde klas. Kennelijk werkte het pinkeltje prima: Katie was drie maanden zwanger van haar derde kind. Ze bleven het net zo lang proberen tot ze een zoontje kreeg. *We willen heel graag zo'n kleine boef door het huis zien rennen.*

Een gesprekje over mij, Chicago, nog geen man maar we blijven duimen! Een gesprekje over Katie, haar nieuwe kapsel, haar nieuwe vitaminekuur, Brad, haar twee dochters, Emma en Madison, de vrijwilligstersvereniging van Wind Gap en hoe slecht die de optocht voor St.-Patrick's Day had georganiseerd. Toen een zucht: *die arme meisjes.* Ja, zucht: mijn verhaal over die arme meisjes. Zo belangrijk vond ze het kennelijk ook weer niet, want ze schakelde snel terug naar de vrijwilligstersvereniging en hoe die uiteen was gevallen sinds Becca Hart (geboren Mooney) er hoofd activiteiten was. Becca was een gemiddeld populair meisje uit onze schooltijd dat vijf jaar geleden tot sociale ster was opgeklommen door Eric Hart aan de haak te slaan, wiens ouders een skelter-, waterglijbaan- en midgetgolftoeristenval in het lelijkste deel van de Ozark Mountains bezaten. De situatie was echt afkeurenswaardig. Becca zou vanavond ook komen en dan kon ik het zelf zien. Ze hoorde er gewoon niet bij.

Angies huis leek op een kindertekening: het was zo doorsnee dat het amper driedimensionaal was. Toen ik de woonkamer in liep, besefte ik hoe graag ik ergens anders had willen zijn. Daar zat Angie, die sinds de middelbare school zonder enige noodzaak vijf kilo was afgevallen, ingetogen naar me te glimlachen terwijl ze verder ging met het uitstallen van fonduehapjes. Daar was Tish, die toen al het moedertje van de groep was geweest, degene die je haar uit je gezicht hield als je moest overgeven en af en toe een dramatische huilbui kreeg omdat ze zich onbemind voelde. Ze was met een vent uit Newcastle getrouwd, hoorde ik, een beetje een kneus (had Katie me op gedempte toon verteld) die een degelijke baan had. Mimi had zich over een chocolade-bruine leren bank gedrapeerd. Ze was een oogverblindende tiener geweest, maar daar was weinig meer van te zien. Niemand anders leek het op te merken. Iedereen noemde haar nog steeds 'het stuk'. Extra bewijs: de enorme diamant aan haar vinger, gekregen van Joey Johansen, een slungelige, lieve jongen die in het jaar voor zijn eindexamen tot lijnverdediger was uitgegroeid en toen opeens Jo-hah genoemd wilde worden (meer herinner ik me echt niet van hem). Die arme Becca zat tussen de anderen in, enthousiast en verlegen en in kleding die bijna komisch veel op die van haar gastvrouw leek (had Angie met Becca gewinkeld?). Ze glimlachte stralend naar iedereen die ze in het oog kreeg, maar niemand zei iets tegen haar.

We keken *Beaches*.

Toen Angie het licht aandeed, zat Tish te snikken.

'Ik ben weer aan het werk gegaan,' jammerde ze met haar koraalrood gelakte nagels voor haar ogen. Angie schonk wijn in, gaf een klopje op haar knie en keek opzichtig bezorgd naar haar.

'Goeie god, lieverd, waarom?' murmelde Katie. Zelfs haar gemurmel klonk meisjesachtig en afgemeten. Als duizend muizen die op crackers knagen.

'Ik dacht dat ik het wilde nu Tyler in de peuterklas zit,' zei Tish tussen haar snikken door. 'Ik dacht dat ik een doel moest hebben.' Ze spuwde het woord 'doel' uit alsof het besmet was.

'Je hebt al een doel,' zei Angie. 'Laat je niet door de maatschappij aanpraten hoe jij je kinderen moet opvoeden. Laat die feministes' – ze keek naar mij – 'je geen schuldgevoel bezorgen omdat jij hebt wat zij niet kunnen krijgen.'

'Ze heeft gelijk, Tish, ze heeft volkomen gelijk,' beaamde Becca. 'Feminisme houdt in dat vrouwen elke keuze kunnen maken die ze willen.'

De vrouwen keken weifelend naar Becca, maar opeens knalden Mimi's snikken uit haar hoek en richtte ieders aandacht, en Angie-met-de-wijn, zich op haar.

'Steven wil geen kinderen meer,' huilde ze.

'Waarom niet?' zei Katie met indrukwekkend snijdende verontwaardiging.

'Hij zegt dat drie genoeg is.'

'Genoeg voor hem of voor jou?' schimpte Katie.

'Dat zei ik ook. Ik wil een meisje. Ik wil een dochtertje.' De andere vrouwen aaiden over haar bol. Katie aaide over haar buik. 'En ik wil een zoon,' kermde ze, en ze keek nadrukkelijk naar de foto van Angies zoontje van drie op de schoorsteenmantel.

Het huilen en tobben ging heen en weer tussen Tish en Mimi – *Ik mis mijn kindjes… Ik heb altijd gedroomd van een groot huis vol kinderen, meer heb ik nooit gewild… Wat is er zo verkeerd aan om alleen maar moeder te zijn?* Ik had medelijden met hen, want ze leken echt overstuur te zijn en ik wist ook hoe erg het was als je leven niet zo uitpakte als je had gewild, maar na veel geknik en instemmend gemompel wist ik niets zinnigs meer te zeggen. Ik dook de keuken in, sneed blokjes kaas en hield me koest. Ik kende dit ritueel nog van school en ik wist dat het bij het minste of geringste een akelige wending kon nemen. Al snel voegde Becca zich bij me in de keuken en begon ze aan de afwas.

'Zo gaat het ongeveer elke week,' zei ze en ze rolden met haar ogen alsof het haar niet zozeer ergerde als wel verwonderde.

'Het zal wel bevrijdend zijn,' opperde ik. Ik voelde dat ze hoopte dat ik meer zou zeggen. Ik ken dat gevoel. Als ik op het punt sta een goed citaat te bemachtigen, lijkt het alsof ik het die ander bijna van zijn tong kan plukken.

'Tot ik naar Angies avondjes ging, had ik er geen idee van dat ik zo'n ellendig leven had,' fluisterde Becca. Ze pakte een net afgewassen mes om Gruyère te snijden. We hadden genoeg kaas voor heel Wind Gap.

'Tja, als je je innerlijk verscheurd voelt, kun je een oppervlakkig leven leiden zonder te laten merken dat je een oppervlakkig mens bent.'

'Ik geloof dat je gelijk hebt,' zei Becca. 'Deden jullie op school ook al zo?' vroeg ze toen.

'Ja, meestal wel, als we elkaar geen dolk in de rug staken.'

'Ik ben geloof ik maar blij dat ik zo'n kneus was,' zei ze, en ze lachte. 'Hoe kan het toch dat ik nu nóg minder meetel?' Toen lachte ik ook en schonk ik haar een glas wijn in, een beetje afwezig omdat ik bespottelijk genoeg weer midden in mijn tienerleven zat.

Tegen de tijd dat we in de kamer terugkwamen, nog steeds giechelig, zat iedereen te huilen. Ze keken allemaal tegelijk naar ons op, als een gruwelijk victoriaans portret dat tot leven komt.

'Nou, fijn dat jullie tenminste nog kunnen lachen,' zei Katie snibbig.

'In aanmerking genomen wat er in onze stad gaande is,' voegde Angie eraan toe. Het onderwerp was kennelijk breder geworden.

'Wat mankeert de wereld toch? Waarom wil iemand kleine meisjes kwaad doen?' riep Mimi uit. 'Die arme stakkers.'

'En hun tanden en kiezen trekken, daar kan ik niet bij,' zei Katie.

'Waren ze maar beter behandeld toen ze nog leefden,' snikte Angie. 'Waarom zijn meisjes zo wreed tegen elkaar?'

'Werden ze op school gepest?' vroeg Becca.

'Ze hebben Natalie een keer na school op de wc's in een hoek gedreven… en haar haar afgeknipt,' snikte Mimi. Haar gezicht was helemaal gezwollen en vlekkerig. Er liepen donkere stroompjes mascara over haar blouse.

'Ze hebben Ann gedwongen haar… intieme delen aan de jongens te laten zien,' zei Angie.

'Ze hadden altijd de pik op die meisjes, alleen maar omdat ze een beetje anders waren,' zei Katie, en ze veegde haar tranen subtiel met haar mouw weg.

'Wie zijn "ze"?' vroeg Becca.

'Vraag dat maar aan Camille, die versláát dit allemaal,' zei Katie en ze stak haar kin naar voren, een gebaar dat ik me nog van de middelbare school herinnerde. Het betekende dat ze zich tegen je keerde, maar vond dat ze er het volste recht toe had. 'Je weet toch hoe vreselijk je zusje is, Camille?'

'Ik weet dat meisjes gemeen kunnen zijn.'

'Dus je verdedigt haar?' Katie keek me woedend aan. Ik voelde dat ik de intriges van Wind Gap in werd gesleurd en raakte in paniek. *Meidengevecht* bonsde op mijn kuit.

'O, Katie, ik ken haar niet eens goed genoeg om haar te verdedigen of niet,' zei ik met geveinsde wanhoop.

'Heb jij ooit ook maar een traan om die meisjes gelaten?' zei Angie. Het hele stel keek me nu verwijtend aan, wachtend tot ik mijn ogen zou neerslaan.

'Camille heeft zelf geen kinderen,' zei Katie schijnheilig. 'Ik geloof niet dat zij die pijn zo kan voelen als wij.'

'Ik ben heel verdrietig om die meisjes,' zei ik, maar het klonk gekunsteld, als een schoonheidskoningin die zegt dat ze voor de wereldvrede is. Ik had wel verdriet, maar het leek me goedkoop om het te uiten.

'Ik bedoel het niet gemeen,' begon Tish, 'maar het lijkt alsof je hart pas echt opengaat als je kinderen hebt. Alsof het anders altijd gesloten blijft.'

'Ja,' zei Katie instemmend. 'Ik werd pas echt vrouw toen ik Madison in me voelde. Ik bedoel, iedereen heeft het tegenwoordig over God contra de wetenschap, maar het lijkt alsof beide kanten het eens zijn als het om kinderen gaat. In de Bijbel staat dat je je moet vermenigvuldigen en de wetenschap, nou ja, als puntje bij paaltje komt, zijn vrouwen daar toch voor gemaakt? Om kinderen te baren.'

'Girl power,' prevelde Becca zacht.

Katie wilde bij Angie blijven slapen, dus bracht Becca me thuis. De kinderjuf zou de volgende ochtend wel voor Katies schatjes zorgen, veronderstelde ik. Becca maakte een paar zwakke grappen over de obsessie van die vrouwen met het moederschap, die ik beloonde met schorre lachjes. *Jij hebt makkelijk praten, jij hebt twee kinderen.* Ik voelde me hopeloos narrig.

Ik trok een schoon nachthemd aan en ging midden op mijn bed zitten. Jij krijgt geen drank meer vanavond, fluisterde ik. Ik klopte op mijn wang en ontspande mijn schouders. Ik noemde mezelf lieverd. Ik wilde snijden: *schatje* vlamde op mijn dij op en *gemeen* brandde bij mijn knie. Ik wilde *dorre schoot* in mijn huid kerven. Dat zou ik blijven, met mijn ongebruikte baarmoeder, leeg en ongerept. Ik stelde me voor dat mijn bekken opensplеet en er een keurige holte zichtbaar werd, als het nest van een verdwenen dier.

Die meisjes. *Wat mankeert de wereld toch?* had Mimi uitgeroepen. Het was nauwelijks tot me doorgedrongen, zo'n gangbare klacht was het, maar nu voelde ik het. Er was iets mis hier, verschrikkelijk mis. Ik zag voor me hoe Bob Nash, op de rand van Anns bed gezeten, zich probeerde te herinneren wat het laatste was wat hij tegen zijn dochter had gezegd. Ik zag Natalies moeder in een oud T-shirtje van haar dochter huilen. Ik zag mezelf, een radeloze dertienjarige, snikkend op de slaapkamervloer van mijn dode zusje, met een gebloemd schoentje in mijn hand. Of Amma, die nu zelf dertien was, een kindvrouwtje met een fantastisch figuur en het knagende verlangen het kleine meisje te zijn om wie mijn moeder rouwde. Mijn moeder, huilend om Marian. Mijn moeder die die baby beet. Amma, die haar macht

over mindere schepsels uitoefende, lachend terwijl haar vriendinnen en zij Natalies haar afknipten en de krullen op de tegels
zagen vallen. Natalie, die een ander meisje in de ogen stak. Mijn
huid krijste, mijn hartslag dreunde in mijn oren. Ik deed mijn
ogen dicht, sloeg mijn armen om mezelf heen en huilde.

Na tien minuten in mijn kussen snikken kwam ik wat tot bedaren. Er dienden zich platvloersere gedachten aan: de uitspraken
van John Keene die ik voor mijn artikel zou kunnen gebruiken,
dat mijn huur in Chicago volgende week betaald moest worden,
de geur van de appel die lag te rotten in de prullenmand bij mijn
bed.

Toen hoorde ik Amma zacht mijn naam fluisteren achter de
deur. Ik deed het bovenste knoopje van mijn nachthemd dicht,
trok mijn mouwen naar beneden en liet haar binnen. Ze droeg
een roze gebloemd nachthemd, haar blonde haar golfde over
haar schouders en ze had blote voeten. Ze zag er echt aanbidde-
lijk uit, een beter woord is er niet voor.

'Je huilt,' zei ze verbouwereerd.

'Een beetje.'

'Om haar?' Het laatste woord was beladen. Ik zag het voor me,
rond en zwaar, een diepe deuk in een kussen makend.

'Een beetje, denk ik.'

'Ik ook.' Ze keek naar mijn randen: de kraag van mijn nachthemd, waar mijn mouwen ophielden. Ze probeerde een glimp
van mijn littekens op te vangen. 'Ik wist niet dat je jezelf ver-
wondde,' zei ze uiteindelijk.

'Niet meer.'

'Gelukkig maar.' Ze aarzelde bij het bed. 'Camille, heb jij wel
eens het gevoel dat er iets ergs gaat gebeuren en dat je het niet
kunt tegenhouden? Dat je niets kunt doen, gewoon moet afwachten?'

'Een angstaanval, bedoel je?' Ik bleef maar naar haar huid kijken, zo glad en lichtbruin als warm ijs.

'Nee, niet echt.' Ze klonk alsof ik haar had teleurgesteld, alsof ik een listig raadsel niet had kunnen oplossen. 'Maar goed, ik heb iets voor je.' Ze hield me een opgevouwen pakpapiertje voor en zei dat ik het open moest maken. In het papier: een strak gedraaide joint.

'Dat is beter dan die wodka die jij drinkt,' zei Amma, die automatisch in de verdediging schoot. 'Jij drinkt veel. Dit is beter. Je wordt er niet zo droevig van.'

'Amma, echt…'

'Mag ik je littekens nog eens zien?' Ze glimlachte schuchter.

'Nee.' Stilte. Ik hield de joint omhoog. 'En Amma, ik vind dat je beter niet…'

'Nou, ik vind van wel. Graag of niet, hoor. Ik wilde gewoon aardig zijn.' Ze keek boos en draaide aan een punt van haar nachthemd.

'Dank je wel. Het is lief van je dat je wilt dat ik me beter ga voelen.'

'Ik kan ook best lief zijn, hoor,' zei ze. Haar gezicht stond nog boos en ze leek zelf ook elk moment te kunnen gaan huilen.

'Weet ik wel. Ik vraag me alleen af waarom je nu opeens lief tegen me wilt doen.'

'Soms kan ik het niet, maar nu wel. Als iedereen slaapt en alles stil is, is het makkelijker.' Ze stak haar arm uit, hield haar hand als een vlinder voor mijn gezicht, liet hem zakken, gaf een klopje op mijn knie en liep weg.

10

'Was Natalie hier maar nooit komen wonen, want nu is ze dood,' zei een huilende John Keene (18) over zijn kleine zusje Natalie (10). 'Mijn zusje is vermoord.' Natalies lichaam is op 14 mei gevonden, rechtop in een ruimte tussen de Cut-N-Curl kapsalon en gereedschapswinkel Biffy's in het kleine stadje Wind Gap in de staat Missouri. Ze is het tweede meisje dat hier de afgelopen negen maanden is vermoord: vorig jaar augustus werd Ann Nash van negen in een nabije rivier gevonden. Beide meisjes waren gewurgd en de moordenaar had van beiden de tanden en kiezen getrokken.

'Ze was een mal kind,' zei John Keene zacht huilend, 'een robbedoes.' Keene, die hier twee jaar geleden vanuit Philadelphia met zijn ouders naartoe kwam en die net zijn eindexamen heeft gehaald, beschreef zijn jongere zusje als een pienter, fantasierijk meisje. Ze heeft zelfs ooit haar eigen taal bedacht, compleet met een bruikbaar alfabet. 'Voor een gewoon kind zou het koeterwaals zijn,' zei Keene met een spijtig lachje.

Het onderzoek naar de moorden heeft nog weinig opgeleverd: functionarissen van de politie van Wind Gap en Richard Willis, een rechercheur moordzaken die door Kansas City is uitgeleend, geven toe dat er weinig aanwijzingen zijn. 'We sluiten geen enkele mogelijkheid uit,' zegt Willis. 'We letten scherp op mogelijke verdachten binnen de gemeenschap, maar houden ook terdege rekening met de mogelijkheid dat de moorden het werk van een buitenstaander zijn.'

De politie weigert commentaar op het verhaal van een mogelijke ooggetuige, een jongen die beweert dat hij heeft gezien wie Natalie Keene ontvoerde: een vrouw. Een welingelichte bron zegt dat de politie gelooft dat de moordenaar een man uit de plaatselijke gemeenschap is. James L. Jellard (56), tandarts in Wind Gap, is het daarmee eens en voegt eraan toe dat het trekken van tanden en kiezen 'enige kracht vergt. Je wipt ze er niet zomaar uit.'

Terwijl de politie de zaak onderzoekt, vliegen de sloten en vuurwapens in Wind Gap de winkels uit. De plaatselijke gereedschapswinkel heeft veertig veiligheidssloten verkocht en de vuurwapenhandelaar heeft meer dan dertig verzoeken om een wapenvergunning afgehandeld sinds de moord op Keene. 'Ik dacht dat de meeste mensen hier al een geweer hadden, voor de jacht,' zegt Dan R. Sniya (44), de eigenaar van de grootste vuurwapenwinkel van de stad. 'Maar ik denk dat iedereen die nog geen wapen had... het nu wel zal hebben.'

Een van de inwoners van Wind Gap die zijn arsenaal heeft uitgebreid is Anns vader Robert. 'Ik heb nog twee dochters en een zoon, en die zal ik beschermen,' zegt hij. Nash beschrijft zijn overleden dochtertje als een bijdehand kind. 'Soms dacht ik dat ze slimmer was dan haar pa. Soms dacht ze zélf dat ze slimmer was dan haar pa.' Hij zegt dat zijn dochter een wildebras was, net als Natalie, een meisje dat graag in bomen klom en fietste, wat ze ook deed toen ze vorig jaar augustus werd ontvoerd.

Pastor Louis D. Bluell van de plaatselijke katholieke kerk zegt dat hij de uitwerking van de moorden op de inwoners heeft gezien: de zondagsmis wordt door aanzienlijk meer mensen bezocht en veel leden van zijn kerk zijn spirituele raad komen vragen. 'Als er zoiets gebeurt, snakken de mensen echt naar spirituele bijstand,' zegt hij. 'Ze willen weten hoe zoiets heeft kunnen gebeuren.'

Dat wil de politie ook.

Voordat het artikel ter perse ging, lachte Curry om alle voorletters. *Goeie god, die zuiderlingen zijn wel heel formeel.* Toen ik hem erop wees dat Missouri in feite in het Midden-Westen ligt, lachte hij hinnikend. *En ik ben in feite van middelbare leeftijd, maar leg dat die arme Eileen maar eens uit als ik weer een slijmbeursontsteking heb en ze voor me moet zorgen.* Hij schrapte ook het hele interview met James Capisi, op een paar algemeenheden na. We staan voor gek als we te veel aandacht aan dat joch besteden, zeker als de politie niet toehapt. Hij schrapte ook een zwakke opmerking over John van zijn moeder: 'Het is een lieve, zachtaardige jongen.' Het was het enige wat ik uit haar los had gekregen voordat ze me het huis uit schopte, het enige wat dat ellendige bezoek bijna de moeite waard maakte, maar Curry vond dat het maar afleidde. Waarschijnlijk had hij gelijk. Hij was in zijn nopjes dat we ons eindelijk op een verdachte konden richten, mijn 'man uit de plaatselijke gemeenschap'. Mijn 'welingelichte bron' was een verzinsel, of, eufemistischer gezegd, een samensmelting: iedereen, van Richard tot en met de pastor, dacht dat iemand uit de stad het had gedaan. Ik vertelde Curry niets over mijn leugentje.

Op de ochtend dat mijn stuk in de krant kwam, bleef ik in bed liggen en keek naar de telefoon met ouderwetse kiesschijf, wachtend tot hij zou rinkelen en ik de verwijten over me heen zou krijgen. Van Johns moeder bijvoorbeeld, die woedend zou zijn als ze erachter kwam dat ik haar zoon aan het praten had gekregen. Of van Richard, omdat ik had gelekt dat de verdachte uit de stad kwam.

De uren gleden in stilte voorbij en ik begon te transpireren. Paardenvliegen gonsden achter mijn hor en Gayla stond achter mijn deur te wachten tot ze de kamer in kon. We kregen elke dag schone lakens en handdoeken; de wasmachine draaide onophoudelijk in het souterrain. Ik denk dat het een overgebleven gewoonte is uit de tijd toen Marian nog leefde. Frisgewassen kleren laten ons alle afscheidingen en bedompte geuren van ons lichaam vergeten. Ik studeerde al toen ik merkte dat ik de geur van seks lekker vond. Op een ochtend liep ik naar de slaapkamer van mijn vriendin. Er schoot een jongen langs me heen die zijdelings naar me glimlachte en zijn sokken in zijn rugzak stopte. Mijn vriendin lag in bed, bevlekt en naakt, en een van haar blote benen bungelde over de rand van het bed. Die zoete, dichte geur was zuiver dierlijk, als de verste hoek van een berengrot. Ik herkende hem bijna niet, die doorleefde geur van een nacht oud. De indringendste lucht uit mijn jeugd was die van bleekwater.

Mijn eerste beller bleek niet iemand te zijn die ik had verwacht.

'Ongelooflijk dat je mij helemaal uit het verhaal hebt gelaten,' schetterde Merediths stem door de hoorn. 'Je hebt niets gebruikt van wat ik heb gezegd. Het lijkt alsof ik er niet eens bij was. Ik ben wel degene die heeft gezorgd dat je John te spreken kreeg, hoor.'

'Meredith, ik heb je nooit beloofd dat ik ook over jou zou schrijven,' zei ik, geërgerd door haar opdringerigheid. 'Het spijt me als je die indruk hebt gekregen.' Ik propte een slappe blauwe teddybeer onder mijn hoofd, voelde me schuldig en legde hem weer aan het voeteneind van het bed. Je moet loyaal zijn aan de spullen uit je jeugd.

'Ik begrijp gewoon niet waarom je mij erbuiten hebt gehouden,' ging ze door. 'Als je een beeld van Natalie wilt krijgen, moet je bij John zijn. En als je John moet hebben, moet je bij mij zijn. Ik ben zijn vriendin. Ik bedoel, hij is zo ongeveer mijn bezít, dat weet iedereen.'

'Tja, het verhaal ging niet echt over jouw relatie met John,' zei ik. Achter Merediths ademhaling hoorde ik een country-rock ballad en ritmisch gebonk en gesis.

'Maar je hebt wel over andere mensen uit Wind Gap geschreven. Die stomme pastor Bluell bijvoorbeeld. Waarom dan niet over mij? John heeft het heel moeilijk en ik ben heel belangrijk voor hem, ik verwerk het allemaal samen met hem. Hij huilt aan één stuk door. Ik ben degene die hem op de been houdt.'

'Als ik meer stemmen uit Wind Gap voor een stuk nodig heb, zal ik jou interviewen. Als je iets aan het verhaal kunt toevoegen.'

Bonk. Sis. Ze was aan het strijken.

'Ik weet veel over dat gezin, van alles over Natalie waar John nooit aan zou denken, laat staan dat hij het zou zeggen.'

'Mooi. Je hoort nog van me. Binnenkort.' Ik hing op. Haar aanbod zat me niet helemaal lekker. Toen ik naar beneden keek, zag ik dat ik 'Meredith' in meisjesachtige krulletters over de littekens op mijn linkerbeen had geschreven.

Amma lag op de veranda, in een roze zijden sprei gewikkeld en met een nat washandje op haar voorhoofd. Mijn moeder had een zilveren dienblad met thee, toast en allerlei flesjes erop neergezet en ze wreef kringetjes over haar wang met Amma's hand.

'Liefje, liefje, liefje,' murmelde Adora terwijl ze hen beiden op de schommelbank wiegde.

Amma hing zo slap als een pasgeboren kind in haar sprei. Af en toe maakte ze smakgeluidjes. Het was voor het eerst sinds het uitstapje naar Woodberry dat ik mijn moeder zag. Ik bleef even voor haar staan, maar ze bleef hardnekkig naar Amma kijken.

'Dag, Camille,' fluisterde Amma uiteindelijk, en ze gunde me een glimlachje.

'Je zusje is ziek. Sinds jij hier bent, loopt ze zo te tobben dat ze er koorts van heeft gekregen,' zei Adora, die nog steeds kringetjes met Amma's hand over haar wang draaide. Ik stelde me voor dat mijn moeder stiekem zat te knarsetanden.

Alan zat vlak achter het raam, zag ik nu pas. Hij keek vanaf het tweezitsbankje in de woonkamer naar mijn moeder en Amma.

'Je moet zorgen dat ze zich meer op haar gemak voelt bij jou, Camille; het is nog maar een klein meisje,' koerde mijn moeder naar Amma.

Een klein meisje met een kater. Nadat Amma gisteren uit mijn kamer was weggegaan, had ze nog een tijd in de hare zitten drinken. Zo ging dat in dit huis. Ik liet het naar elkaar fluisterende tweetal achter. *Oogappel* gonsde op mijn knie.

'Hé, razende reporter.' Richard reed met een slakkengangetje naast me in zijn auto. Ik was op weg naar de plek waar Natalies lichaam was gevonden om aantekeningen te maken over de ballonnen en briefjes bij het gedenkteken. Curry wilde een stuk over een 'rouwende stad', als er geen nieuwe aanwijzingen in het onderzoek naar de moorden werden gevonden, althans. Waarmee hij bedoelde dat er maar beter een aanwijzing kon komen, en snel ook.

'Hallo, Richard.'

'Leuk stuk vandaag.' Dat ellendige internet ook. 'Ik ben blij voor je dat je een welingelichte bron bij de politie hebt gevonden.' Hij glimlachte erbij.

'Ik ook.'

'Stap in, we hebben werk te doen.' Hij duwde het portier aan de passagierskant open.

'Ik heb mijn eigen werk. De samenwerking met jou heeft me tot nu toe alleen maar onbruikbare "geen commentaar"-commentaren opgeleverd. Mijn redacteur wil me van de zaak halen.'

'Nou, dat kunnen we niet gebruiken. Dan kom ik zonder afleiding te zitten,' zei hij. 'Kom mee. Ik heb een gids nodig voor een rondleiding door Wind Gap. In ruil daarvoor zal ik drie vragen compleet en naar waarheid beantwoorden. Onder ons, natuurlijk, maar ik zal eerlijk zijn. Kom op, Camille. Of heb je een afspraakje met je welingelichte bron?'

'Richard...'

'Nee, echt, ik wil geen prille relatie verstoren. Die mysterieuze man en jij moeten een knap stel zijn.'

'Hou op.' Ik stapte in de auto. Hij boog zich voor me langs, trok mijn veiligheidsgordel naar beneden en maakte hem vast, waarbij hij zijn lippen even dicht bij de mijne hield.

'Ik moet je beschermen.' Hij wees naar een deinende folieballon in de opening waar Natalie was gevonden. *Van harte beterschap*, stond erop.

'Wat mij betreft,' zei Richard, 'is dat Wind Gap in een notendop.'

Richard wilde dat ik hem alle geheime plekken van de stad liet zien, de hoekjes die alleen de inwoners kenden. Plekken waar mensen elkaar treffen om te neuken of te blowen, waar tieners drinken of mensen zich terugtrekken om te achterhalen waarom hun leven is mislukt. Iedereen heeft een moment waarop zijn leven ontspoort. Voor mij was dat de dag van Marians dood. De dag dat ik dat mes pakte, komt op een goede tweede plaats.

'We weten nog steeds niet waar de meisjes zijn vermoord,' zei Richard, die met één hand stuurde en zijn vrije arm over de rugleuning van mijn stoel liet hangen. 'Alleen waar ze zijn gedumpt, en op die plekken zijn zo veel mensen geweest dat we er geen bruikbare aanwijzingen meer kunnen vinden.' Hij zweeg even. 'Sorry. "Gedumpt" is geen fraaie term.'

'Meer iets voor een versmade geliefde.'

'Wauw. Dure woorden, Camille. En in Wind Gap zijn ze nog duurder.'

'Ja, ik was even vergeten hoe gecultiveerd jullie in Kansas City zijn.'

Ik wees Richard de weg naar een naamloze grindweg en we parkeerden in het kniehoge onkruid een kilometer of vijftien van de plek waar Ann was gevonden. Ik wapperde met mijn hand bij mijn nek in de klamme lucht en plukte aan mijn lange mouwen, die aan mijn armen plakten. Ik vroeg me af of Richard de drank van de vorige dag kon ruiken die nu als zweet uit mijn poriën kwam. We liepen het bos in, heuvel af en weer omhoog. De populierbladeren trilden zoals altijd in een denkbeeldige bries. Af en toe hoorden we een dier vluchten of een vogel plotseling opvliegen. Richard liep zelfverzekerd achter me aan, bladeren plukkend die hij onder het lopen verscheurde. Tegen de tijd dat we mijn doel hadden bereikt, waren onze kleren doorweekt en droop mijn gezicht van het zweet. Het was een stokoude school met maar één lokaal, een beetje verzakt, en de ranken kronkelden door het latwerk.

Binnen hing nog een half schoolbord aan de muur. Er stonden gedetailleerde tekeningen op van penissen die vagina's binnendrongen – er zaten geen lichamen aan vast. De vloer was bezaaid met dorre bladeren, drankflessen en nog een paar roestige bierblikjes uit de tijd toen je het lipje nog van het deksel af trok. Er stonden nog een paar schoolbankjes. Op een ervan was een tafelkleed gelegd waarop een vaas met verwelkte rozen stond. Een treurige plek voor een romantisch dinertje. Ik hoopte dat het een succes was geworden.

'Goed werk,' zei Richard wijzend naar een tekening. Zijn lichtblauwe overhemd plakte aan zijn lijf. Ik zag de omtrekken van een gespierde borst.

'Hier komen vooral jongeren, zoals je ziet,' zei ik, 'maar ik vond dat je het toch moest zien omdat het dicht bij de rivier is.'

'Hm-hm.' Hij nam me zwijgend op. 'Wat doe jij in Chicago als je niet aan het werk bent?' Hij leunde op het schoolbankje, plukte een verdorde roos uit de vaas en begon de blaadjes te verkruimelen.

'Wat ik doe?'

'Heb je een vriendje? Ik wil wedden van wel.'

'Nee. Ik heb al heel lang geen vriendje meer gehad.'

Hij begon de bloemblaadjes van de roos te trekken. Ik kon niet zien of hij geïnteresseerd was in mijn antwoord. Toen keek hij naar me op en grinnikte.

'Je bent een harde, Camille. Je geeft niet echt mee. Je laat me ervoor werken. Dat bevalt me wel, het is weer eens iets anders. De meeste vrouwen praten aan één stuk door. Neem me niet kwalijk.'

'Ik wil niet lastig zijn, maar ik had die vraag gewoon niet verwacht,' zei ik, mijn evenwicht in het gesprek hervindend. Koetjes en kalfjes en plagerige grappen, dat kan ik wel. 'Heb jij een vriendin? Ik durf te wedden dat je er twee hebt. Een blondine en een brunette, zodat er altijd een bij de kleur van je das past.'

'Allemaal mis. Geen vriendin, en de laatste had rood haar. Ze paste bij geen enkele das, dus moest ze wel weg. Leuke meid, jammer.'

Normaal gesproken had ik een hekel aan kerels zoals Richard, in weelde geboren en getogen: knap, charmant, slim en vermoedelijk rijk. Zulke mannen had ik nooit boeiend gevonden; ze hadden geen scherpe kantjes en meestal waren het lafaards. Ze vluchtten instinctief weg uit elke situatie die hen in verlegenheid kon brengen. Richard vond ik echter niet saai. Misschien omdat zijn grijns een beetje scheef was. Of omdat hij de kost verdiende met akelige dingen.

'Kwam je hier vroeger ook wel eens, Camille?' vroeg hij zacht, bijna verlegen. Hij keek opzij, en zijn haar lichtte goud op in de middagzon.

'Ja, hoor. Een uitstekende plek voor onfatsoenlijke bezigheden.'

Richard liep naar me toe, gaf me het restje van de roos en streelde mijn bezwete wang met een vinger.

'Ik kan me er iets bij voorstellen,' zei hij. 'Nu vind ik het voor het eerst jammer dat ik niet in Wind Gap ben opgegroeid.'

'We hadden vast goed met elkaar kunnen opschieten,' zei ik en ik meende het. Het maakte me opeens triest dat ik in mijn jeugd nooit een jongen als Richard had gekend, iemand die tenminste nog een beetje een uitdaging voor me zou zijn geweest.

'Je weet dat je mooi bent, hè?' zei hij. 'Ik wil het wel tegen je zeggen, maar ik denk dat je het weg zou wuiven. Daarom dacht ik…'

Hij hief mijn hoofd naar zich op en kuste me, eerst langzaam, en toen ik me niet van hem losmaakte, sloeg hij zijn armen om me heen en duwde zijn tong in mijn mond. Het was voor het eerst in bijna drie jaar dat ik werd gekust. Ik streek met mijn handen tussen zijn schouderbladen. De roos verkruimelde langs zijn rug. Ik trok zijn boordje van zijn nek en likte hem.

'Ik geloof dat jij het mooiste meisje bent dat ik ooit heb gezien,' zei hij terwijl hij met een vinger mijn kaaklijn volgde. 'De eerste keer dat ik je zag, kon ik de rest van de dag niet eens meer denken. Vickery stuurde me naar huis.' Hij lachte.

'Ik vind jou ook heel knap,' zei ik. Ik pakte zijn handen zodat ze niet aan de wandel konden gaan. Mijn shirt was dun, ik wilde niet dat hij mijn littekens zou voelen.

'*Ik vind jou ook heel knap?*' Hij schoot in de lach. 'Jezus, Camille, jij bent niet echt het romantische type, hè?'

'Je overrompelt me gewoon. Ik bedoel, om te beginnen is dit geen goed idee, jij en ik.'

'Verschrikkelijk slecht.' Hij kuste mijn oorlelletje.

'En, ik bedoel, wil je hier niet rondkijken?'

'Mejúffrouw Preaker, ik heb deze plek in mijn tweede week al doorzocht. Ik wilde gewoon een wandelingetje met je maken.'

De andere twee plekken die ik in gedachten had, bleek hij ook al te kennen. In een verlaten jachthut in het bos was een geelgeruit haarlint gevonden dat geen van de ouders van de meisjes had herkend. Op de kliffen ten oosten van Wind Gap, waar je de Mississippi diep onder je kon zien stromen, was een afdruk van een kindersportschoen gevonden die niet overeenkwam met de schoenen van de meisjes. Er waren wat spatten geronnen bloed op grassprieten ontdekt, maar de bloedgroep klopte niet. Ik bleek weer eens van geen enkel nut te zijn, maar Richard leek het niet erg te vinden. We reden toch naar de kliffen, kochten zes flesjes bier en zaten in de zon naar de Mississippi te kijken die grijs kronkelde, als een lome slang.

Als Marian niet in bed hoefde te blijven, was dit een van de plekken waar ze het liefst naartoe ging. Heel even voelde ik haar kindergewicht op mijn rug, haar warme gegiechel in mijn oor, magere armpjes die mijn schouders stevig omknelden.

'Waar zou jij een meisje wurgen?' vroeg Richard.

Ik schrok op. 'In mijn auto of thuis,' antwoordde ik.

'En waar zou je haar tanden en kiezen trekken?'

'Op een plek die goed schoon te maken is. Een kelder. Een badkuip. Ze waren al dood, hè?'

'Is dat een van je vragen?'

'Goed.'

'Ze waren allebei al dood.'

'Al zo lang dat ze niet bloedden toen de kiezen loskwamen?'

Een aak die de rivier af dreef, draaide opzij in de stroom; er kwamen mannen met lange vaarbomen aan dek die het schip weer recht duwden.

'Natalie heeft wel gebloed. Haar gebit is meteen na de wurging getrokken.'

Ik zag Natalie Keene voor me, met bruine, glazige ogen, in elkaar gezakt in een badkuip terwijl iemand haar tanden uit haar mond wrikte. Bloed op haar kin. Een hand met een tang. Een vrouwenhand.

'Geloof je James Capisi?'

'Ik weet het echt niet, Camille, en ik maak je niets wijs. Het joch is doodsbang. Zijn moeder blijft ons maar bellen om te vragen of we het huis willen bewaken. Hij weet zeker dat die vrouw hem ook zal komen halen. Ik heb hem de duimschroeven een beetje aangedraaid, hem een leugenaar genoemd om te zien of hij zijn verhaal zou bijstellen. Hij hield voet bij stuk.' Hij keek me aan. 'Ik kan je wel zeggen dat James Capisi zijn verhaal zelf gelooft, maar ik kan me niet voorstellen dat het waar is. Ik ken geen enkel profiel waar dit in past. Voor mijn gevoel klopt het niet. De intuïtie van een politieman. Ik bedoel, jij hebt hem gesproken, wat vind jij?'

'Ik ben het met je eens. Zou hij niet gewoon hysterisch zijn omdat zijn moeder kanker heeft en die angst op iets anders projecteren? Ik weet het niet. En hoe denk jij over John Keene?'

'Qua profiel: de juiste leeftijd, familielid van een van de slachtoffers, is misschien té kapot van het hele geval.'

'Zijn zusje is vermoord.'

'Ja, maar... ik ben zelf een man en ik kan je vertellen dat tienerjongens nog liever zelfmoord plegen dan in het openbaar te huilen, en hij loopt in de hele stad met zijn tranen te koop.' Richard blies in de hals van zijn bierfles. Het was een holle hoornstoot, een paringsroep naar een passerende sleepboot.

De maan scheen en de cicades tjirpten volop toen Richard me thuis afzette. Hun geknerp had hetzelfde ritme als het kloppen tussen mijn benen waar ik me door hem had laten aanraken. Rits naar beneden, zijn hand met de mijne naar mijn clitoris geleid en hem daar vastgehouden om te voorkomen dat hij op verkenning uitging en op de reliëfs van mijn littekens stuitte. We maakten elkaar klaar als schoolkinderen (*dikkerdje* bonsde hard en roze op mijn linkervoet toen ik kwam) en ik was kleverig en rook naar seks toen ik de deur opendeed en mijn moeder op de onderste traptree zag zitten met een karaf amaretto-sour.

Ze droeg een roze nachtpon met meisjesachtige pofmouwen en een satijnen bies langs de hals. Haar handen waren onnodig opnieuw verpakt in dat sneeuwwitte gaas dat ze ondanks haar dronkenschap ongerept wist te houden. Ze deinde licht toen ik door de deur kwam, als een geest die aarzelt of hij zal verdwijnen. Ze bleef.

'Camille. Kom erbij zitten.' Ze wenkte met haar wolkenhanden. 'Nee! Haal eerst een glas uit de keuken achterin. Je mag iets drinken met moeder. Met je moeder.'

Dit wordt een ramp, pruttelde ik toen ik een glas pakte, maar meteen daarna kwam een gedachte boven: alleen met háár! Een laatste oprisping uit mijn jeugd. Daar moest ik iets aan doen.

Mijn moeder schonk roekeloos, maar perfect; ik kreeg een kop op mijn glas, maar het liep niet over. Het was wel moeilijk om het zonder morsen naar mijn mond te brengen. Ze keek er gniffelend naar. Toen leunde ze achterover tegen de trapstijl, trok haar voeten onder zich op en nipte van haar drankje.

'Ik geloof dat ik eindelijk weet waarom ik niet van je hou,' zei ze.

Ik wist het wel, maar ik had het haar nooit horen toegeven. Ik probeerde mezelf wijs te maken dat ik geboeid was, als een onderzoeker die op het punt van een doorbraak staat, maar mijn keel werd dichtgeknepen en ik moest mezelf dwingen te blijven ademen.

'Je doet me aan mijn moeder denken. Joya. Koud, afstandelijk en o, zo zelfingenomen. Mijn moeder heeft ook nooit van mij gehouden. En als jullie niet van mij houden, hou ik ook niet van jullie.'

Een golf van woede joeg door me heen. 'Ik heb nooit gezegd dat ik niet van je hou, dat is gewoon bespottelijk. Bespottelijk, verdomme. Jij hebt míj nooit gemogen, toen ik nog een kind was al niet. Ik heb nooit iets anders dan kilte van je ervaren, dus waag het niet de schuld op mij af te schuiven.' Ik wreef hard met mijn hand over de rand van de traptree. Mijn moeder glimlachte flauwtjes toen ze het zag en ik hield ermee op.

'Je was altijd zo eigenzinnig, nooit lief. Ik weet nog dat ik toen je een jaar of zes, zeven was krulspelden in je haar wilde zetten voor de schoolfoto, maar jij knipte het af met mijn naaischaar.' Ik herinnerde me niet dat ik dat had gedaan. Ik herinnerde me wel dat Ann dat zou hebben gedaan.

'Ik dacht het niet, mama.'

'Koppig. Net als die meisjes. Ik heb geprobeerd vriendschap te sluiten met die meisjes, die dode meisjes.'

'Wat versta je onder vriendschap?'

'Ze deden me aan jou denken, zo wild als ze door de stad renden. Net mooie diertjes. Ik dacht dat ik jou beter zou begrijpen als ik vriendschappelijk met hen kon omgaan. Als ik hen aardig kon vinden, zou ik jou misschien ook aardig kunnen vinden. Maar ik kon het niet.'

'Nee, dat zal wel niet.' De staande klok sloeg elf uur. Ik vroeg me af hoe vaak mijn moeder dat had gehoord als opgroeiend kind in dit huis.

'Toen ik je in mijn buik had, toen ik nog een meisje was, stukken jonger dan jij nu, dacht ik dat jij mijn redding zou zijn. Ik dacht dat jij van me zou houden. En dan zou mijn moeder ook van me houden. Wat een bak.' De stem van mijn moeder schoot hoog en rauw uit, als een rode sjaal in een storm.

'Ik was een klein kind.'

'Je was van het begin af aan ongehoorzaam, je wilde niet eten. Alsof je me wilde straffen voor je geboorte. Je zette me voor gek. Als een kind.'

'Ik wás ook een kind.'

'En nu ben je terug en het enige wat ik kan denken is: waarom Marian en niet zij?'

De woede vervlakte onmiddellijk tot een duistere wanhoop. Mijn vingers vonden een kram in de traptree. Ik stak mijn nagel eronder, hard. Dat mens zou me niet aan het huilen krijgen.

'Ik vind het ook niet zo leuk om hier te zijn, mama, als dat helpt.'

'Je bent zo hatelijk.'

'Jij was mijn voorbeeld.'

Mijn moeder dook naar voren en pakte me bij allebei mijn armen. Toen stak ze haar hand uit en omcirkelde met een nagel de plek op mijn rug waar geen littekens zaten.

'Het enige plekje dat je nog hebt,' fluisterde ze me toe. Haar adem was weeïg en muskusachtig, als lucht uit een bron.

'Ja.'

'Op een dag kerf ik mijn naam daar.' Ze rammelde me door elkaar, liet me los en liep weg, mij met de lauwe resten van onze drank op de trap achterlatend.

Ik dronk de rest van de karaf leeg en kreeg duistere, kleverige dromen. Mijn moeder had me opengesneden en pakte mijn organen, die ze in een rij op mijn bed legde. Mijn vel hing aan beide kanten van mijn buik. Ze naaide haar initialen in mijn organen en gooide ze naar me terug, samen met een partij vergeten voorwerpen: een lichtgevend oranje stuiterbal die ik op mijn tiende uit een kauwgomautomaat had getrokken, een paar violette, wollen kousen dat ik op mijn twaalfde had gedragen en een goedkope, goudkleurige ring die ik van een jongen had gekregen toen ik in de derde klas van de middelbare school zat. Bij elk voorwerp kwam de opluchting dat het niet langer verloren was.

Toen ik wakker werd, was het al middag, en ik voelde me gedesoriënteerd en bang. Ik nam een slok uit mijn flacon wodka om de paniek te dempen, rende naar de badkamer en braakte de slok weer uit, samen met slierten suikerachtig bruin spuug van de amaretto-sour.

Ik kleedde me uit en liet me in de badkuip zakken. Het porselein was koel aan mijn rug. Ik strekte me uit, zette de kraan open en liet het water over me heen kruipen en in mijn oren lopen tot ze met het voldoening schenkende *swoesh* van een zinkend schip onderliepen. Zou ik ooit de zelfbeheersing kunnen opbrengen om het water mijn gezicht te laten bedekken, om met open ogen te verdrinken? Weiger gewoon jezelf een paar centimeter omhoog te hijsen en het is gepiept.

Het water prikte in mijn ogen, bedekte mijn neus en omhulde me toen. Ik stelde me voor hoe ik er van bovenaf uitzag: gestriemde huid en een roerloos gezicht, flakkerend onder een laagje water. Mijn lichaam verzette zich tegen de stilte. *Bovenstukje, vies, zeur, weduwe!* schreeuwde het. Mijn maag en keel trokken krampachtig samen in een wanhopige poging lucht naar binnen te zuigen. *Vinger, hoer, holte!* Een paar ogenblikken zelfbeheersing. Wat een zuivere manier van sterven. *Bloesem, bloem, blozen.*

Ik schoot naar de oppervlakte, hapte naar lucht. Hijgend, met mijn gezicht naar het plafond geheven. Rustig, rustig, maande ik mezelf. Rustig maar, lief meisje, het komt wel goed. Ik aaide over mijn wang en brabbelde lieve woordjes tegen mezelf. Het was triest, maar mijn ademhaling kwam wel tot bedaren.

In een flits: paniek. Ik tastte naar het cirkeltje huid op mijn rug. Het was nog glad.

Zwarte wolken hingen laag boven de stad en de zon krulde om de randen en kleurde alles ziekelijk geel, alsof we insecten onder tl-buizen waren. De zwakke gloed leek gepast, want ik was nog slap van de confrontatie met mijn moeder. Ik had een afspraak met Meredith Wheeler gemaakt voor een interview over de Keenes. Ik vroeg me af of het veel belangrijks zou opleveren, maar ik zou haar tenminste kunnen citeren en dat had ik nodig, want na mijn laatste artikel had ik geen woord meer van de Keenes gehoord. Aangezien John bij de Wheelers woonde, kon ik hem echt alleen maar via Meredith bereiken. Ik weet zeker dat ze daarvan genoot.

Ik liep naar het restaurant om mijn auto te halen, die ik daar de vorige dag had laten staan toen ik met Richard op pad ging. Ik zakte zwakjes achter het stuur. Desondanks slaagde ik erin een halfuur te vroeg bij Meredith aan te komen. Ik wist dat ze zich helemaal zou opdoffen voor mijn bezoek en nam dus aan dat ze me op het terras zou laten wachten, wat mij de kans zou geven een kijkje te nemen bij John. Uiteindelijk bleek ze niet eens thuis te zijn, maar ik hoorde muziek achter het huis en toen ik erop af-liep, zag ik de vier blondjes in bikini's in neonkleuren aan de rand van het zwembad zitten. Ze gaven een joint aan elkaar door en John, die aan de andere kant van het zwembad zat, keek toe.

Amma zag er bruin, blond en verrukkelijk uit, zonder een spoortje van de kater van de vorige dag. Ze was zo klein en kleurig als een amuse.

Ik voelde dat mijn huid door de confrontatie met al die gladde velletjes begon te kwetteren. Direct contact kon ik niet aan boven op de katerpaniek, dus gluurde ik om de hoek van het huis. Ze hadden me allemaal kunnen zien, maar ze namen geen van allen de moeite. Amma's drie vriendinnen raakten snel in een hasj- en hittespiraal en strekten zich op hun buik op hun handdoeken uit.

Amma bleef strak naar John zitten kijken. Ze smeerde zonnebrandolie op haar schouders, hals en borsten, waarbij ze haar handen in het bovenstukje stak, en keek hoe John naar haar keek. John zat er wezenloos bij, als een kind dat al zes uur voor de tv zit. Hoe wulpser Amma wreef, hoe glaziger hij keek. Een driehoekje van haar bovenstukje was opzijgeschoven zodat de vlezige borst eronder werd onthuld. Dertien jaar, dacht ik, maar ik voelde ook een stekende bewondering voor haar. Als ik vroeger verdrietig was, kwetste ik mezelf. Amma kwetste anderen. Als ik vroeger aandacht wilde, leverde ik me aan jongens over: *doe wat je wilt, als je me maar aardig vindt.* Amma's seksuele offerandes leken een vorm van agressie. Lange, dunne benen, smalle polsen en een hoge, opzettelijk kinderlijke stem, allemaal zo goed gericht als een pistool. *Doe wat ik wil, misschien vind ik je dan aardig.*

'Hé, John, op wie lijk ik?' riep Amma.

'Op een meisje dat zich misdraagt en dat zichzelf mooier vindt dan ze is,' riep John terug. Hij zat in een short en T-shirt op de rand van het zwembad, met zijn voeten in het water. Op zijn benen zat een dun, bijna vrouwelijk laagje donker haar.

'Echt waar? Waarom zit je me dan vanuit je schuilplaats te begluren?' zei ze, en ze wees met een been naar het koetshuis met het piepkleine bovenraam met blauwgeblokte gordijnen. 'Meredith zal wel jaloers zijn.'

'Ik hou graag een oogje op je, Amma. Denk erom dat ik je altijd in de gaten hou.'

Mijn vermoeden: mijn halfzusje was zonder zijn toestemming naar zijn kamer gegaan en had in zijn spullen gerommeld. Of hem op zijn bed opgewacht.

'Nu in elk geval wel,' zei ze lachend en ze spreidde haar benen. Ze zag er gruwelijk uit in het donkere licht dat holle schaduwen op haar gezicht wierp.

'Jouw tijd komt nog wel, Amma,' zei hij. 'Binnenkort.'

'Je bent een grote man, heb ik gehoord,' riep Amma terug. Kylie keek op, richtte haar blik op haar vriendin, glimlachte en zakte weer op haar handdoek.

'En geduldig.'

'Dat zul je nodig hebben.' Ze gaf hem een kushandje.

De amaretto-sour keerde zich tegen me en ik werd misselijk van hun uitdagende praatjes. Ik wilde niet dat John Keene met Amma flirtte, hoe ze hem ook provoceerde. Ze was nog altijd dertien.

'Hallo?' riep ik. Amma schrok op en wuifde naar me. Twee van de drie blondjes keken op en gingen weer liggen. John schepte water uit het zwembad in zijn handen en wreef het over zijn gezicht voordat hij zijn mondhoeken naar me optrok. Hij nam het gesprek door, vroeg zich af hoeveel ik had gehoord. Ik was net zo dicht bij Amma als bij John. Ik liep naar John toe en ging een paar meter van hem af zitten.

'Heb je het artikel gelezen?' vroeg ik. Hij knikte.

'Ja, dank je, het was goed. Het stuk over Natalie in elk geval.'

'Ik ben hier om met Meredith over Wind Gap te praten, maar misschien komt Natalie ook ter sprake,' zei ik. 'Vind je dat goed?'

Hij haalde zijn schouders op.

'Ja, hoor. Ze is er nog niet. Er was niet genoeg suiker voor de ijsthee. Ze flipte zo dat ze zonder make-up op naar de winkel is gerend.'

'Schandalig.'

'Voor Meredith wel.'

'Hoe gaat het hier?'

'O, best,' zei hij. Hij klopte op zijn rechterhand. Om zichzelf te troosten. Ik kreeg weer medelijden met hem. 'Ik weet niet of het waar dan ook goed zou gaan, dus ik kan moeilijk bepalen of dit beter of slechter is, snap je?'

'Zoiets als: het is hier vreselijk en ik wil dood, maar ik zou niet weten waar ik liever wilde zijn?' opperde ik. Hij draaide zijn hoofd en keek me aan. Zijn blauwe ogen hadden dezelfde kleur als het ovale zwembad.

'Dat is precies wat ik bedoel.' *Wen er maar aan,* dacht ik.

'Heb je overwogen hulp te zoeken, in therapie te gaan?' zei ik. 'Je zou er veel aan kunnen hebben.'

'Ja, John, dat zou je néígingen kunnen beteugelen. Die kunnen dódelijk zijn, hoor. We willen niet nog meer tandeloze meisjes vinden.' Amma was in het zwembad gegleden en dreef nu drie meter bij ons vandaan.

John schoot overeind en even dacht ik dat hij in het water zou duiken om haar te wurgen, maar hij wees alleen maar naar haar, deed zijn mond open en weer dicht en liep naar het koetshuis.

'Dat was echt vals,' zei ik tegen haar.

'Maar wel grappig,' zei Kylie, die op een knalroze luchtbed langsdreef.

'Hij is gestoord,' vulde Kelsey aan, die voorbijpeddelde.

Jodes zat in haar handdoek gewikkeld, met haar knieën tot aan haar kin opgetrokken en haar blik op het koetshuis gericht.

'Je was laatst heel lief voor me. Nu doe je zo anders,' zei ik zacht tegen Amma. 'Waarom?'

Ze leek een fractie van een seconde overrompeld. 'Weet niet. Kon ik er maar iets aan doen. Ik meen het.' Meredith dook bij de deur op en riep me knorrig naar binnen, en Amma zwom naar haar vriendinnen toe.

Het huis van de Wheelers kwam me bekend voor: een pluchen bank waar je diep in wegzakte, een salontafel met een model van een zeilboot erop, een zwierige, limoengroene velours poef, een zwart-witfoto van de Eiffeltoren die helemaal aan de voet was genomen. De voorjaarscatalogus van de Pottery Barn, tot en met de citroengele bordjes erop die Meredith nu op tafel zette met geglazuurde bessentaartjes.

Ze droeg een linnen zomerjurk in de kleur van een onrijpe perzik. Haar haar was over haar oren getrokken en hing onder in haar nek in een losse paardenstaart die er zo volmaakt uitzag dat ze er twintig minuten mee bezig moest zijn geweest. Opeens leek ze sprekend op mijn moeder. Zij had geloofwaardiger een kind van Adora kunnen spelen dan ik. Ik probeerde mijn opkomende wrok te bedwingen terwijl Meredith voor ons allebei een glas ijsthee inschonk en glimlachte.

'Ik heb geen idee wat mijn zusje tegen je heeft gezegd, maar ik kan wel raden dat het hatelijk of schunnig was, dus mijn excuses daarvoor,' zei ze. 'Al weet je zelf vast ook wel dat Amma de echte aanvoerster is.' Ze keek naar het taartje, maar maakte geen aanstalten het op te eten. Te mooi.

'Waarschijnlijk ken jij Amma beter dan ik,' zei ik. 'John en zij lijken niet…'

'Ze heeft veel aandacht nodig,' zei Meredith. Ze sloeg haar benen over elkaar, zette ze weer naast elkaar en streek haar jurk glad. 'Amma is bang dat ze verschrompelt en wegwaait als ze niet continu aandacht krijgt. Vooral van jongens.'

'Wat heeft ze tegen John? Ze insinueerde dat hij Natalie had vermoord.' Ik pakte mijn dictafoon en zette hem aan, half omdat ik geen tijd wilde verspillen aan egospelletjes en half omdat ik hoopte dat ze iets over John zou zeggen wat de moeite van het publiceren waard was. Als hij de voornaamste verdachte was, althans in de ogen van Wind Gap, moest ik daar commentaar op hebben.

'Zo is Amma gewoon. Ze heeft een vals trekje. John vindt mij leuk, niet haar, dus valt ze hem aan. Als ze niet probeert hem van me af te pakken. Alsof dat ooit zou lukken.'

'Toch schijnen veel mensen te denken dat John er iets mee te maken zou kunnen hebben, als je op de praatjes afgaat. Hoe zou dat komen, denk je?'

Ze schokschouderde, stak haar onderlip naar voren en keek een paar tellen naar de snorrende cassette.

'Je weet hoe dat gaat. Hij is van buiten de stad. Hij is intelligent en werelds en veel knapper dan wie dan ook hier. Ze zouden graag willen dat hij het had gedaan, want dan zou die… *boosaardigheid* niet uit Wind Gap afkomstig zijn, maar van buiten. Eet je taartje op.'

'Geloof jij dat hij onschuldig is?' Ik nam een hapje. Het glazuur droop van mijn lippen.

'Natuurlijk. Het zijn allemaal loze praatjes. Dat iemand nou een stukje met zijn auto gaat rijden… dat doen zo veel mensen hier. John had gewoon het verkeerde moment uitgekozen.'

'En de familie? Wat kun je me over de meisjes vertellen?'

'Het waren schatjes, heel beleefde, lieve meisjes. Het is alsof God de beste meisjes uit Wind Gap heeft uitgekozen om bij zich in de hemel op te nemen.' Ze had geoefend, de woorden hadden een gerepeteerd ritme. Zelfs haar glimlach leek uitgemeten: te smal is vrekkig, te breed onfatsoenlijk vrolijk. Deze glimlach is precies goed. Dapperheid en hoop sprak eruit.

'Meredith, ik weet dat je niet zo over de meisjes dacht.'

'Nou, wat wil je dan in de krant zetten?' snauwde ze.

'Iets wat je echt meent.'

'Dat kan ik niet maken. John zou woest op me zijn.'

'Ik hoef je naam er niet bij te zetten.'

'Waarom zou ik dan een interview geven?'

'Als je iets over de meisjes weet wat andere mensen verzwijgen, moet je het me vertellen. Afhankelijk van wat het is, zou het de aandacht van John kunnen afleiden.'

Meredith nam een ingetogen slokje thee en bette haar bosbessenlippen met haar servet.

'Maar kan mijn naam wel in het artikel komen?'

'Ik kan je ergens anders citeren met je naam erbij.'

'Ik wil dat je dat stukje over God en de hemel citeert,' zei Meredith op een kinderlijk toontje. Ze wrong haar handen en glimlachte van opzij naar me.

'Nee, dat niet. Ik zal je opmerking gebruiken dat John van buiten de stad komt en dat de mensen daarom zo over hem roddelen.'

'Waarom niet het stukje dat ik wil?' Ik zag Meredith voor me als een vijfjarige in een prinsessenjurk, dreinend omdat haar lievelingspop haar denkbeeldige thee niet lustte.

'Omdat het niet klopt met allerlei andere dingen die ik heb gehoord en omdat niemand echt zo praat. Het klinkt onecht.'

Het was de zieligste confrontatie die ik ooit met een geïnterviewde had gehad en een volkomen onethische manier om mijn werk te doen, maar ik wilde verdomme haar verhaal hebben. Meredith draaide aan de zilveren ketting om haar hals en nam me op.

'Jij had model kunnen worden, weet je dat?' zei ze opeens.

'Ik dacht het niet,' snauwde ik. Telkens als iemand zei dat ik mooi was, dacht ik aan al het lelijks dat onder mijn kleren zwermde.

'Echt waar. Ik wilde vroeger altijd jou zijn. Ik denk aan je, weet je dat? Ik bedoel, onze moeders zijn vriendinnen, dus ik wist dat je in Chicago zat en dan stelde ik me voor dat je in een groot herenhuis woonde met een paar krullenkopjes en een kanjer van een man die investeringsbankier was. Jullie zaten in de keuken sap te drinken en hij stapte in zijn Jaguar en ging naar zijn werk. Maar ik zal me wel vergist hebben.'

'Inderdaad, maar het klinkt goed.' Ik nam nog een hapje taart. 'Vertel maar eens over de meisjes.'

'Puur zakelijk, hè? Je was vroeger ook nooit de aardigste. Ik weet het, van je zus. Dat je een zusje had dat is gestorven.'

'Meredith, het lijkt me leuk om met je te praten. Hierna. Maar ik moet eerst mijn verhaal hebben, en misschien kunnen we dan gezellig doen.' Ik was niet van plan langer dan een minuut te blijven nadat ik mijn interview had.

'Oké... daar gaan we dan. Ik denk dat ik weet waarom... die tanden...' Ze maakte een gebaar alsof ze tanden trok.

'Waarom?'

'Ik vind het ongelooflijk dat niemand het wil toegeven,' zei ze. Meredith keek om zich heen.

'Je hebt het niet van mij, goed?' vervolgde ze. 'Die meisjes, Ann en Natalie, waren bijters.'

'Hoe bedoel je, bijters?'

'Allebei. Ze waren heel driftig. Griezelig driftig. Op een jongensmanier. Maar zij sloegen niet, ze beten. Kijk maar.'

Ze stak haar rechterhand uit. Vlak onder de duim zaten drie witte littekens die glansden in het middaglicht.

'Dat is van Natalie. En hier.' Ze streek haar haar naar achteren en onthulde een linkeroor met maar een half lelletje eraan. 'Ze heeft in mijn hand gebeten toen ik haar nagels lakte. Halverwege besloot ze dat ze het niet wilde, maar ik zei dat ik het af wilde maken, en toen ik haar hand op tafel drukte, zette ze haar tanden in me.'

'En je oorlelletje?'

'Ik bleef daar een keer slapen omdat mijn auto niet wilde starten. Ik lag op de logeerkamer te slapen en voordat ik het goed en wel besefte, zaten de lakens onder het bloed en voelde mijn oor aan alsof het in brand stond. Ik wilde weglopen, maar de pijn zat aan mijn hoofd vast. En Natalie krijste alsof zíj in brand stond.

Dat gekrijs was nog griezeliger dan het bijten. Meneer Keene moest haar in bedwang houden. Dat kind had ernstige problemen. We hebben nog naar mijn oorlelletje gezocht, misschien kon het er weer aan worden gezet, maar het was weg. Ik denk dat ze het had doorgeslikt.' Ze stootte een lach uit die klonk als het omgekeerde van een hap lucht nemen. 'Ik had toch vooral medelijden met haar.'

Leugenaar.

'En Ann, was die net zo erg?' vroeg ik.

'Nog erger. Er lopen hier overal mensen in de stad met de afdrukken van haar tanden in hun huid. Je moeder ook.'

'Wat zeg je?' Het zweet stond in mijn handen en mijn nekharen gingen overeind staan.

'Je moeder gaf Ann bijles en ze begreep iets niet. Ze ging helemaal door het lint, trok je moeder het haar uit haar hoofd en beet in haar pols. Hard. Ik geloof dat het gehecht moest worden.' Beelden van de dunne arm van mijn moeder tussen kleine tandjes, Ann die als een hond met haar hoofd schudde, bloed dat op de mouw van mijn moeder bloesemde, op Anns lippen. Een schreeuw, een bevrijding.

Een kringetje geschulpte streepjes en daarbinnen een cirkel volmaakte huid.

11

Telefoongesprekken in mijn kamer, geen spoor van mijn moeder. Ik hoorde Alan beneden tegen Gayla snauwen omdat ze de filets verkeerd had gesneden.

'Het lijkt een kleinigheid, Gayla, maar je moet het zo zien: kleinigheden bepalen het verschil tussen een goed maal en een dineerbelevenis.' Gayla maakte een instemmend geluid. Zelfs haar gehum heeft een zuidelijk accent.

Ik belde Richard op zijn mobiel. Hij was een van de weinige mensen in Wind Gap die er een hadden, al mag ik geen kritiek hebben, aangezien ik een van de weinige weigeraars in Chicago ben. Ik wilde gewoon nooit zó bereikbaar zijn.

'Rechercheur Willis.' Ik hoorde op de achtergrond een naam uit een luidspreker komen.

'Hebt u het druk, rechercheur?' Ik bloosde. Luchthartigheid voelde als flirten, voelde als dwaasheid.

'Hallo,' klonk zijn vormelijke stem. 'Ik ben hier bijna klaar, kan ik straks terugbellen?'

'Goed, het nummer is…'

'Ik heb het op mijn schermpje staan.'

'Wat luxe.'

'Inderdaad.'

Twintig minuten later: 'Sorry, ik was met Vickery in het ziekenhuis in Woodberry.'

'Een aanwijzing?'

'Zoiets.'

'Kun je een uitspraak doen?'

'Ik vond het heel leuk gisteren.'

Ik had twaalf keer *Richard smeris Richard smeris* op mijn been geschreven en moest mezelf dwingen ermee op te houden omdat ik naar een scheermes snakte.

'Ik ook. Hoor eens, ik moet je iets op de man af vragen en je moet me antwoord geven. Onder ons. En je moet iets zeggen wat ik in mijn volgende artikel kan citeren.'

'Oké, ik zal proberen je te helpen, Camille. Wat wil je me vragen?'

'Kunnen we afspreken in die goedkope kroeg waar we de eerste keer iets hebben gedronken? Ik moet dit persoonlijk doen en ik moet het huis uit en ja, ik geef het toe: ik moet iets drinken.'

Toen ik bij Sensors aankwam, zaten er drie jongens uit mijn klas, aardige jongens, van wie er een beroemd was omdat hij ooit een blauw lint had gewonnen op de State Fair met zijn obsceen dikke, van de melk druipende zeug. Een dorps stereotype dat Richard prachtig zou hebben gevonden. We wisselden beleefdheden uit – zij betaalden de eerste twee rondjes – en ze lieten foto's van hun kinderen zien, acht in totaal. Een van de jongens, Jason Turnbough, was nog net zo blond en vol in zijn gezicht als vroeger. Hij had een tong die net uit zijn ene mondhoek piepte, roze wangen en blauwe ogen die het grootste deel van het gesprek heen en weer flitsten tussen mijn gezicht en mijn borsten. Toen ik mijn dictafoon tevoorschijn haalde en naar de moorden vroeg, stopte hij ermee. Toen hadden die tollende wieltjes zijn volle aandacht. Mensen vonden het zo'n kick om hun naam gedrukt te zien. Een bestaansbewijs. Ik zag een kibbelende groep geesten voor me die in stapels kranten rommelden. Naar een naam op een pagina wezen. *Zie je wel, daar sta ik. Ik had toch gezegd dat ik had geleefd. Ik had toch gezegd dat ik bestond.*

'Wie had er toen we nog schoolkinderen waren kunnen denken dat we nu over moorden in Wind Gap zouden praten?' mijmerde Tommy Ringer, die een donkerharige man met een grote baard was geworden.

'Ik weet het, ik bedoel, ik werk in een supermarkt, godbetert,' zei Ron Laird, een vriendelijke man met een muizig gezicht en een bulderende stem. Ze gloeiden alle drie van de misplaatste burgertrots. Er was schande over Wind Gap gekomen, en dat grepen ze aan. Ze konden in de supermarkt, de apotheek en de fokkerij blijven werken. Als ze doodgingen, zou dit (samen met trouwen en kinderen krijgen) op het lijstje staan van dingen die ze hadden gedaan. En het was hun zomaar overkomen. Nee, preciezer gezegd: het was iets wat hun stad was overkomen. Ik was niet absoluut zeker van Merediths bewering. Sommige mensen zouden het juist prachtig vinden als de moordenaar iemand bleek te zijn die in Wind Gap was geboren en getogen. Iemand met wie ze wel eens uit vissen waren geweest, iemand met wie ze op scouting hadden gezeten. Dat maakte het verhaal mooier.

Richard zwaaide de deur open, die verrassend licht was. Klanten die geen stamgast waren, zetten altijd te veel kracht, zodat de deur om de paar minuten tegen de buitenmuur sloeg. Het vormde regelmatig een boeiende onderbreking van de gesprekken.

Toen Richard binnenkwam, met zijn colbert over zijn schouder, kreunden de drie mannen.

'Hij weer.'

'Man, ik ben zo ontzettend onder de indruk van hem.'

'Bewaar een paar hersencellen voor de zaak, maat. Je zult ze nog nodig hebben.'

Ik sprong van mijn barkruk, likte langs mijn lippen en glimlachte.

'Zo, jongens, ik moet aan het werk. Tijd voor een interview. Bedankt voor de drankjes.'

'Als je je gaat vervelen, wij zitten hier,' riep Jason. Richard glimlachte naar hem en zei binnensmonds *idioot*.

Ik sloeg mijn derde whisky achterover, riep de serveerster om ons naar onze tafel te brengen en toen we onze drankjes voor ons hadden staan, steunde ik met mijn kin in mijn handen en vroeg me af of ik wel echt over het onderzoek wilde praten. Hij had een litteken vlak boven zijn rechterwenkbrauw en een kuiltje in zijn kin. Hij tikte met zijn voet op de mijne, twee keer, onder de tafel, waar niemand het kon zien.

'Zo, razende reporter, wat is er?'

'Ik moet iets weten. Ik moet het echt weten, en als je het me niet kunt vertellen, kun je het niet, maar denk alsjeblieft goed na.' Hij knikte.

'Als je denkt aan degene die de moorden heeft gepleegd, zie je dan een bepaald iemand voor je?' vroeg ik.

'Een paar mensen, ja.'

'Mannen of vrouwen?'

'Waarom moet je dit nu opeens zo dringend weten, Camille?'

'Ik moet het gewoon weten.'

Hij zweeg, nipte van zijn drankje en wreef over de stoppels op zijn kin.

'Ik geloof niet dat een vrouw die meisjes op zo'n manier zou hebben omgebracht.' Hij tikte weer op mijn voet. 'Hé, wat is er aan de hand? Zeg op, nu meteen.'

'Ik weet het niet, ik zit me gewoon op te winden. Ik moet weten waar ik mijn energie op moet richten.'

'Ik wil je helpen.'

'Wist je dat de meisjes erom bekendstonden dat ze mensen beten?'

'Ik heb van de school gehoord dat Ann de vogel van een buurman had mishandeld,' zei hij. 'Maar Natalie werd heel strak gehouden vanwege wat er op haar vorige school was gebeurd.'

'Natalie heeft iemand die ze kende een oorlelletje afgebeten.'

'Nee. Zolang Natalie hier woont, is er geen proces-verbaal tegen haar opgemaakt.'

'Dan is het niet aangegeven. Ik heb dat oor gezien, Richard, het lelletje was eraf, en die persoon had geen reden om te liegen. En Ann had ook iemand aangevallen. Gebeten. Ik ga me steeds sterker afvragen of die meisjes geen ruzie met de verkeerde hebben gekregen. Het lijkt alsof ze zijn afgemaakt als valse honden. Misschien zijn hun tanden en kiezen daarom getrokken.'

'Laten we bij het begin beginnen. Ten eerste: wie zijn door welk meisje gebeten?'

'Dat mag ik niet zeggen.'

'Verdomme, Camille, ik meen het serieus. Vertel.'

'Nee.' Zijn woede verbaasde me. Ik had verwacht dat hij zou lachen en zeggen dat ik mooi was als ik opstandig deed.

'Dit is een moordzaak, oké? Als jij informatie hebt, moet ik die hebben.'

'Doe je werk dan.'

'Ik doe mijn best, Camille, maar dat jij mijn tijd verprutst, helpt niet echt.'

'Weet je ook eens hoe dat voelt,' mompelde ik kinderachtig.

'Goed.' Hij wreef in zijn ogen. 'Ik heb een lange dag achter de rug, dus… goedenavond. Ik hoop dat je iets aan me hebt gehad.' Hij stond op en schoof zijn halfvolle glas naar me toe.

'Je moet nog een uitspraak doen voor de krant.'

'Later. Ik moet dit eerst laten bezinken. Misschien had je wel gelijk toen je zei dat het geen goed plan was, jij en ik.' Hij ging weg en de jongens riepen dat ik weer bij hen moest komen zitten. Ik schudde mijn hoofd, dronk mijn glas leeg en deed alsof ik aantekeningen maakte tot ze vertrokken. Ik schreef alleen maar twaalf bladzijden vol *gestoorde stad gestoorde stad*.

Deze keer werd ik bij thuiskomst door Alan opgewacht. Hij zat op het victoriaanse bankje van zwart notenhout met wit brokaat, gekleed in een witte broek en een zijden overhemd, met bevallige witzijden pantoffels aan zijn voeten. Als het een foto was geweest, had ik hem onmogelijk in een tijdperk kunnen plaatsen: victoriaanse heer, edwardiaanse dandy, fatje uit de jaren vijftig? Een huisman uit de eenentwintigste eeuw die nooit werkte, vaak dronk en soms de liefde bedreef met mijn moeder.

Alan en ik praatten maar heel zelden zonder mijn moeder erbij. Als kind was ik hem ooit in de hal tegengekomen. Toen had hij zich stijfjes gebukt om me recht aan te kijken en gezegd: 'Hallo, gaat het goed met je?' We woonden al meer dan vijf jaar in hetzelfde huis, maar meer had hij niet kunnen verzinnen. 'Ja, dank je,' was het enige dat ik terug kon zeggen.

Nu leek Alan echter klaar te zitten voor een gesprek. Hij zei mijn naam niet, maar klopte naast zich op de bank. Op zijn knie balanceerde een taartbordje met een paar grote, zilverkleurige sardines die ik vanuit de deuropening al kon ruiken.

'Camille,' zei hij terwijl hij met een petieterig visvorkje in een staart prikte, 'je maakt je moeder ziek. Als de situatie niet verandert, zal ik je moeten verzoeken weg te gaan.'

'Hoe maak ik haar ziek?'

'Door haar te kwellen. Door Marian telkens ter sprake te brengen. Je kunt niet aan de moeder van een overleden kind voorleggen hoe dat kind er nu in de grond uit zou kunnen zien. Misschien kun jij er afstand van nemen, maar Adora niet.' Een klodder vis die over zijn overhemd rolde, liet een rij vetvlekken ter grootte van knopen achter.

'Je kunt niet met haar over de lichamen van die twee dode meisjes praten, of over de hoeveelheid bloed die uit hun mond gekomen moet zijn toen hun tanden en kiezen werden getrokken, of hoe lang iemand erover zou hebben gedaan om ze te wurgen.'

'Alan, zulke dingen heb ik nooit tegen mijn moeder gezegd. Op geen stukken na. Ik begrijp echt niet waar ze het vandaan haalt.' Ik was niet eens verontwaardigd, alleen maar moe.

'Camille, toe. Ik weet dat je een moeizame verhouding met je moeder hebt. Ik weet hoe jaloers je altijd bent geweest op mensen met wie het wél goed gaat. Het is waar, weet je, je lijkt echt op Adora's moeder. Ze hield de wacht over dit huis als een... een heks, oud en kwaad. Lachen vond ze kwetsend. Er kon maar één keer een glimlachje bij haar af, en dat was toen je weigerde bij Adora te drinken. Toen je de tepel weigerde.'

Dat woord op Alans vettige lippen liet me op wel tien verschillende plaatsen oplichten. *Zuigen, teef* en *rubber* vatten vlam.

'Dat heb je van Adora gehoord?' suggereerde ik.

Hij knikte met verzaligd getuite lippen.

'Zoals je ook van Adora hebt gehoord dat ik vreselijke dingen over Marian en de overleden meisjes heb gezegd.'

'Precies,' zei hij afgemeten.

'Adora liegt. Als je dat niet snapt, ben je niet goed snik.'

'Adora heeft een zwaar leven gehad.'

Ik lachte geforceerd. Alan liet zich niet uit het veld slaan. 'Toen ze nog klein was, kwam haar moeder midden in de nacht naar haar kamer toe en dan kneep ze haar,' zei hij met een spijtige blik op het laatste sardientje. 'Ze zei dat ze het deed omdat ze bang was dat Adora in haar slaap zou sterven, maar ik denk dat ze haar gewoon graag pijn deed.'

Een schrille herinnering: Marian verderop in de gang in haar pulserende ziekenhuiskamer vol machines. Een scherpe pijn in mijn arm. Mijn moeder die boven me uittorent in haar wolk van een nachtpon en vraagt of alles goed is. Ze kust het roze cirkeltje en zegt dat ik weer moet gaan slapen.

'Ik vind gewoon dat je zulke dingen moet weten,' zei Alan. 'Misschien doe je dan iets aardiger tegen je moeder.'

Ik was niet van plan aardiger tegen mijn moeder te doen. Ik wilde alleen maar een eind aan het gesprek maken. 'Ik zal proberen zo snel mogelijk weg te gaan.'

'Dat zou een goed idee zijn, als je het niet kunt bijleggen,' zei Alan, 'maar misschien zou je je beter voelen als je het probeerde. Het zou je kunnen helpen te helen. Psychisch, althans.'

Alan pakte de laatste slappe sardine en zoog hem in zijn geheel naar binnen. Ik zag voor me hoe de graatjes tussen zijn tanden knapten.

Ik stal een beker ijsklontjes en een hele fles whisky uit de keuken en ging naar mijn kamer om te drinken. De drank kwam snel aan, misschien omdat ik ook snel dronk. Mijn oren gloeiden en mijn huid flakkerde niet meer. Ik dacht aan het woord in mijn nek. *Verdwijn. Verdwijn* verdrijft mijn pijn, dacht ik mallotig. *Verdwijn* verdrijft mijn problemen. Zouden we ook zulke nare mensen zijn geworden als Marian was blijven leven? Andere gezinnen kwamen zulke dingen te boven. Rouwen en doorgaan. Zij zweefde nog steeds om ons heen, een klein blond meisje dat mogelijk iets snoeziger was dan goed voor haar was, misschien iets te veel werd vertroeteld. Voordat ze ziek werd, echt ziek. Ze had een denkbeeldig vriendje, een reusachtige teddybeer die ze Ben noemde. Wat voor kind heeft er nu een speelgoedbeest als denkbeeldig vriendje? Ze verzamelde haarlinten die ze op kleur ordende. Ze was het soort meisje dat haar schattigheid met zo veel vreugde uitbuitte dat je het haar niet kon misgunnen. Met wimpers knipperen, met krullen zwaaien. Ze noemde mijn moeder mammie en Alan... jezus, misschien noemde ze Alan Alan, ik kan hem er niet bij zien in die herinneringen. Ze at altijd haar bordje leeg, hield haar kamer opvallend netjes en wilde alleen maar jurken en lakschoentjes dragen. Ze noemde mij Mille en kon haar handen niet van me af houden.

Ik aanbad haar.

Dronken maar nog steeds drinkend schonk ik een glas vol whisky en sloop door de gang naar Marians kamer. Amma's deur, een kamer verderop, was al uren dicht. Hoe was het om op te groeien naast de kamer van een dood zusje dat je nooit hebt gezien? Ik voelde een snijdend medelijden met Amma. Alan en mijn moeder hadden de grote slaapkamer op de hoek, maar het licht was uit en de ventilator gonsde. Er was niet zoiets als klimaatbeheersing in die oude victoriaanse huizen en mijn moeder vindt losse airconditioners ordinair, dus zweten we ons door de zomers heen. Het was tweeëndertig graden, maar de warmte gaf me een veilig gevoel, alsof ik onder water liep.

Er zat nog een deukje in het kussen op haar bed. Er lagen kleren uitgespreid alsof ze een levend kind omhulden. Een lichtpaarse jurk, witte maillot, glimmende zwarte schoenen. Wie had dat gedaan? Mijn moeder? Amma? De infuusstandaard die Marian gedurende haar laatste jaar zo hardnekkig had gevolgd, stond waakzaam en glimmend bij de andere medische hulpmiddelen: het bed, een halve meter hoger dan normaal om de verzorging van de patiënt te vergemakkelijken, de hartbewakingsmachine, de ondersteek. Ik vond het weerzinwekkend dat mijn moeder die spullen niet had weggedaan. Het was een klinische, volkomen levenloze kamer. Marians lievelingspop was met haar begraven, een enorme lappenpop met net zulke blonde krullen als mijn zusje, maar dan van touw. Ze heette Evelyn. Of was het Eleanor? De andere poppen stonden op standaards langs de muur, als een rij fans op de tribune. Een stuk of twintig, met porseleinen koppen en diepe, glazige ogen.

Ik kon haar hier zo makkelijk voor me zien, in kleermakerszit op dat bed, klein, bezweet en met paarse kringen om haar ogen. Kaarten schuddend, het haar van haar pop kammend of verwoed kleurend. Ik hoorde het geluid: een kleurpotlood dat in harde lijnen over een vel papier glijdt. Donkere krassen, zo hard gezet dat het potlood scheuren in het papier trok. Ze keek naar me op, moeizaam en oppervlakkig ademend.

'Ik ben het zat om dood te gaan.'

Ik vluchtte terug naar mijn kamer alsof de duivel me op de hielen zat.

De telefoon ging zes keer over voordat Eileen opnam. Dingen die de Curry's thuis niet hebben: een magnetron, een dvd-speler, een afwasmachine, een antwoordapparaat. Haar begroeting was soepel, maar gespannen. Ze kregen waarschijnlijk niet vaak telefoon na elf uur 's avonds. Ze deed alsof ze nog niet sliepen en gewoon de telefoon niet hadden gehoord, maar het duurde nog eens twee minuten voordat ik Curry aan de lijn kreeg. Ik stelde me voor hoe hij zijn brillenglazen aan een punt van zijn pyjama opwreef, oude leren pantoffels aantrok en naar de verlichte wijzerplaat van een wekker keek. Een sussend beeld.

Toen drong het tot me door dat ik een reclamespotje voor een nachtapotheek in Chicago voor me zag.

Ik had Curry drie dagen geleden voor het laatst gesproken en ik was bijna twee weken in Wind Gap. Onder andere omstandigheden zou hij me drie keer per dag gebeld hebben om het laatste nieuws te horen, maar hij kon zich er niet toe zetten me bij een particulier te bellen, bij mijn moeder thuis nog wel, helemaal in Missouri, dat voor hem, als inwoner van Chicago, gelijkstond aan het diepe Zuiden. Onder andere omstandigheden had hij door de telefoon tegen me gebromd omdat ik hem niet op de hoogte hield, maar vannacht niet.

'Groentje, hoe gaat het? Vertel.'

'Nou, het is nog niet officieel, maar dat komt nog wel. De politie gelooft beslist dat de moordenaar een man is, ongetwijfeld uit Wind Gap, maar ze hebben nog geen DNA en ze weten niet waar de meisjes zijn vermoord; eigenlijk hebben ze maar heel weinig. Of de moordenaar is een meesterbrein, óf hij heeft het bij toeval geniaal aangepakt. In de stad wordt Natalie Keenes broer verdacht, John. Ik heb een interview met zijn vriendin waarin ze verklaart dat hij onschuldig is.'

'Goed, goed werk, maar wat ik eigenlijk bedoelde... Hoe is het met jou? Gaat het nog, daar? Je moet het zelf zeggen, want ik kan je gezicht niet zien. Hou je niet groot.'

'Het gaat niet zo goed met me, maar wat maakt het uit?' Mijn stem klonk hoger en wrokkiger dan ik had bedoeld. 'Dit is een goed verhaal, en ik geloof dat ik bijna iets heb. Nog een paar dagen, een week en... ik weet het niet. Die meisjes beten mensen. Dat heb ik vandaag gehoord, en die rechercheur met wie ik samenwerk wist het niet eens.'

'Heb je het hem verteld? Wat had hij erop te zeggen?'

'Niets.'

'Waarom heb je hem verdomme geen commentaar laten geven, meid?'

Weet je, Curry, rechercheur Willis had het gevoel dat ik informatie had achtergehouden en dus ging hij er mokkend vandoor, zoals alle mannen wanneer ze hun zin niet krijgen bij vrouwen met wie ze hebben gerommeld.

'Ik heb het verpest, maar ik krijg het nog wel. Je moet me nog een paar dagen de tijd geven voor mijn volgende stuk, Curry. Ik wil wat meer sfeerbeelden van de stad hebben en ik moet die rechercheur bewerken. Volgens mij heb ik ze er bijna van overtuigd dat een beetje publiciteit de zaak vooruit zou helpen. Niet dat iemand hier onze krant leest, overigens.' Of daar.

'Dat komt nog wel. Hier trek je er echt de aandacht mee, groentje. Je werk begint bijna goed te worden. Zet meer druk op de mensen. Ga met een paar vroegere vriendinnen praten. Misschien laten die meer los. En het is goed voor het artikel. In die serie over de overstromingen in Texas die een Pulitzer heeft gekregen, kwam een heel verhaal voor over een vent die vertelde hoe hij thuiskwam en in een tragedie belandde. Prachtig leesvoer. Een vriendelijk gezicht en een paar rondjes zouden kunnen helpen. Zo te horen heb je er al een paar op?'

'Een paar.'

'Heb je het gevoel… dat dit niet goed voor je is? Gezien je herstel?' Ik hoorde een aansteker, het schrapen van een keukenstoel over linoleum en een kreun toen Curry ging zitten.

'O, over mij hoef je niet in te zitten.'

'Natuurlijk wel. Hang nou niet de martelaar uit, groentje. Ik zal je niet straffen als je daar weg moet. Je moet goed op jezelf passen. Ik dacht dat het je goed zou kunnen doen, een tijdje naar huis, maar… soms vergeet ik dat ouders niet altijd… goed voor hun kinderen zijn.'

'Altijd als ik hier ben…' Ik zweeg, probeerde me te vermannen. 'Ik heb hier gewoon altijd het gevoel dat ik een slecht mens ben.' Ik begon te huilen en snikte geluidloos terwijl Curry aan de andere kant van de lijn stamelde. Ik dacht dat hij in paniek zou raken en Eileen zou wenken om dat huilende *meisje* over te nemen, maar nee.

'O, Camille toch,' fluisterde hij. 'Je bent een van de fatsoenlijkste mensen die ik ken. En zo veel fatsoenlijke mensen zijn er niet op de wereld, hoor. Nu mijn ouders er niet meer zijn, komt het eigenlijk neer op Eileen en jou.'

'Ik ben niet fatsoenlijk.' De punt van mijn pen trok diepe halen in mijn dij. *Slecht, vrouw, tanden.*

'Jawel, Camille. Ik zie hoe je anderen behandelt, zelfs het grootste uitschot dat ik me kan voorstellen. Jij geeft die mensen een beetje… waardigheid. Begrip. Waarom denk je dat ik je aanhou? Niet omdat je zo'n fantastische verslaggever bent.' Stilte en dikke tranen aan mijn kant. *Slecht, vrouw, tanden.*

'Was dat niet grappig? Zo had ik het wel bedoeld.'

'Nee.'

'Mijn grootvader was revueartiest. Maar dat gen zal ik wel niet hebben geërfd.'

'Echt waar?'

'Ja, recht van de boot uit Ierland in New York. Hij was hilarisch, speelde vier instrumenten…' Weer een vonk uit de aansteker. Ik trok de dunne dekens over me heen, deed mijn ogen dicht en luisterde naar Curry's verhaal.

12

Richard woonde in het enige appartementencomplex dat Wind Gap rijk was, een fabrieksmatige doos voor vier huurders. Er waren maar twee appartementen bewoond. De logge pilaren die het parkeerdak overeind hielden, vier op een rij, waren met rode spuitbusverf bewerkt: WEG MET DE DEMOCRATEN, WEG MET DE DEMOCRATEN, WEG MET DE DEMOCRATEN en op de vierde, zomaar: LOUIE IS LEUK.

Woensdagochtend. De regen hing nog in een wolk boven de stad. Warm en wind, pisgeel licht. Ik klopte met een hoek van een whiskyfles op zijn deur. Breng geschenken als je niets anders kunt opbrengen. Ik droeg geen rokken meer. Het maakte mijn benen te bereikbaar voor iemand die de neiging tot aanraken had. Als hij die nog had.

Hij deed de deur open met de geur van slaap om zich heen. Warrig haar, een boxershort en een binnenstebuiten gekeerd T-shirt. Geen glimlach. De airconditioning stond in de hoogste stand. Ik voelde de koude luchtstroom al vanuit de deuropening.

'Wil jij naar binnen of moet ik naar buiten komen?' vroeg hij.

Hij krabde aan zijn kin. Toen zag hij de fles. 'Aha, kom binnen. Ik neem aan dat we ons gaan bezatten?'

Het was een puinhoop binnen, wat me verbaasde. Broeken over stoelen, een uitpuilende afvalbak, stapels dozen vol paperassen op onhandige plekken in de gang waar je alleen zijdelings langs kon. Hij wees me een bank van gebarsten leer, liep naar de keuken en kwam terug met ijs en twee glazen die hij gul volschonk.

'Ik had gisteren dus niet zo grof moeten doen,' zei hij.

'Nee. Ik bedoel, ik vind dat ik jou redelijk veel informatie geef en jij geeft mij niets.'

'Ik probeer een moordzaak op te lossen. Jij probeert daar verslag van te doen. Ik vind dat ik voorga. Er zijn bepaalde dingen die ik je gewoon niet kan vertellen, Camille.'

'Dat geldt voor mij ook. Ik heb het recht mijn bronnen te beschermen.'

'Waarmee je ook de moordenaar zou kunnen beschermen.'

'Je kunt het wel uitpuzzelen, Richard. Ik heb je vrijwel alles verteld. Jezus, doe zelf ook eens iets.' We keken elkaar aan.

'Ik vind het heerlijk als je de harde verslaggever speelt.' Richard glimlachte. Schudde zijn hoofd. Gaf me een porretje met zijn blote voet. 'Nee, echt.'

Hij schonk ons allebei nog eens in. In dat tempo zouden we voor de middag lazarus zijn. Hij trok me naar zich toe, kuste mijn oorlelletje en duwde zijn tong in mijn oor.

'Zo, meisje uit Wind Gap, hoe slecht was je nou eigenlijk?' fluisterde hij. 'Vertel eens over je eerste keer.' De eerste keer was de tweede was de derde was de vierde, dankzij mijn belevenis in de onderbouw. Ik besloot het bij de eerste te laten.

'Ik was zestien,' loog ik. Ouder leek beter bij de stemming te passen. 'Ik deed het op een feestje met een footballer in de badkamer.'

Ik kon meer hebben dan Richard, die nu al glazig keek en met een vinger rondjes om mijn tepel draaide, die hard werd onder mijn shirt.

'Hm… kwam je klaar?'

Ik knikte. Ik herinnerde me dat ik had geprobeerd klaar te komen. Ik herinnerde me een murmeling van een orgasme, maar pas toen ze me aan de derde hadden doorgegeven. Ik herinnerde me dat ik het lief vond dat hij telkens in mijn oor hijgde: 'Vind je het lekker? Vind je het lekker?'

'Wil je nu klaarkomen? Met mij?' fluisterde Richard.

Ik knikte en hij lag al boven op me. Overal handen die probeerden onder mijn shirt te komen, mijn broek open te knopen en hem naar beneden te sjorren.

'Wacht even, wacht even. Op mijn manier,' fluisterde ik. 'Ik vind het lekker met mijn kleren aan.'

'Nee. Ik wil je aanraken.'

'Nee, schat, op mijn manier.'

Ik trok mijn broek een klein stukje naar beneden, hield mijn buik bedekt met mijn shirt en leidde hem af met goed geplaatste kussen. Toen leidde ik hem in me en neukten we volledig gekleed. De barst in het leer van de bank schramde mijn kont. *Beuken, pompen, kleine meid.* Het was voor het eerst in tien jaar dat ik het met een man deed. *Beuken, pompen, kleine meid!* Algauw overstemde zijn gekreun mijn huid. Pas toen kon ik ervan genieten. Die laatste paar heerlijke stoten.

Daarna lag hij half naast me, half op me uit te hijgen, nog steeds met de halsopening van mijn shirt in zijn vuist. De dag was zwart geworden. We sidderden op het randje van een onweersbui.

'Wie heeft het volgens jou gedaan?' zei ik. Hij keek gekwetst. Had hij 'ik hou van je' verwacht? Hij draaide even aan mijn haar en stak zijn tong in mijn oor. Wanneer je mannen de toegang tot andere lichaamsopeningen ontzegt, raken ze gefixeerd op het oor, had ik de afgelopen tien jaar gemerkt. Richard kon mijn borsten, billen, armen en benen niet aanraken, maar hij leek zich tevreden te stellen, althans voorlopig, met mijn oor.

'Onder ons gezegd en gezwegen: ik denk dat het John Keene is. Hij had een ongezond hechte band met zijn zusje. Hij heeft geen alibi. Ik denk dat hij iets met kleine meisjes heeft waar hij zich tegen probeert te verzetten, maar uiteindelijk vermoordt hij ze en trekt hun tanden en kiezen voor de kick. Maar hij kan de schijn niet lang meer ophouden. Dit raakt in een stroomversnelling. We onderzoeken of hij zich in Philly ook vreemd heeft gedragen. Misschien waren Natalies problemen niet de enige reden voor de verhuizing.'

'Ik moet iets hebben voor in mijn stuk.'

'Wie heeft je over dat bijten verteld, en wie zijn er door de meisjes gebeten?' fluisterde hij heet in mijn oor. Buiten sloeg de regen opeens op het asfalt alsof er iemand pieste.

'Meredith Wheeler heeft me verteld dat Natalie haar oorlelletje eraf heeft gebeten.'

'Wat nog meer?'

'Ann heeft mijn moeder gebeten. In haar pols. Meer is er niet.'

'Zie je nou, dat was niet zo moeilijk. Brave meid,' fluisterde hij terwijl hij mijn tepel weer streelde.

'Geef me nu iets voor in de krant.'

'Nee.' Hij glimlachte naar me. 'Op mijn manier.'

Richard neukte me die middag nog een keer en ten slotte gaf hij me onwillig een citaat over een doorbraak in de zaak en de waarschijnlijkheid van een arrestatie. Ik liet hem slapend in zijn bed achter en rende door de regen naar mijn auto. Een gedachte uit het niets kletterde door mijn hoofd: Amma zou meer uit hem hebben losgekregen.

Ik reed naar Asher Park en keek door de voorruit naar de regen omdat ik geen zin had om naar huis te gaan. Morgen zou het hier wemelen van de jongeren die aan hun lange, luie zomer begonnen, maar nu was ik de enige hier, en ik voelde me plakkerig en stom. Ik vroeg me af of ik misbruikt was. Door Richard, door die jongens die me mijn maagdelijkheid hadden ontnomen, door wie dan ook. Ik stond nooit echt aan mijn kant, in welke strijd dan ook. Ik hield van de wraakzuchtigheid in de oudtestamentische uitspraak *haar verdiende loon*. Soms verdienen vrouwen het echt.

Stilte, en toen niet meer. De gele IROC stopte met veel gerommel naast me. Amma en Kylie zaten samen op de voorste passagiersstoel. Achter het stuur zat een jongen in een groezelig hemd met een zonneklep van het benzinestation op zijn onverzorgde haar; zijn schriele dubbelganger zat achterin. Er zweefde rook uit de auto, samen met de geur van sterkedrank met citrussmaak.

'Stap in, we gaan een feestje bouwen,' zei Amma en ze reikte me een fles goedkope wodka met sinaasappelsmaak aan. Ze stak haar tong uit om een regendruppel te vangen. Haar haar en hemdje dropen al.

'Nee, dank je, ik voel me goed.'

'Zo zie je er anders niet uit. Kom op, ze surveilleren in het park. Ik weet zeker dat je een bon voor rijden onder invloed krijgt. Ik kan je rúíken.'

'Kom op, chiquita,' riep Kylie. 'Help ons maar die jongens in het gareel te houden.'

Ik overwoog mijn keuzes: naar huis gaan en in mijn eentje drinken, naar een kroeg gaan en met de overgeschoten mannen drinken of met deze jongelui meegaan en in elk geval wat boeiende roddels horen. Een uur. Daarna naar huis om mijn roes uit te slapen. En dan was Amma er nog met haar raadselachtige vriendelijkheid jegens mij. Ik gaf het niet graag toe, maar ze begon een obsessie voor me te worden.

Ze juichten toen ik achter instapte. Amma liet een andere fles rondgaan, brandende rum die naar zonnebrandolie smaakte. Ik was bang dat ze mij zouden vragen drank voor hen te kopen. Niet dat ik het niet zou doen. Sneu genoeg wilde ik dat ze alleen mijn gezelschap van me wilden. Alsof ik weer populair was. Geen curiosum. Goedgekeurd door het coolste meisje van de school. Die gedachte was bijna genoeg om uit de auto te springen en naar huis te lopen, maar toen gaf Amma de fles weer door. Er zat roze lipgloss om de hals.

De jongen naast me, die alleen als Nolan was voorgesteld, knikte en veegde het zweet van zijn bovenlip. Magere armen met korsten en een gezicht vol puisten. Speed. Missouri is de op één na verslaafdste staat van het Zuiden. We vervelen ons hier, en we hebben veel agrarische farmaceutica. Toen ik jong was, was het vooral iets voor de harde kern, maar nu was het een partydrug. Nolan streek met zijn vinger over de skai ribbels van de bestuurdersstoel voor zich, maar keek lang genoeg naar me op om te zeggen: 'Jij bent van de leeftijd van mijn moeder. Dat vind ik leuk.'

'Ik betwijfel of ik zo oud ben als je moeder.'

'Ze is iets van drie-, vierendertig.' Het kwam dicht genoeg in de buurt.

'Hoe heet ze?'

'Casey Rayburn.' Ik kende haar wel. Een paar jaar ouder dan ik. Een fabriekskind. Te veel gel in haar haar en dol op de Mexicaanse kippenslachters aan de grens met Arkansas. Tijdens een kerkretraite had ze haar groep verteld dat ze een zelfmoordpoging had gedaan. Toen gingen de meisjes op school haar Casey Razor noemen.

'Dat moet voor mijn tijd zijn geweest,' zei ik.

'Man, die chick was veel te cool om met die stonede hoer van een moeder van jou om te gaan,' zei de jongen achter het stuur.

'Val dood,' fluisterde Nolan.

'Camille, kijk eens wat we hebben?' Amma leunde over de passagiersstoel heen, waarbij haar kont tegen Kylies gezicht stootte. Ze schudde een potje pillen voor mijn gezicht heen en weer. 'OxyContin. Daar ga je je super van voelen.' Ze stak haar tong uit, legde er drie tabletten op een rij op, als witte knoopjes, kauwde erop en slikte ze door met een teug wodka. 'Probeer maar.'

'Nee, dank je, Amma.' OxyContin is goed spul. Het samen met je kleine zusje gebruiken is niet goed.

'O, kom op, Mille, eentje maar,' zei ze vleiend. 'Je wordt er vrolijk van. Ik voel me zo blij en goed. Dat wil ik voor jou ook.'

'Ik voel me prima, Amma.' Dat ze me Mille noemde, herinnerde me aan Marian. 'Echt.'

Ze draaide zich om, zuchtte en trok een somber gezicht.

'Kom op, Amma, zo belangrijk is het toch niet voor je?' zei ik en ik legde een hand op haar schouder.

'Toch wel.' Ik kon het niet aan, ik bezweek voor die gevaarlijke behaagzucht, net als vroeger. En eentje zou mijn dood toch niet worden?

'Oké, geef me er dan maar een. Eentje maar.'

Ze fleurde meteen op en draaide zich weer naar me om.

'Steek je tong uit. Alsof je ter communie gaat. Drugscommunie.'

Ik stak mijn tong uit en ze legde de pil op het puntje en slaakte een gilletje.

'Brave meid.' Ze glimlachte. Ik begon die woorden vandaag een beetje zat te worden.

We stopten bij een van de voorname victoriaanse huizen die Wind Gap telt. Het was helemaal opgeknapt en in belachelijke kleuren blauw, roze en groen geschilderd die zogenaamd hip waren. Het huis zag er eerder uit alsof er een gestoorde ijsventer woonde. Een jongen met ontbloot bovenlijf braakte in de struiken opzij van het huis, twee jongens worstelden in wat er nog over was van een bloemperk en een jong stel zat in een innige omhelzing op een schommel. We lieten Nolan, die nog steeds met zijn vingers over het geribbelde skai streek, in de auto achter. Damon, de bestuurder, sloot hem op 'zodat niemand hem iets flikt'. Ik vond het een charmante geste.

Dankzij de OxyContin had ik er wel zin in, en toen we het huis betraden, betrapte ik mezelf erop dat ik uitkeek naar gezichten van vroeger: jongens met borstelkoppen en honkbaljacks, meisjes met poedelpermanent en dikke gouden oorringen. De geur van Drakkar Noir en Giorgio.

Het was allemaal weg. De jongens hier waren baby's in wijde skatebroeken op sportschoenen, de meisjes droegen haltertopjes, minirokken en navelpiercings, en ze keken me allemaal aan alsof ik een smeris zou kunnen zijn. *Nee, maar ik heb er vanmiddag wel een geneukt.* Ik glimlachte en knikte. *Ik ben ontzettend opgewekt,* dacht ik afwezig.

In de spelonkachtige eetkamer was de tafel tegen de muur geschoven om ruimte te maken voor dansers en koeltassen. Amma hopste de kring in en schuurde met haar kruis tegen een jongen aan tot hij rode vlekken in zijn hals kreeg. Ze fluisterde iets in zijn oor. Toen hij knikte, maakte ze een koeltas open waar ze vier biertjes uit pakte die ze tegen haar natte boezem drukte. Terwijl ze ermee langs een goedkeurende groep jongens heupwiegde, deed ze alsof ze de blikjes met moeite vast kon houden.

De meisjes hadden er minder waardering voor. Ik zag de kritiek als een rij rotjes door het feest knetteren, maar de blondjes hadden twee dingen mee: ten eerste hadden ze de plaatselijke dealer bij zich, die vast wel macht had. Ten tweede waren ze zo ongeveer de knapste vrouwen op het feest, wat inhield dat de jongens hen er niet uit zouden willen gooien. En dit feest werd door een jongen gegeven, zag ik aan de foto's op de schoorsteen- mantel van een jongen met donker haar, karakterloos knap, die in toga met vierkante baret voor zijn eindexamenfoto poseerde. Ernaast stond een kiekje van zijn trotse ouders. Ik kende ma wel: ze was de oudere zus van een van mijn schoolvriendinnen. Het idee dat ik op het feestje van haar kind was, bezorgde me de eer- ste zenuwen.

'O, mijn god, o, mijn god, o, mijn god.' Een meisje met bruin haar en uitpuilende ogen in een T-shirt dat trots de *Gap* schreeuwde rende langs ons heen en sloeg haar armen om een meisje met net zulke kikkerogen. 'Ze zijn gekomen. Ze zijn echt gekomen.'

'Shit,' antwoordde haar vriendin. 'Het is te mooi om waar te zijn. Gaan we gedag zeggen?'

'Ik denk dat we beter kunnen afwachten. Als JC ze hier niet wil hebben, moeten we ons erbuiten houden.'

'Absoluut.'

Ik wist het voordat ik hem zag. Meredith Wheeler kwam de woonkamer in, en ze sleepte John Keene mee. Een paar jongens knikten naar hem, een paar gaven hem een schouderklopje. An- deren keerden hem nadrukkelijk de rug toe en sloten hun cirkel. John noch Meredith zag me, tot mijn opluchting. Meredith ont- dekte een groepje magere meiden met O-benen, medecheerlea- ders, vermoedde ik, bij de keukendeur. Ze slaakte een gilletje en hupste ernaartoe, John alleen in de woonkamer achterlatend. De meiden deden nog killer dan de jongens. 'Ha-aai,' zei er eentje zonder te glimlachen. 'Je had toch gezegd dat je niet zou komen?'

'Ja, maar ik bedacht dat het stom was. Iedereen die hersens heeft, weet dat John onschuldig is. We hoeven verdomme geen paria's te worden vanwege al dat… gedonder.'

'Dit kan niet, Meredith. Dit ziet JC niet zitten,' zei een meisje met rood haar dat óf JC's vriendin was, óf die ambitie had.

'Ik ga wel met hem praten,' jengelde Meredith. 'Laat me nou met hem praten.'

'Ik vind dat je beter kunt gaan.'

'Hebben ze Johns kleren echt meegenomen?' vroeg een derde, klein meisje dat iets moederlijks over zich had. Degene die het haar uit het gezicht van haar overgevende vriendinnen hield.

'Ja, maar alleen om hem úít te sluiten. Hij zit echt niet in de nesten, hoor.'

'Wat jij wilt,' zei de rooie. Ik haatte haar.

Meredith tuurde de kamer af op zoek naar vriendelijke gezichten. Toen ze mij ontdekte, keek ze niet-begrijpend en toen ze Kelsey zag, werd haar gezicht woedend.

Ze liet John bij de deur staan, waar hij deed alsof hij op zijn horloge keek, zijn veter strikte en probeerde nonchalant over te komen terwijl het geroddel rondom hem een hoogtepunt bereikte, en beende naar Amma en mij toe.

'Wat doe jij hier?' Haar ogen waren betraand en het zweet parelde op haar voorhoofd. De vraag leek niet voor een van ons beiden bedoeld te zijn. Misschien vroeg ze het aan zichzelf.

'Damon heeft ons gebracht,' tjilpte Amma. Ze wipte twee keer op haar tenen heen en weer. 'Ongelooflijk dat jíj hier bent. En ik vind het al helemaal ongelooflijk dat híj zijn gezicht durft te laten zien.'

'God, wat ben je toch een kreng. Je weet er niets van, misselijke junkiehoer.' Merediths stem sidderde als een tol die naar de rand van een tafel wervelt.

'Liever een junk dan wat jij neukt,' zei Amma. 'Hallóó, moordenaar.' Ze wuifde naar John, die haar nu pas leek te zien en eruitzag alsof hij een klap in zijn gezicht had gekregen.

Net toen hij naar ons toe wilde lopen, kwam JC uit een andere kamer naar binnen en nam hem apart. Twee lange jongens die de dood en feestjes bespraken. De gesprekken werden een gedempt gefluister en iedereen keek toe. JC klopte John op zo'n manier op zijn rug dat hij naar de deur werd geloodst. John knikte naar Meredith en liep de kamer uit. Ze liep snel achter hem aan, met gebogen hoofd en haar handen voor haar gezicht. Vlak voordat John bij de deur was, riep een jongen met een hoge treiterstem: 'Kindermoordenaar!' Nerveus gelach en vertwijfelde blikken. Meredith krijste woest, draaide zich met ontblote tanden om, gilde 'val dood allemaal!' en sloeg de deur achter zich dicht.

Dezelfde jongen bauwde haar na, een koket, meisjesachtig *val dood*, met zijn ene heup naar voren. JC zette de muziek harder, een door de synthesizer gehaalde meisjesstem die plagerig over pijpen zong.

Ik wilde achter John aan lopen en hem gewoon in mijn armen sluiten. Ik had nog nooit iemand gezien die zo eenzaam leek, en ik dacht niet dat Meredith veel troost te bieden had. Wat zou hij doen, weer alleen in dat lege koetshuis? Voordat ik achter hem aan kon rennen, pakte Amma mijn hand en trok me mee naar de 'vip-kamer' boven, waar ze met de blondjes en twee schooljongens met gemillimeterd haar in de kledingkast van JC's moeder rommelden en de mooiste kleren van de hangers trokken om een nest te bouwen. Ze klauterden tussen het satijn en bont op het bed. Amma trok me naast zich en toverde een xtc-pil uit haar beha.

'Heb je wel eens doorgeefroulette gespeeld?' vroeg ze. Ik schudde mijn hoofd. 'Je geeft de xtc van tong op tong door, en degene op wiens tong hij oplost, is de gelukkige winnaar. Dit is wel Damons beste spul, dus we mogen allemaal een likje.'

'Nee, dank je, ik hoef niets,' zei ik. Ik had bijna meegedaan, maar toen zag ik de geschrokken gezichten van de jongens. Ik herinnerde hen vast aan hun moeders.

'O, kom op, Camille, ik verklap het echt niet, verdomme,' zei Amma dreinerig en ze plukte aan een nagel. 'Doe met me mee. Meiden?'

'Ja, Camille, toe!' smeekten Kylie en Kelsey. Jodes keek me zwijgend aan.

De OxyContin, de drank, de seks van eerder, de regen die buiten nog viel, mijn gehavende huid (*koelkast* dook gretig op een arm op) en mijn bezoedelde gedachten aan mijn moeder. Ik weet niet wat het hardst aankwam, maar opeens liet ik toe dat Amma me opgewonden op een wang kuste. Ik knikte ja, en Kylies tong vond die van een jongen, die de pil nerveus aan Kelsey doorgaf, die de tweede jongen aflikte, die een tong had zo groot als van een wolf, die Jodes aflebberde, die aarzelend met haar tong naar Amma wiebelde – die de pil eraf likte en hem met een zacht, heet tongetje aan mij doorgaf. Ze sloeg haar armen om me heen en drukte de pil hard op mijn tong tot ik hem in mijn mond uit elkaar voelde vallen. Hij smolt als gesponnen suiker.

'Veel water drinken,' fluisterde ze me toe, waarna ze hard giechelde naar de anderen en zich op een nertsjas liet vallen.

'Kut, Amma, het spel was nog niet eens begonnen,' snauwde de jongen met de wolfstong, die rood was aangelopen.

'Camille is mijn gast,' zei Amma gemaakt hautain, 'en ze kan wel een zonnestraaltje gebruiken. Ze heeft best een kloterig leven gehad. Wij hebben ook een dood zusje, net als John Keene. Ze heeft het nooit verwerkt.' Ze verkondigde het alsof ze hielp het ijs te breken op een cocktailparty: *David heeft zijn eigen kruideniers-winkel, James is net terug van een opdracht in Frankrijk en o, ja, Camille heeft de dood van haar zusje nooit verwerkt. Wil er nog iemand iets drinken?*

'Ik moet weg,' zei ik. Ik stond te abrupt op en er bleef een roodsatijnen hemdje aan mijn rug kleven. Ik had ongeveer een kwartier tot de xtc echt begon te werken, en ik wilde niet hier zijn als het zover was. Er was een probleem: Richard was weliswaar een drinker, maar zwaardere middelen zou hij vast niet goedkeuren, en ik had al helemaal geen zin om in mijn dampige slaapkamer te zitten, alleen en high, gespitst op de stem van mijn moeder.

'Kom maar,' zei Amma vriendelijk. Ze stak een hand in haar beha met te veel vulling, pakte een pil uit de voering, wipte hem in haar mond en lachte breed en wreed naar de anderen, die hoopvol maar geïntimideerd toekeken. Zij kregen niets.

'We gaan zwemmen, Mille, dat voelt zo ongelooflijk als je begint te kicken,' zei ze en ze lachte haar volmaakte, vierkante witte tanden bloot. Ik kon me niet meer verzetten; het leek makkelijker om maar mee te doen. We liepen de trap af, de keuken in (waar jongens met perzikhuidjes ons verward opnamen – de een was iets te jong, de ander beslist te oud). We pakten flessen water uit de koelkast (het woord hijgde opeens weer op mijn huid, als een jong hondje dat een grotere hond ziet), die was gevuld met sap en stoofschotels, vers fruit en witbrood, en ik was plotseling ontroerd door die onschuldige, gezonde gezinskoelkast die zo onwetend was van de losbandigheid elders in huis.

'Kom mee, ik heb zo'n zin om te zwemmen,' zei Amma opgetogen. Ze trok als een kind aan mijn arm. Ze wás ook een kind. *Ik gebruik drugs met mijn zusje van dertien,* fluisterde ik in mezelf, maar er waren al ruim tien minuten verstreken en het idee maakte me alleen maar blij. Het was een leuke meid, mijn kleine zusje, het populairste meisje van Wind Gap, en ze wilde met me omgaan. *Ze is net zo dol op me als Marian vroeger.* Ik glimlachte. De xtc had zijn eerste golf chemisch optimisme losgelaten, ik voelde het in me omhoog zweven als een grote proefballon die tegen mijn verhemelte knapte en blijdschap verspreidde. Ik proefde het bijna, als een bruisende, roze gelei.

Kelsey en Kylie liepen achter ons aan naar de deur, maar Amma draaide zich lachend naar hen om. 'Ik wil jullie er niet bij hebben,' zei ze giechelend. 'Blijven jullie maar hier. Zorg dat Jodes eens een beurt krijgt, daar is ze hard aan toe.'

Kelsey keek kwaad naar Jodes, die nerveus op de trap draalde. Kylie keek naar Amma's arm om mijn middel. Toen keken ze elkaar aan. Kelsey drukte zich tegen Amma aan en legde haar hoofd op haar schouder.

'We willen niet hier blijven, we willen met jou mee,' jengelde ze. 'Alsjeblieft?'

Amma schudde haar van zich af en glimlachte naar haar alsof ze achterlijk was.

'Wees lief en rot op, oké?' zei ze. 'Ik ben jullie allemaal zo zat. Jullie zijn saai.'

Kelsey deed niet-begrijpend een pas achteruit met haar armen nog half uitgestoken. Kylie schokschouderde naar haar en danste de menigte weer in. Ze pakte een oudere jongen zijn bier af, keek hem aan en likte langs haar lippen, waarna ze prompt omkeek om te zien of Amma het zag. Ze keek niet.

Amma loodste me als een attent vriendje de keukendeur uit, de treden af naar de stoep, waar gele klaverzuringbloemetjes in de barsten tussen de tegels groeiden.

Ik wees ernaar. 'Mooi.'

Amma wees naar mij en knikte. 'Ik ben gek op geel als ik high ben. Voel jij al iets?' Ik knikte. Haar gezicht lichtte op en werd donker op het ritme van de straatlantaarns. Het zwemmen was vergeten, we liepen op de automatische piloot naar Adora's huis. Ik voelde de nacht om me heen hangen als een zacht, klam pyjamajasje en zag in een flits voor me hoe ik in de kliniek in Illinois nat van het zweet en met een radeloze fluittoon in mijn oren wakker was geschrokken. Mijn kamergenote, de cheerleader, lag paars en stuiptrekkend op de vloer met de fles Glassex naast haar. Een komisch piepend geluid. Het gas dat na de dood ontsnapte. Een uitbarsting van gechoqueerd gelach uit mijn mond, hier, nu, in Wind Gap, een echo van de lach die me in dat ellendige kamertje in het lichtgele ochtendlicht was ontsnapt.

Amma gaf me een hand. 'Wat vind je van… Adora?'

Ik voelde mijn kick wankelen en toen weer vaart krijgen.

'Ik vind haar een hoogst ongelukkige vrouw,' zei ik. 'Met problemen.'

'Ik hoor haar mensen roepen als ze haar dutje doet: Joya, Marian… jou.'

'Blij dat ik dat niet hoef te horen,' zei ik met een klopje op Amma's hand. 'Maar het spijt me voor je dat jij het moet horen.'

'Ze vindt het fijn om voor me te zorgen.'

'Mooi zo.'

'Het is gek,' zei Amma, 'maar als ze voor me heeft gezorgd, heb ik zin in seks.'

Ze wipte haar rokje van achteren op zodat ik een knalroze string kon zien.

'Ik vind niet dat je jongens dingen met je moet laten doen, Amma. Want zo zit dat. Op jouw leeftijd komt het niet van twee kanten.'

'Als je mensen iets met je laat doen, doe jij soms iets met hen,' zei Amma. Ze haalde weer een lolly uit haar zak. Kersensmaak. 'Snap je? Als iemand gestoorde dingen met je wil doen en jij vindt het goed, maak je zo iemand nog gestoorder. Dan heb jij de macht. Zolang je zelf maar niet gek wordt.'

'Amma, ik zeg alleen…' Maar ze ratelde door.

'Ik vind ons huis mooi,' zei ze. 'Haar kamer. Die vloer is beroemd. Ik heb hem een keer in een tijdschrift gezien. Ze noemden hem "De ivoren schoonheid: het zuidelijke leven in vroeger tijden". Want je kunt nu natuurlijk geen ivoor meer krijgen. Jammer. Doodzonde.'

Ze stak de lolly in haar mond, plukte een vuurvliegje uit de lucht, hield het tussen twee vingers vast en rukte het achterstuk eraf. Ze wond het licht als een stralende ring om haar vinger, liet het stervende vliegje op het gras vallen en bewonderde haar hand.

'Vonden de meisjes jou aardig toen je nog jong was?' vroeg ze. 'Want tegen mij doen ze helemaal niet aardig.'

Ik probeerde het idee van Amma, brutaal, bazig, soms beangstigend (op mijn hielen trappen in het park – welke dertienjarige tart volwassenen op zo'n manier?) te rijmen met een meisje tegen wie iedereen openlijk onaardig deed. Ze zag mijn blik en las mijn gedachten.

'Ik bedoel niet dat ze niet aardig dóén, dat niet. Ze doen alles wat ik zeg, maar ze vínden me niet aardig. Zodra ik het verknal, zodra ik iets doe wat niet cool is, zullen zij zich als eersten tegen me keren. Soms zit ik voor het slapengaan in mijn kamer alles op te schrijven wat ik die dag heb gezegd en gedaan. Dan geef ik mezelf cijfers, een 10 voor een perfecte zet, een 1 voor laat ik maar zelfmoord plegen, wat een kneus ben ik.'

Toen ik op de middelbare school zat, hield ik elke dag bij wat ik aanhad. Geen herhaling tot er een maand verstreken was.

'Neem nou vanavond. Dave Rard, een lekker ding uit de vierde, zei dat hij niet wist of hij nog wel een jaar kon wachten, je weet wel, verkering, tot ik in de bovenbouw zat? En ik zei: "Nou, dan niet." En ik liep weg, en alle jongens deden van *aaahhh*. Dus dat was een 10. Maar gisteren struikelde ik in Main Street waar de meiden bij waren en ze lachten me uit. Dat was een 1. Of misschien een 4, want de rest van de dag heb ik zo lelijk tegen ze gedaan dat Kelsey en Kylie allebei moesten huilen. Jodes huilt altijd, dus dat is niet echt een uitdaging.'

'Gevreesd zijn is veiliger dan geliefd zijn,' zei ik.

'Machiavelli,' kraaide ze en ze huppelde lachend voor me uit –

ik wist niet of ze haar leeftijd bespotte of echt overliep van jeugdige energie.

'Hoe weet je dat?' Ik was onder de indruk, en ik begon haar met de minuut leuker te vinden. Een pienter, gestoord meisje. Het klonk bekend.

'Ik weet allerlei dingen die ik niet hoor te weten,' zei ze. Ik huppelde met haar mee. De xtc maakte me opgefokt en hoewel ik wist dat ik het niet zou hebben gedaan als ik niets had gebruikt, was ik te blij om er iets om te geven. Mijn spieren zongen.

'Toevallig ben ik slimmer dan de meeste leraren. Ik heb een IQ-test gedaan. Ik zou een klas kunnen overslaan, maar Adora vindt dat ik met leeftijdgenoten moet omgaan. Ook goed. De bovenbouw ga ik ergens anders doen. In New England.'

Ze zei het met het lichte ontzag van iemand die New England alleen van foto's kende, van een meisje dat door eerbiedwaardige universiteiten gesponsorde beelden koesterde: *New England, daar gaan de intelligente mensen naartoe.* Niet dat ik erover mocht oordelen, ik was er zelf ook nooit geweest.

'Ik moet hier weg,' zei Amma met het uitgeputte air van een in de watten gelegd huisvrouwtje. 'Ik verveel me te pletter. Daarom ben ik zo lastig. Ik weet dat ik een beetje… raar kan zijn.'

'Wat seks betreft, bedoel je?' Ik bleef staan. Mijn hart bonsde een rumba in mijn borstkas. De lucht rook naar irissen en ik voelde de geur mijn neus, mijn longen en mijn bloed in zweven. Mijn aderen zouden paars ruiken.

'Ik zoek gewoon een uitlaatklep, weet je. Je snapt het wel. Ik wéét dat je het snapt.' Ze pakte mijn hand, gunde me een pure, lieve glimlach en kriebelde in mijn handpalm. Ik dacht dat ik nog nooit zo'n lekkere aanraking had gevoeld. *Misbaksel* zuchtte plotseling op mijn linkerkuit.

'Wat is je uitlaatklep dan?' We naderden het huis van mijn moeder en mijn kick was op zijn hoogtepunt. Mijn haar golfde als warm water over mijn schouders en ik deinde van links naar rechts op een onbenoemde melodie. Er lag een slakkenhuis op de rand van de stoep en mijn ogen werden in de windingen getrokken.

'Je weet wel. Je weet dat je soms iemand pijn moet doen.'

Ze zei het alsof ze een nieuw haarverzorgingsproduct aan de man bracht.

'Er zijn betere manieren om met verveling en claustrofobie om te gaan dan pijn,' zei ik. 'Je bent een slimme meid, dat weet je zelf ook wel.'

Ik merkte dat ze haar vingers in mijn manchetten had gestopt en mijn littekens aanraakte. Ik liet het toe.

'Snij je jezelf, Amma?'

'Pijn,' jubelde ze, en ze danste de straat op, uitgelaten ronddraaiend met haar hoofd in haar nek en haar armen wijd, als een zwaan. 'Ik ben er gek op!' gilde ze. De echo klonk door de straat, waar het huis van mijn moeder op de hoek de wacht hield.

Amma tolde rond tot ze op straat viel. Een van haar zilveren bedelarmbandjes sprong los en rolde dronken over straat.

Ik wilde het met haar bespreken, de volwassene spelen, maar de xtc zweepte me weer op en in plaats daarvan tilde ik haar van de straat (lachend, haar elleboog opengereten en bloedend) en draaiden we elkaar in kringen rond naar het huis van onze moeder. Ze glimlachte breed, met lange, natte tanden, en ik zag hoe bekoorlijk die konden zijn voor een moordenaar. Vierkante blokjes glanzend bot, de voorste als mozaïeksteentjes waarmee je een tafel zou kunnen opsieren.

'Ik ben zo blij met je,' zei Amma lachend. Haar adem sloeg warm en zoet alcoholisch in mijn gezicht. 'Je bent net mijn zielsverwante.'

'Je bent net mijn zusje,' zei ik. Heiligschennis? Kon me niet schelen.

'Ik hou van jou!' gilde Amma.

We draaiden zo hard rond dat mijn wangen flapperden, dat ze me kietelden. Ik lachte als een kind. *Ik ben nog nooit zo gelukkig geweest,* dacht ik. Het licht op straat was bijna roze en Amma's lange haar danste licht als een veer langs mijn schouders, haar hoge jukbeenderen staken als lepels boter door haar gebruinde huid. Ik stak mijn hand uit om er een aan te raken, liet haar hand los, en door het verbreken van onze cirkel tolden we woest op de grond.

Ik voelde mijn enkel op de stoeprand kraken – *krak!* – en het omhoog gutsende bloed bespatte mijn been. Rode blaasjes ontsproten op Amma's borst, van haar eigen uitglijder op de stoep. Ze keek ernaar, keek naar mij, een en al stralende, omfloerst blauwe ogen, streek met haar vingers over het bloedige web op haar borst, slaakte een langgerekte kreet en legde lachend haar hoofd op mijn schoot.

Ze haalde een vinger over haar borst, liet een druppel bloed op haar vingertop balanceren en smeerde hem op mijn lippen voordat ik er iets aan kon doen. Ik proefde het, als metaal met honing. Ze keek naar me op en streelde mijn gezicht, en ik liet haar begaan.

'Ik weet dat je denkt dat Adora meer van mij houdt, maar dat is niet waar,' zei ze. Alsof het een wachtwoord was, floepte het portieklicht van ons huis helemaal boven aan de heuvel aan.

'Wil je bij mij slapen?' bood Amma iets rustiger aan.

Ik dacht aan ons in haar bed onder haar genopte dekbedovertrek, geheimpjes fluisterend, verstrengeld in slaap vallend, en toen besefte ik dat ik Marian en mezelf voor me zag. Ze was uit haar ziekenhuisbed ontsnapt en sliep naast me. De warme, spinnende geluidjes die ze maakte als ze haar rug tegen mijn buik drukte. Ik moest haar 's ochtends stiekem naar haar eigen kamer terugbrengen voordat mijn moeder wakker werd. Intens drama in een stil huis, die vijf seconden dat ik haar door de gang trok, vlak bij de kamer van mijn moeder, bang dat de deur op dat moment open zou zwaaien, al hoopte ik het ook bijna. *Ze is niet ziek, mama.* Dat wilde ik roepen als we ooit betrapt werden. *Ze hoeft niet in bed te blijven want ze is niet echt ziek.* Ik was vergeten hoe wanhopig zeker ik het geloofde.

Dankzij de drugs waren dit nu echter alleen maar gelukkige herinneringen die in mijn geest voorbij waaierden als bladzijden uit een kinderboek. Marian kreeg in die herinneringen iets van een konijntje, een konijntje met de kleren van mijn zusje aan. Ik kon haar pels bijna voelen, maar toen ik mezelf tot de werkelijkheid terugriep, zag ik dat Amma's haar over mijn been heen en weer streek.

'Ja?' vroeg ze.

'Vannacht niet, Amma. Ik ben bekaf en ik wil in mijn eigen bed slapen.' Het was waar. De xtc werkte hard en snel, en nu was hij bijna uitgewerkt. Nog tien minuten, dacht ik, dan was ik weer normaal, en ik wilde Amma er niet bij hebben wanneer ik terug op aarde smakte.

'Mag ik dan bij jou slapen?' Ze stond in het licht van de lantaarnpaal. Haar jeansrokje hing op haar smalle heupen en haar gescheurde haltertopje zat scheef. Een veeg bloed bij haar lippen. Verwachtingsvol.

'Nee, joh, laten we gewoon in ons eigen bed slapen. Ik zie je morgen weer.'

Zonder iets te zeggen draaide ze zich om en rende zo hard ze kon naar het huis. Haar voeten schopten achter haar in de lucht als de hoeven van een veulen uit een tekenfilm.

'Amma!' riep ik haar na. 'Wacht even, je mag bij mij slapen, goed?' Ik rende achter haar aan. Haar in de gaten houden door de drugs en het donker heen was als iemand proberen te volgen die je over je schouder in een spiegel ziet. Ik zag niet dat haar dansende silhouet rechtsomkeert had gemaakt en dat ze nu naar me toe rende. Op me af. Ze knalde recht tegen me aan, stootte met haar voorhoofd tegen mijn kin, en we vielen weer, nu op de stoep. Mijn hoofd raakte de tegels met een kort, krakend geluid en er schoot een felle pijn door mijn ondertanden. Ik bleef even liggen, met Amma's haar in mijn vuist geklemd. Een vuurvliegje boven me pulseerde op de maat van mijn bloed. Toen lachte Amma kraaiend, bracht een hand naar haar voorhoofd en voelde aan de plek, die al donkerblauw was, als de omtrek van een pruim.

'Shit. Ik geloof dat je een deuk in mijn voorhoofd hebt geslagen.'

'Ik geloof dat jij een deuk in mijn achterhoofd hebt geslagen,' fluisterde ik. Ik ging rechtop zitten en werd duizelig. Een stroompje bloed dat door de stoep was gestelpt, sijpelde nu mijn nek in. 'Jezus, Amma. Je bent veel te ruig.'

'Ik dacht dat je van ruig hield.' Ze stak een hand uit en trok me overeind. Het bloed klotste in mijn hoofd. Toen haalde ze een gouden ringetje met een chrysoliet van haar middelvinger en schoof het aan mijn pink. 'Hier. Voor jou.'

Ik schudde mijn hoofd. 'Degene die je die ring heeft gegeven, zou willen dat je hem hield.'

'Ik heb hem zo'n beetje van Adora gekregen. Het kan haar niets schelen, neem dat maar van me aan. Ze wilde hem aan Ann geven, maar... nou ja, Ann is er niet meer, dus hij lag daar maar. Het is een lelijk ding, hè? Ik verbeeldde me dat ze hem aan mij had gegeven. Weinig kans, want ze haat me.'

'Ze haat je niet.' We liepen naar het huis, naar het felle schijnsel van het portieklicht boven aan de heuvel.

'Ze mag je niet,' zei Amma om me uit mijn tent te lokken.

'Nee, dat klopt.'

'Nou, aan mij heeft ze ook een hekel, maar dan op een andere manier.' We klommen de trap op, moerbessen onder onze voeten vertrappend. De lucht had de geur van glazuur op een kindertaart.

'Hield ze meer of minder van je na Marians dood?' vroeg Amma terwijl ze me een arm gaf.

'Minder.'

'Dus dat hielp niet.'

'Wat niet?'

'Het werd er niet beter op door haar dood.'

'Nee. En nou stil tot we in mijn kamer zijn, goed?'

We slopen de trap op. Ik hield een hand in mijn nek om het bloed op te vangen en Amma, achter me, treuzelde gevaarlijk. Ze rook aan een roos in een vaas en glimlachte naar haar spiegelbeeld. Zoals gewoonlijk was het stil in Adora's kamer. Alleen die gonzende ventilator in het donker achter de dichte deur.

Ik sloot de deur van mijn kamer achter ons, wurmde me uit mijn doorweekte sportschoenen (waar plukjes versgemaaid gras aan plakten), veegde het sap van de geplette moerbessen van mijn been en trok mijn shirt omhoog. Pas toen voelde ik dat Amma naar me staarde. Ik liet mijn shirt zakken en kroop in bed alsof ik te uitgeput was om me uit te kleden. Ik trok het beddengoed op, draaide mijn rug naar Amma toe en mompelde welterusten. Ik hoorde haar kleren op de vloer vallen en opeens was het licht uit en lag ze met opgetrokken knieën achter me, naakt, op haar slipje na. Ik kon wel janken bij het idee dat je zonder kleren aan naast iemand zou kunnen slapen, dat je niet bang hoefde te zijn voor woorden die uit manchetten of broekspijpen kropen.

'Camille?' Haar stem was zacht, meisjesachtig en onzeker. 'Mensen zeggen soms toch dat ze zichzelf pijn moeten doen omdat ze zo verdoofd zijn dat ze anders niets voelen?'

'Hm.'

'Maar als het nou omgekeerd is?' fluisterde Amma. 'Als je jezelf nou pijn doet omdat het zo lekker voelt? Alsof je tintelt, alsof iemand een schakelaar in je lichaam heeft omgezet en je die schakelaar alleen terug kunt klikken met pijn? Wat betekent dat?'

Ik deed alsof ik sliep. Ik deed alsof ik haar vingers niet voelde, die keer op keer *verdwijn* in mijn nek natrokken.

Een droom. Marian, haar witte nachtpon klam van het zweet, een blonde krul die aan haar wang kleeft. Ze pakt mijn hand en wil me uit bed trekken. 'Het is hier niet veilig,' fluistert ze. 'Je bent hier niet veilig.' Ik zeg dat ze me met rust moet laten.

13

Het was na tweeën toen ik wakker werd met een verkrampte maag en zere kaken van het vijf uur achter elkaar tandenknarsen. Kloterige xtc. Amma had ook problemen, vermoedde ik. Ze had een bergje wimpers op het kussen naast me achtergelaten. Ik veegde ze in mijn handpalm en schoof ze heen en weer. Ze stonden stijf van de mascara en lieten een donkerblauwe veeg in de holte van mijn hand achter. Ik klopte ze af in een schoteltje op mijn nachtkastje. Toen ging ik naar de wc om te kotsen. Ik vind het niet erg om te kotsen. Ik weet nog dat mijn moeder vroeger mijn haar uit mijn gezicht hield en sussend zei: *gooi al die viezigheid er maar uit, lieverd. Ga maar door tot het er allemaal uit is.* Uiteindelijk blijk ik van dat kokhalzen, het slappe gevoel en het speeksel te houden. Voorspelbaar, ik weet het, maar waar.

Ik sloot mijn deur af, trok al mijn kleren uit en kroop weer in bed. De pijn in mijn hoofd trok door mijn linkeroor naar mijn nek en langs mijn ruggengraat naar beneden. Mijn ingewanden speelden op, ik kon mijn mond nauwelijks bewegen van de pijn en mijn enkel stond in brand. En ik bloedde nog steeds. Ik zag de rode vlekken overal op de lakens. Aan Amma's kant zat ook bloed: lichte spatjes op borsthoogte en een donkerder plek op het kussen zelf.

Mijn hart ging tekeer en ik kreeg geen lucht. Ik moest weten of mijn moeder al wist wat er was gebeurd. Had ze haar Amma gezien? Zwaaide er iets voor me? Ik was misselijk van paniek. Er stond iets verschrikkelijks te gebeuren. Door mijn paranoia heen wist ik wat er in werkelijkheid aan de hand was: mijn serotoninespiegel, die de vorige avond was opgekrikt door de drugs, was pijlsnel gezakt en nu voelde ik me depressief. Nog terwijl ik mijn gezicht in het kussen drukte en in snikken uitbarstte, gaf ik mezelf die logische verklaring. Ik was die meisjes helemaal vergeten, jezus, ik had niet eens aan hen gedacht: dode Ann en dode Natalie. Nog erger was dat ik Marian had bedrogen, dat ik haar door Amma had vervangen en haar in mijn dromen had genegeerd. Het zou niet onbestraft blijven. Ik huilde net zo kokhalzend en zuiverend als ik had gebraakt, tot het kussen nat was en mijn gezicht zo opgezwollen als dat van een dronkenlap. Toen werd er aan de deur gemorreld. Ik hield me stil, aaide over mijn wang en hoopte dat het weg zou gaan.

'Camille. Doe open.' Mijn moeder, maar niet boos. Vleiend. Aardig, zelfs. Ik hield me stil. Nog wat gemorrel. Een klop. Toen dribbelde ze weg en was het weer stil.

Camille. Doe open. Een beeld van mijn moeder op de rand van mijn bed en een lepel zuur ruikende siroop vlak voor mijn mond. Van haar middeltjes werd ik altijd zieker dan ik al was. Een zwakke maag. Niet zo erg als Marian, maar toch zwak.

Het zweet stond me in de handen. *Alsjeblieft, laat haar niet terugkomen.* In een flits zag ik hoe Curry de kamer binnenstormde om me te redden. Hij had een van zijn lullige stropdassen om, die wild over zijn buik zwaaide. Hij droeg me naar zijn rokerige

Ford Taurus en Eileen aaide me op de terugweg naar Chicago over mijn bol.

Mijn moeder stak een sleutel in het slot. Ik had nooit geweten dat ze er een had. Ze kwam zelfvoldaan de kamer in, met haar kin naar voren, zoals gewoonlijk. De sleutel bungelde aan een lang, roze lint. Ze droeg een lichtblauwe zomerjurk en ze had een fles medicinale alcohol, een doos tissues en een glanzend rode toilettas bij zich.

'Dag, lieverd,' zei ze met een zucht. 'Amma heeft me verteld wat er met jullie is gebeurd. Arme kleintjes van me. Ze zit al de hele ochtend op de wc. Ik zweer je, al zul je het wel opschepperij vinden, maar alleen onze eigen onderneming levert nog betrouwbaar vlees vandaag de dag. Amma zei dat het wel aan de kip zou liggen?'

'Ik denk het,' zei ik. Ik kon alleen maar meegaan in de leugen die Amma had verteld. Het was duidelijk dat ze beter kon manipuleren dan ik.

'Ongelooflijk, dat jullie allebei hier op de trap zijn flauwgevallen terwijl ik vlak bij jullie lag te slapen. Wat een afschuwelijk idee,' zei Adora. 'Zoals ze was toegetakeld! Alsof ze met een ander meisje had gevochten.'

Mijn moeder kon het met geen mogelijkheid echt geloven. Ze was een expert op het gebied van ziekte en verwondingen en ze zou alleen in zo'n verhaal trappen als ze het zelf wilde. Nu ging ze me verzorgen, en ik was te slap en radeloos om haar af te weren. Ik begon weer te huilen en kon niet meer ophouden.

'Ik voel me zo ziek, mama.'

'Ik weet het, kindje.' Ze trok het laken van me af en zwiepte het met een enkele, efficiënte beweging naar het voeteneind. Toen ik in een reflex mijn lichaam wilde bedekken, pakte ze mijn handen en legde ze gedecideerd langs mijn zijden.

'Ik moet zien wat je mankeert, Camille.' Ze draaide mijn kin van links naar rechts en trok mijn onderlip naar beneden alsof ze een paard inspecteerde. Ze tilde mijn armen een voor een langzaam op, gluurde in mijn oksels, ramde haar vingers in de holten en voelde toen in mijn hals naar opgezwollen klieren. Ik herinnerde me de routine nog. Ze stak een hand tussen mijn benen, snel en zakelijk. Dat was de beste manier om te voelen of je koorts had, zei ze altijd. Toen streek ze zacht en licht met haar koele vingers over mijn benen naar beneden en drukte haar duim recht in de open wond op mijn kapotte enkel. Ik zag knalgroen vuurwerk voor mijn ogen, trok in een reflex mijn benen op en draaide me opzij. Ze maakte van de gelegenheid gebruik door aan mijn hoofd te voelen tot ze de beurse plek op mijn kruin vond.

'Nog even, Camille, dan is het klaar.' Ze bevochtigde haar tissues met alcohol en boende mijn enkel tot ik blind was van tranen en snot. Toen verpakte ze hem strak in verbandgaas dat ze met een schaartje uit de toilettas afknipte. Het bloed drong meteen door het gaas heen, waardoor het verband al snel op de Japanse vlag leek: zuiver wit met een opstandige rode cirkel. Vervolgens hield ze mijn hoofd met één hand vast en voelde ik een hardnekkig getrek aan mijn haar. Ze knipte het rond de wond af. Ik wilde me bevrijden.

'Waag het niet, Camille. Straks prik ik je nog. Blijf liggen en wees een brave meid.' Ze legde een koele hand op mijn wang om mijn hoofd op zijn plaats te houden en ging *knip knip knip* door mijn haar tot ik voelde dat ze losliet. Een griezelige blootstelling aan de lucht waar mijn hoofdhuid niet aan gewend was. Ik bracht een hand naar mijn hoofd en voelde een stoppelig plekje ter grootte van een halve dollar op mijn kruin. Mijn moeder trok snel mijn hand weg, drukte mijn arm naar beneden en begon de kale plek met alcohol in te smeren. De pijn was zo snijdend dat ik weer naar adem snakte.

Ze rolde me op mijn rug en haalde een nat washandje over mijn benen alsof ik invalide was. Haar oogleden waren roze; ze had weer aan haar wimpers getrokken. Ze had die meisjesachtige blos op haar wangen. Ze pakte haar toilettas op en rommelde tussen de potjes en tubetjes tot ze een vierkant opgevouwen tissue op de bodem had gevonden, propperig en een beetje smoezelig. Ze vouwde hem open en er kwam een knalblauwe pil tevoorschijn.

'Wacht even, schattebout.'

Ik hoorde haar gehaaste voetstappen op de trap en begreep dat ze naar de keuken ging. Toen naderden diezelfde snelle stappen mijn kamer weer. Ze had een glas melk gehaald.

'Hier, Camille, slik hem hier maar mee door.'

'Wat ís dat?'

'Medicijn. Het voorkomt infectie en doodt alle bacteriën die je met dat eten binnengekregen kunt hebben.'

'Wat is het?' vroeg ik nog eens.

Mijn moeders hals werd vlekkerig rood en haar glimlach flakkerde als een kaarsvlam in de tocht. Aan, uit, aan, uit, binnen een enkele seconde.

'Camille, ik ben je moeder en je bent in mijn huis.' Glazig roze ogen. Ik wendde me van haar af en werd weer door paniek overmand. Iets slechts. Iets wat ik had gedaan.

'Camille. Mond open.' Een sussende, overredende stem. *Verpleegster* bonsde bij mijn linkeroksel.

Ik weet nog dat ik als kind al die pillen en medicijnen weigerde en haar liefde daardoor verspeelde. Ze deed me denken aan Amma met haar xtc, vleiend omdat ik moest aannemen wat ze me aanbood. Weigeren heeft zo veel meer gevolgen dan toegeven. Mijn huid brandde op de plekken die ze had schoongemaakt, en het voelde als die bevredigende warmte na een snee. Ik dacht aan Amma en hoe tevreden ze had geleken, in de armen van mijn moeder, kwetsbaar en bezweet.

Ik rolde me terug en stond toe dat mijn moeder de pil op mijn tong legde, de dikke melk in mijn mond goot en me een zoen gaf.

Ik sliep binnen een paar minuten. Mijn stinkende adem zweefde als een ranzige mist mijn dromen in. Mijn moeder kwam naar mijn slaapkamer en zei tegen me dat ik ziek was. Ze kwam op me liggen en drukte haar mond op de mijne. Ik voelde haar adem in mijn keel. Toen begon ze in mijn mond te pikken. Ze maakte zich van me los, glimlachte naar me en streek het haar uit mijn gezicht. Toen spuugde ze mijn tanden in haar handpalmen.

Ik werd tegen de avond wakker, duizelig en benauwd, met een korstige sliert gedroogd kwijl in mijn hals. Slap. Ik sloeg een dunne ochtendjas om me heen en barstte weer in huilen uit toen de kale plek op mijn hoofd me te binnen schoot. *Het is gewoon de nawerking van de xtc,* fluisterde ik mezelf toe, en ik klopte op mijn wang. *Een mislukt kapsel is het eind van de wereld niet. Je kunt nog een paardenstaart maken.*

Ik schuifelde met wiebelige gewrichten door de gang. Mijn knokkels waren gezwollen, maar ik kon niet bedenken waarom. Beneden zong mijn moeder. Ik klopte op Amma's deur en hoorde een welkomstpiepje.

Ze zat naakt op de vloer voor haar enorme poppenhuis te duimen. De wallen onder haar ogen waren bijna paars en mijn moeder had verband op haar voorhoofd en borst geplakt. Amma had haar lievelingspop in vloeipapier gewikkeld, waar ze met een rode viltstift stippen op had gezet, en haar in bed gelegd.

'Wat heeft ze met jou gedaan?' zei ze doezelig, half glimlachend.

Ik draaide me om zodat ze mijn kale plek kon zien.

'En ze heeft me iets gegeven waar ik heel duizelig en misselijk van werd,' zei ik.

'Blauw?'

Ik knikte.

'Ja, daar is ze dol op,' zei Amma zacht. 'Je valt helemaal benauwd en kwijlerig in slaap en dan kan ze haar vriendinnen naar je laten kijken.'

'Heeft ze dat wel vaker gedaan?' Ik werd koud onder het zweet. Ik had gelijk: er stond iets verschrikkelijks te gebeuren.

Ze schokschouderde. 'Ik vind het niet erg. Soms doe ik alleen alsof ik die pil neem. Dan hebben we allebei onze zin. Ik speel met mijn poppen of ik ga lezen, en als ik haar hoor komen, doe ik alsof ik slaap.'

'Amma?' Ik ging naast haar op de vloer zitten en aaide over haar haar. Ik moest voorzichtig zijn. 'Geeft ze je vaak pillen en zo?'

'Alleen als ik ziek word.'

'Wat gebeurt er dan?'

'Soms word ik helemaal koortsig en raar en dan moet ze me koude baden geven. Soms moet ik overgeven. Soms word ik helemaal rillerig en slap en wil ik alleen nog maar slapen.'

Het gebeurde weer. Net als met Marian. Ik voelde de gal achter in mijn keel, het dichtgeknepen gevoel. Ik begon weer te huilen, stond op, ging weer zitten. Mijn maag keerde zich bijna om. Ik sloeg mijn handen voor mijn gezicht. Amma en ik waren ziek, *net als Marian.* Zo moest het me voorgekauwd worden voordat ik het eindelijk begreep... bijna twintig jaar te laat. Ik kon wel krijsen van schaamte.

'Zullen we met mijn poppen spelen, Camille?' Of ze zag mijn tranen niet, óf ze nam er geen notitie van.

'Nu niet, Amma. Ik moet werken. Zorg dat je slaapt als mama terugkomt.'

Ik trok moeizaam kleren over mijn pijnlijke huid en bekeek mezelf in de spiegel. *Je hebt krankzinnige ideeën. Je stelt je aan. Nee, niet waar. Mijn moeder heeft Marian vermoord. Mijn moeder heeft die meisjes vermoord.*

Ik stommelde naar de wc, knielde en braakte een stroom zilt, warm water uit dat van het porselein op mijn gezicht spatte. Toen mijn maag zich ontspande, voelde ik dat ik niet alleen was. Mijn moeder stond achter me.

'Arme snoes,' murmelde ze. Ik schrok en kroop op handen en voeten weg. Drukte me tegen de muur en keek naar haar op.

'Waarom heb je je aangekleed, schat?' zei ze. 'Je mag niet naar buiten.'

'Ik moet weg. Ik moet werken. De frisse lucht zal me goeddoen.'

'Camille, naar bed, jij.' Haar stem klonk dwingend en schel. Ze beende naar mijn bed, sloeg het open en klopte erop. 'Kom op, snoes, niet met je gezondheid spelen.'

Ik klauterde overeind, griste mijn autosleutels van de tafel en schoot langs haar heen.

'Nee, mama. Ik kom zo weer terug.'

Ik liet Amma boven achter met haar zieke poppen en reed zo snel de inrit af dat ik mijn voorbumper schampte toen ik de straat bereikte, waar de heuvel opeens ophield. Een dikke vrouw met een wandelwagen keek me hoofdschuddend na.

Ik reed in het wilde weg, probeerde mijn gedachten op een rijtje te zetten en haalde me de gezichten voor de geest van iedereen die ik in Wind Gap kende. Ik zocht iemand die me onomwonden kon vertellen dat ik me in Adora vergiste, of anders dat ik gelijk had. Iemand die Adora kende, die met een volwassen blik naar mijn jeugd kon kijken, die hier was geweest tijdens mijn afwezigheid. Opeens dacht ik aan Jackie O'Neele met haar fruitkauwgom, haar drank en haar roddels. Haar ongerijmde moederlijke warmte jegens mij en de opmerking die nu als een waarschuwing klonk: *er is zo veel fout gegaan*. Ik moest Jackie hebben, afgewezen door Adora, helemaal onbevooroordeeld, een vrouw die mijn moeder haar hele leven had gekend. Die overduidelijk iets wilde zeggen.

Het was maar een paar minuten rijden naar Jackies huis, een moderne villa die op een vooroorlogse plantage moest lijken. Een schriel, bleek joch zat met kromme schouders op een maaimachine te roken terwijl hij in strakke lijnen heen en weer reed. Zijn rug was bezaaid met dikke, felrode puisten die zo groot waren dat ze op wonden leken. Ook aan de speed. Jackie zou de tussenpersoon moeten overslaan en die twintig dollar rechtstreeks aan de dealer geven.

Ik kende de vrouw die opendeed. Geri Shilt, een meisje van Calhoon High dat een klas hoger had gezeten dan ik. Ze droeg een gesteven verpleegstersuniform, net als Gayla, en ze had nog steeds die ronde, roze moedervlek op haar wang waarom ik haar altijd had beklaagd. Bij het zien van Geri, zo'n gewoon gezicht uit het verleden, wilde ik bijna rechtsomkeert maken, in mijn auto stappen en mijn ogen sluiten voor al mijn zorgen. Zo'n alledaags iemand in mijn leven maakte dat ik aan mezelf ging twijfelen, maar ik ging niet weg.

'Hallo, Camille, wat kan ik voor je doen?' Het leek haar niets te interesseren wat ik kwam doen, en haar uitgesproken gebrek aan nieuwsgierigheid onderscheidde haar van de andere vrouwen in Wind Gap. Ze had zeker geen vriendinnen om mee te roddelen.

'Ha, Geri. Ik wist niet dat je bij de O'Neeles werkte.'

'Waarom zou je?' zei ze nuchter.

Jackies drie zoons, die vlak na elkaar waren geboren, zouden nu allemaal begin twintig zijn: twintig, eenentwintig en tweeëntwintig, misschien. Ik herinnerde me dat het vlezige jongens met speknekken waren die altijd in synthetische coachbroeken liepen en grote gouden schoolringen met een vlammend blauwe edelsteen droegen. Ze hadden Jackies abnormaal ronde ogen en spierwitte overbeet. Jimmy, Jared en Johnny. Ik hoorde er nu minstens twee die hun zomervakantie thuis doorbrachten en in de achtertuin voetbalden. Te oordelen naar Geri's agressief afge-stompte gezichtsuitdrukking had ze besloten dat ze de jongens het beste uit de weg kon gaan.

'Ik ben hier teruggekomen…' begon ik.

'Ik weet waarom je hier bent,' zei ze verwijtend noch hartelijk. Het was gewoon een constatering. Ik was simpelweg de zoveelste hindernis op haar pad.

'Mijn moeder is een vriendin van Jackie en ik dacht…'

'Neem maar van mij aan dat ik wel weet wie Jackies vriendin-nen zijn,' zei Geri.

Ze leek niet van zins me binnen te laten, maar bekeek me van top tot teen en richtte haar blik toen op de auto achter me.

'Jackie is bevriend met veel moeders van jouw vriendinnen,' vervolgde Geri.

'Hm. Ik heb hier niet zo veel vriendinnen meer.' Ik was er trots op, maar zei het opzettelijk teleurgesteld. Hoe minder ze zich aan me ergerde, hoe sneller ze me binnen zou laten, en ik moest Jac-kie dringend spreken voordat ik me zou kunnen bedenken. 'Ik geloof zelfs dat ik ook niet zo veel vriendinnen had toen ik hier nog woonde.'

'Katie Lacey. Haar moeder gaat met al die andere moeders om.'

Die goeie ouwe Katie Lacey, die me naar het jankfeestje had meegesleept en zich tegen me had gekeerd. Ik zag haar voor me zoals ze in die suv door de stad denderde, met haar knappe dochtertjes achterin, volmaakt in de kleertjes, klaar om de ande-re peuters te tiranniseren. Ze zouden van hun mama leren voor-al de lelijke meisjes wreed te behandelen, de arme meisjes, de meisjes die alleen maar met rust gelaten wilden worden. Te veel gevraagd.

'Ik schaam me ervoor dat ik ooit bevriend ben geweest met Katie Lacey.'

'Tja, och, jij deugde wel,' zei Geri. Op hetzelfde moment herinnerde ik me dat ze een paard had gehad dat Butter heette. De grap was uiteraard dat zelfs Geri's paard vet was.

'Niet echt.' Ik had nooit meegedaan aan openlijke wreedheden, maar ik had ze ook nooit een halt toegeroepen. Ik had altijd als een nerveuze schim langs de zijlijn staan doen alsof ik lachte.

Geri bleef in de deuropening staan. Ze trok aan het bandje van haar goedkope horloge, dat zo strak zat als een elastiekje, zichtbaar verzonken in haar eigen herinneringen. Akelige herinneringen.

Waarom was ze dan in Wind Gap gebleven? Ik was sinds mijn terugkeer heel veel gezichten van vroeger tegengekomen. Meisjes met wie ik was opgegroeid, die nooit de fut hadden kunnen opbrengen om weg te gaan. Het was een stadje dat zelfgenoegzaamheid kweekte door middel van kabel-tv en een buurtwinkel. Degenen die hier waren gebleven, waren nog net zo van elkaar gescheiden als vroeger. Bekrompen, knappe meisjes zoals Katie Lacey die tegenwoordig, zoals te verwachten viel, in een gerenoveerd victoriaans huis vlak bij ons woonde, lid was van dezelfde tennisvereniging als Adora en elk seizoen dezelfde pelgrimstocht naar St. Louis maakte om te winkelen. En de lelijke, gepeste meisjes zoals Geri Shilt waren nog steeds gedoemd de rotzooi van de knapperds op te ruimen, met het hoofd somber gebogen in afwachting van nieuwe beledigingen. Deze vrouwen waren niet sterk of slim genoeg geweest om weg te gaan. Vrouwen zonder verbeeldingskracht. Ze waren dus in Wind Gap gebleven en herhaalden hun tienerleven eindeloos. En nu zat ik met hen opgescheept en kon ik me niet uit hun bestaan bevrijden.

'Ik zal tegen Jackie zeggen dat je er bent.' Geri liep met een omweg naar de trap, door de woonkamer in plaats van door de keuken met de ruiten waardoor Jackies zoons haar zouden kunnen zien.

De kamer waar ik naartoe werd gebracht was obsceen wit met felle gekleurde plekken, alsof er een ondeugend kind met vingerverf in de weer was geweest. Rode kussens, geel met blauwe gordijnen, een lichtend groene vaas vol rode bloemen van aardewerk. Boven de schoorsteenmantel hing een bespottelijk wulpse zwart-witfoto van Jackie met te hoog opgeföhnd haar en haar klauwen koket onder haar kin gekromd. Ze leek op een overdreven gesoigneerd schoothondje. Hoe ziek ik ook was, ik moest er wel om lachen.

'Camille, schat!' Jackie kwam met gestrekte armen op me af. Ze droeg een satijnen ochtendjas en blokkerige diamanten oorbellen. 'Je bent gekomen. Lieverd, wat zie je er vreselijk uit. Geri, een paar bloody mary's, nu!' Ze loeide letterlijk, eerst naar mij, toen naar Geri. Ik neem aan dat het een lach was. Geri bleef in de deuropening hangen tot Jackie in haar richting in haar handen klapte.

'Ik meen het, Geri. En denk erom dat je deze keer het zout langs de randen van de glazen niet vergeet.' Ze wendde zich weer tot mij. 'Het is tegenwoordig zo moeilijk om goed personeel te krijgen,' pruttelde ze ernstig, zonder te beseffen dat alleen acteurs op tv zoiets zeggen. Ik weet zeker dat Jackie de hele dag voor de buis zat, met een glas in haar ene hand en de afstandsbediening in de andere, achter dichte gordijnen, terwijl de praatprogramma's weken voor de soaps, die overgingen in de rechtbankreportages, die plaatsmaakten voor de herhalingen, de comedy's, de misdaadseries en de nachtfilms over vrouwen die verkracht, gestalkt, bedrogen of vermoord werden.

Geri kwam terug met een dienblad met twee glazen, selderijstengels, augurkjes en olijven, sloot de gordijnen toen haar dat werd opgedragen en liep weer weg. Jackie en ik bleven in het schemerige licht in de ijskoude kamer met airconditioning achter en keken elkaar even aan. Toen dook Jackie naar voren en trok de la van de salontafel open. Er lagen drie flesjes nagellak in, een beduimelde bijbel en minstens vijf oranje medicijnpotjes. Ik dacht aan Curry en zijn rozen zonder doornen.

'Een pijnstiller? Ik heb goeie.'

'Het is waarschijnlijk beter als ik mijn kop erbij hou,' zei ik. Ik wist niet eens zeker of ik het meende. 'Zo te zien kun je bijna je eigen apotheek beginnen.'

'O, zeker. Ik heb enorm geboft.' Ik rook haar woede, vermengd met tomatensap. 'OxyContin, Percoset, Percodan, alles waar mijn nieuwste dokter maar in belegt, maar ik moet toegeven dat je er lol mee kunt hebben.' Ze schudde een paar ronde witte tabletten in haar hand, sloeg ze achterover en glimlachte naar me.

'Wat heb je?' vroeg ik, bijna bang voor het antwoord.

'Dat is het mooie, schat. Niemand weet het. Lupus, zegt de een, artritis, zegt de ander, een soort auto-immuunziekte, zegt de derde, en de vierde en vijfde zeggen dat het allemaal tussen mijn oren zit.'

'Wat denk je zelf?'

'Wat ík denk?' vroeg ze, en ze rolde met haar ogen. 'Ik denk dat het me eigenlijk niet zo veel kan schelen zolang ze de pillen maar laten komen.' Ze lachte weer. 'Ze zijn echt lekker.'

Ik wist niet of ze zich groot hield of echt verslaafd was.

'Ik sta ervan te kijken dat Adora zichzelf geen ziekte heeft aangemeten,' zei ze honend. 'Ik had gedacht dat ze tegen me op zou willen bieden toen ik eenmaal begonnen was, toch? Alleen zou zij het niet bij die domme lupus houden. Zij zou een manier verzinnen om… weet ik veel, een hersentumor te krijgen. Niet dan?'

Ze nam nog een slok van haar bloody mary. Er bleef een rode

veeg met zout op haar bovenlip achter, waardoor haar gezicht opgezet leek. Die tweede slok kalmeerde haar, en net als tijdens Natalies uitvaart keek ze me aan alsof ze mijn gezicht in haar geheugen wilde prenten.

'Goeie god, het is zo bizar om jou volwassen te zien,' zei ze met een klopje op mijn knie. 'Wat kom je hier doen, lieverd? Gaat het wel goed thuis? Nee, waarschijnlijk niet. Is het... is het je moeder?'

'Nee, welnee.' Ik vond het verschrikkelijk om zo doorzichtig te zijn.

'O.' Haar gezicht betrok en als in een scène uit een stomme film fladderde een van haar handen naar haar ochtendjas. Ik had haar verkeerd aangepakt. Ik was vergeten dat het hier werd aangemoedigd openlijk naar roddels te snakken.

'Ik bedoel, sorry, dat was niet helemaal eerlijk van me. Ik wil inderdaad over mijn moeder praten.'

Jackie fleurde prompt op. 'Je kunt haar niet doorgronden, hè? Een engel, een duivel of allebei, nietwaar?' Jackie duwde een groensatijnen kussen achter haar onderrug en legde haar voeten op mijn schoot. 'Honnepon, wil je even masseren? Ze zijn schoon.' Ze trok een zak met minirepen onder de bank vandaan, het soort dat je op kinderpartijtjes uitdeelt, en legde hem op haar buik. 'God, ik zal ze later moeten wegwerken, maar wat zullen ze lekker smaken als ze naar binnen glijden.'

Ik maakte gebruik van het geluksmoment. 'Was mijn moeder altijd al... zoals ze nu is?' Ik vond het een gênant onhandige vraag, maar Jackie lachte kakelend, als een heks.

'Wat bedoel je, honnepon? Mooi? Charmant? Bemind? Kwaadaardig?' Ze wriemelde met haar tenen terwijl ze een reepje uitpakte. 'Masseren maar.' Ik kneedde haar koude voeten, die aan de onderkant zo ruw waren als een schildpadschild. 'Adora. Verdomme, vooruit ook maar. Adora was rijk en mooi en haar gestoorde ouders hadden de stad in hun macht. Ze haalden die verdomde varkensfokkerij naar Wind Gap, bezorgden ons honderden banen... Destijds hadden ze ook een walnotenkwekerij. Zij maakten de dienst uit. Iedereen praatte de Preakers naar de mond.'

'Hoe was haar leven... thuis?'

'Adora werd... te veel bemoederd. Je zag je oma Joya nooit naar haar glimlachen of haar aanhalen, maar ze kon haar handen niet van Adora afhouden. Altijd haren kammen, aan kleren trekken en... o, ze deed nog iets. Als Adora iets op haar gezicht had, veegde ze het niet met een natte vinger weg, maar likte ze het eraf. Ze pakte haar gewoon en likte het eraf. Als Adora vervelde van de zon – dat overkwam ons toen allemaal, we gebruikten nog geen zonnebrandcrèmes met een hoge beschermingsfactor, zoals jouw generatie – ging Joya naast je moeder zitten, trok haar hemdje uit en pelde de huid in lange stroken af. Dat vond Joya heerlijk.'

'Jackie...'

'Ik verzin het niet. Ik moest toekijken hoe mijn vriendin voor mijn ogen werd uitgekleed en... verzorgd. Je moeder was natuurlijk altijd ziek. Ze zat altijd vol slangetjes en naalden en dergelijke.'

'Wat had ze dan?'

'Van alles een beetje. Voornamelijk de stress van het leven met Joya. Die lange, ongelakte nagels, als van een man. En lang haar dat ze grijs liet worden, los op haar rug.'

'Speelt mijn grootvader ook een rol in het verhaal?'

'Geen idee. Ik weet niet eens meer hoe hij heette. Herbert? Herman? Hij was er nooit, en als hij er was, was hij stilletjes en... afwezig. Je kent dat type wel. Net Alan.'

Ze nam nog een reepje en wiebelde met haar tenen in mijn handen. 'Weet je, jouw komst had je moeder moeten ruïneren.'

Ze klonk verwijtend, alsof ik een simpel klusje had verprutst. 'Als een ander meisje hier in Wind Gap zwanger was geworden voor haar huwelijk, had ze het wel kunnen schudden,' vervolgde Jackie, 'maar je moeder wist het altijd zo te draaien dat de mensen haar vertroetelden. Alle mensen, niet alleen jongens, maar ook de meisjes, hun moeders, de leraren.'

'Hoe deed ze dat?'

'Lieve Camille, een mooi meisje kan zich alles permitteren als ze het maar goed speelt. Dat zou jíj toch moeten weten. Denk maar aan alle dingen die jongens door de jaren heen voor je hebben gedaan en die ze nooit hadden gedaan als je dat snoetje niet had gehad. En als de jongens aardig zijn, zijn de meisjes ook aardig. Adora gedroeg zich schitterend tijdens die zwangerschap: trots maar een beetje geknakt, en ze repte er met geen woord over. Jouw vader kwam zijn noodlottige bezoek brengen en daarna hebben ze elkaar nooit meer gezien. Je moeder heeft er nooit meer over gesproken. Je was vanaf het begin alleen van haar. Dat is Joya's dood geworden. Dat haar dochter eindelijk iets in zich had waar Joya niet bij kon komen.'

'Was mijn moeder minder vaak ziek na Joya's dood?'

'Het ging een tijdje goed,' zei Jackie over haar glas heen, 'maar het duurde niet lang of Marian kwam, en toen had ze niet eens tijd meer om ziek te zijn.'

'Was mijn moeder…' Ik voelde een snik in mijn keel opwellen die ik met mijn aangelengde wodka inslikte. 'Was mijn moeder… aardig?'

Jackie lachte weer kakelend. Ze wipte een reepje in haar mond. De noga plakte aan haar tanden. 'Dat wil je weten? Of je moeder aardig was?' Ze zweeg even. 'Wat denk je zelf?' besloot ze toen spottend.

Jackie trok haar la weer open, draaide de dop van drie potjes pillen, haalde uit elk potje een tablet en rangschikte ze vervolgens van groot naar klein op de rug van haar linkerhand.

'Ik weet het niet. Zo goed heb ik haar nooit gekend.'

'Maar je woonde met haar onder een dak. Speel geen spelletjes met me, Camille, daar word ik moe van. Als je vond dat je moeder aardig was, zou je nu niet aan haar beste vriendin hoeven vragen of ze dat was.'

Jackie pakte de pillen een voor een, van de kleinste tot de grootste, drukte ze in een reep en slikte. Haar borst lag vol wikkels, de rode veeg zat nog op haar lip en er kleefde een dikke, zachte laag noga aan haar tanden. Haar voeten waren in mijn handen gaan zweten.

'Het spijt me. Je hebt gelijk,' zei ik. 'Maar denk je ook dat ze… ziek is?'

Jackie hield op met kauwen, legde haar hand op de mijne en ademde zuchtend.

'Laat ik het hardop zeggen, want ik denk het al te lang en gedachten kunnen me ontglippen – ze schieten weg, zie je. Alsof je vissen wilt vangen met je handen.' Ze richtte zich op en kneep in mijn arm. 'Adora verslindt je, en als je dat niet toestaat, maak je het nog erger voor jezelf. Kijk maar naar wat er met Amma gebeurt. Kijk maar naar wat er met Marian is gebeurd.'

Ja. Vlak onder mijn linkerborst tintelde *bundeltje*.

'Dus je denkt…?' spoorde ik haar aan. *Zeg het dan.*

'Ik denk dat ze ziek is, ja, en ik denk dat het besmettelijk is,' fluisterde Jackie. Haar beverige handen lieten het ijs in haar glas tinkelen. 'En ik denk dat het tijd is dat je weggaat, honnepon.'

'Sorry, ik wilde geen misbruik maken van je gastvrijheid.'

'Uit Wind Gap, bedoel ik. Je bent hier niet veilig.'

Nog geen minuut later nam ik afscheid van Jackie, die naar haar grijnzende foto op de schoorsteenmantel staarde.

14

Ik tuimelde bijna van Jackies stoepje, zo wankel stond ik op mijn benen. Achter me hoorde ik haar zoons de strijdkreet van de footballploeg van Calhoon roepen. Ik reed weg, parkeerde om de hoek onder een groep moerbesbomen en legde mijn hoofd op het stuur.

Was mijn moeder echt ziek geweest? En Marian? Amma en ik? Soms denk ik dat ziekte in elke vrouw wacht op het juiste moment om op te bloeien. Ik ken mijn hele leven lang al zo veel vrouwen die 'ziek' zijn. Vrouwen met chronische pijn, die altijd met iets rondlopen. Vrouwen met kwalen. Mannen, oké, die breken eens iets, die hebben pijn in hun rug, ze ondergaan eens een operatie waarbij hun amandelen worden geknipt of ze een glimmende plastic heup krijgen. Vrouwen worden *verteerd*. Niet verwonderlijk, gezien alles wat hun lichaam moet verwerken. Tampons en eendenbekken. Pikken, vingers, vibrators en meer, tussen hun benen, van achteren, in hun mond. Verteerd. Mannen vinden het toch heerlijk om dingen in vrouwen te stoppen? Komkommers, bananen en flessen, een parelsnoer, een viltstift of een vuist. Een vent wilde ooit een telefoonhoorn in me proppen. Ik bedankte voor de eer.

Ziek, zieker, ziekst. Wat was echt en wat was nep? Was Amma echt ziek en had ze de medicijnen van mijn moeder nodig, of maakten de medicijnen Amma ziek? Moest ik braken van Adora's blauwe pil of was ik zonder die pil nog zieker geweest?

Zou Marian ook gestorven zijn als ze een andere moeder dan Adora had gehad?

.

Ik wist dat ik Richard moest bellen, maar ik kon niets bedenken om tegen hem te zeggen. *Ik ben bang. Ik heb alsnog gelijk gekregen. Ik wil dood.* Ik reed terug langs het huis van mijn moeder, sloeg af, richting de varkensfokkerij, en stopte bij Heelah's, dat geruststellende, raamloze blok van een café waar iedereen die de dochter van de baas herkende zo verstandig zou zijn haar met rust te laten.

Het stonk er naar varkensbloed en pis; zelfs de bakjes popcorn op de bar roken naar vlees. Een paar mannen met honkbalpetjes, leren jacks, krulsnorren en kwaaie koppen keken op en richtten hun aandacht weer op hun bier. De barkeeper schonk zwijgend mijn whisky in. Er dreinde een nummer van Carole King uit de boxen. Toen ik aan mijn tweede glas zat, wees de barkeeper over mijn schouder en vroeg: 'Zoek je hem soms?'

John Keene zat in elkaar gedoken boven een glas aan het enige tafeltje in het café aan de splinterige rand van het tafelblad te pulken. Zijn bleke huid was vlekkerig van de drank en ik leidde uit zijn natte lippen en de manier waarop hij met zijn tong klakte af dat hij al een keer had overgegeven. Ik pakte mijn whisky en ging zwijgend tegenover hem zitten. Hij glimlachte naar me en stak zijn hand over het tafelblad naar me uit.

'Ha, Camille. Alles goed? Wat zie je er mooi en schoon uit.' Hij keek om zich heen. 'Het is hier zo... goor.'

'Met mij gaat het wel goed, John. En met jou?'

'O, zeker. Prima. Mijn zusje is vermoord, ik word straks opgepakt en mijn vriendin, die niet van me los te weken was sinds ik in deze rotstad ben komen wonen, begint door te krijgen dat ik de hoofdprijs niet meer ben. Niet dat het me iets kan schelen. Ze is wel leuk, maar…'

'Te voorspelbaar,' vulde ik voor hem aan.

'Ja. Ja. Ik wilde het vóór Natalie al uitmaken, maar nu kan het niet meer.'

Zo'n zet zou door de hele stad onder de loep worden genomen, ook door Richard. *Wat heeft dat te betekenen? Op welke manier bewijst het dat hij schuldig is?*

'Ik ga niet terug naar mijn ouders,' pruttelde John. 'Ik verhang me nog eerder in dat rotbos dan dat ik terugga naar al die spullen van Natalie die me aanstaren.'

'Ik geef je groot gelijk.'

Hij pakte het zoutvaatje en liet het over de tafel draaien.

'Jij bent de enige die het begrijpt, geloof ik,' zei hij. 'Hoe het is om een zusje te verliezen en je er maar overheen te moeten zetten. Gewoon door te gaan. Heb je het al een plékje gegeven?' Het kwam er zo verbitterd uit dat ik niet verbaasd was geweest als zijn tong geel was geworden.

'Je komt er nooit overheen,' zei ik. 'Het vreet aan je. Het heeft me kapotgemaakt.' Het was lekker om het hardop te zeggen.

'Waarom vindt iedereen het zo vreemd dat ik om Natalie wil rouwen?' John gooide het zoutvaatje om, dat op de vloer kletterde. De barkeeper wierp ons een verstoorde blik toe. Ik pakte het op, zette het aan mijn kant van de tafel en gooide voor ons allebei een snuf zout over mijn schouder.

'Ik denk dat de mensen verwachten dat je alles makkelijker over je heen laat komen als je nog jong bent,' zei ik. 'En jij bent een kerel. Kerels hebben geen sentimentele gevoelens.'

Hij snoof. 'Mijn ouders hebben me een boek over rouwverwerking gegeven: *Man in de rouw*. Er stond in dat je soms afstand moet nemen, dat je het gewoon moet ontkennen. Dat verdringing goed kan zijn voor mannen. Ik probeerde dus een uur te doen alsof het me niks kon schelen. En dat lukte heel even. Ik zat bij Meredith op mijn kamer en ik dacht aan… gelul. Ik keek gewoon door het raam naar dat vierkantje blauwe lucht en zei: *stil maar, het komt wel goed*. Alsof ik weer klein was. En toen ik klaar was, wist ik heel zeker dat niets ooit nog goed zou komen. Zelfs als ze de dader te pakken kregen, zou het nog niet goed zijn. Ik weet niet waarom iedereen blijft volhouden dat we ons beter zullen voelen als er iemand is opgepakt. Nu ziet het ernaar uit dat ík die iemand ben die wordt opgepakt.' Hij lachte knorrend en schudde zijn hoofd. 'Het is gewoon krankzinnig, verdomme.' En toen, zonder enige inleiding: 'Wil je nog wat drinken? Wil je nog iets met me drinken?'

Hij was beschonken, hij deinde zwaar heen en weer, maar ik zou nooit een medeslachtoffer de opluchting van een black-out onthouden. Soms is dat de meest logische route. Ik heb altijd geloofd dat de nuchtere, heldere kijk niet voor de weekhartigen is weggelegd. Ik sloeg aan de bar een borrel achterover om John in te halen en kwam terug met twee glazen whisky. Een dubbele voor mezelf.

'Het is net of ze de enige twee meisjes in Wind Gap die een eigen willetje hadden eruit hebben gepikt om te vermoorden,' zei John. Hij nam een slok whisky. 'Zouden jouw zusje en het mijne vriendinnen zijn geweest, denk je?'

Op die denkbeeldige plek waar ze allebei nog leefden, waar Marian nooit ouder was geworden.

'Nee,' zei ik en ik schoot in de lach. Hij lachte mee.

'Dus jouw dode zusje is te goed voor mijn dode zusje?' liet hij zich ontvallen. We lachten allebei weer, versomberden snel en richtten onze aandacht weer op onze glazen. Ik voelde me al wazig.

'Ik heb Natalie niet vermoord,' fluisterde John.

'Weet ik.'

Hij pakte mijn hand, sloeg hem om de zijne.

'Haar nagels waren gelakt. Toen ze haar vonden. Iemand had haar nagels gelakt,' brabbelde hij.

'Misschien had ze het zelf gedaan.'

'Natalie had de pest aan zulke dingen. Je mocht amper een borstel door haar haar halen.'

Het bleef een paar minuten stil. Carol Bayer Sager had de plaats van Carole King ingenomen. Lieflijke vrouwenstemmen in een bar voor slachters.

'Wat ben je mooi,' zei John.

'Jij ook.'

Op de parkeerplaats prutste John met zijn sleutels, die hij meteen aan mij gaf toen ik zei dat hij te dronken was om te rijden. Niet dat ik er veel beter aan toe was. Ik reed wazig naar Merediths huis, maar toen we er bijna waren, schudde hij zijn hoofd en vroeg of ik hem naar een motel buiten de stad wilde brengen. Hetzelfde waar ik op de heenweg had overnacht, een wijkplaats om je voor te bereiden op Wind Gap en de druk.

We reden met de ramen open. De warme avondbries plakte Johns T-shirt aan zijn borst en liet mijn lange mouwen wapperen. Afgezien van zijn dikke bos haar was hij helemaal onbedekt. Zelfs op zijn armen groeide maar een licht donsje. Hij leek bijna naakt, onbeschermd.

Ik betaalde voor de kamer, nummer 9, omdat John geen creditcard had, en ik deed de deur voor hem open, liet hem op het bed zitten en haalde lauw water in een plastic bekertje voor hem. Hij keek naar zijn voeten en wilde niet drinken.

'John, je moet wat water drinken.'

Hij dronk de beker in één teug leeg en liet hem van het bed af rollen. Hij pakte mijn hand. Ik probeerde me los te rukken, wat meer een reflex was dan iets anders, maar hij verstevigde zijn greep.

'Dat zag ik de vorige keer ook,' zei hij terwijl hij met zijn vinger een stukje van de G van *ellendig* natrok die net onder mijn linkermouw uit piepte. Hij hief zijn andere hand en streelde mijn gezicht. 'Mag ik kijken?'

'Nee.' Ik probeerde weer mijn hand los te rukken.

'Laat me nou even kijken, Camille.' Hij bleef me vasthouden.

'Nee, John. Niemand mag het zien.'

'Ik wel.'

Hij rolde mijn mouw op en tuurde door zijn wimpers. Probeerde de lijnen in mijn huid te duiden. Ik weet niet waarom ik hem zijn gang liet gaan. Hij had een lieve, onderzoekende uitdrukking op zijn gezicht. Ik was slap van de dag. En ik was het zo verdomde zat om me te verstoppen. Meer dan tien jaar aan verhulling gewijd, nooit een contact – met een vriendin, een informant, de caissière van de supermarkt – waarbij ik me niet liet afleiden door de vraag welk litteken zichtbaar zou worden. Laat John maar kijken. Laat John alsjeblieft kijken. Ik hoefde me niet te verstoppen voor iemand die zo vurig naar vergetelheid verlangde als hij.

Hij rolde mijn andere mouw op en daar waren mijn armen dan, zo naakt dat ze me de adem bijna benamen.

'Heeft niemand dit ooit gezien?'

Ik schudde mijn hoofd.

'Hoe lang heb je dat gedaan, Camille?'

'Heel lang.'

Hij keek naar mijn armen, stroopte mijn mouwen nog verder op en kuste me midden op *moe*.

'Zo voel ik me,' zei hij. Hij gleed met zijn vingers over de littekens tot ik er kippenvel van kreeg. 'Ik wil alles zien.'

Ik liet zo gedwee als een kind toe dat hij mijn shirt over mijn hoofd trok. Hij trok mijn schoenen en sokken uit en schoof mijn broek naar beneden. Ik huiverde in mijn beha en onderbroek in de kille kamer. De airconditioning blies ijzig over mijn huid. John sloeg het bed open en wenkte me en ik stapte erin, koortsachtig en bevroren tegelijk.

Hij hield mijn armen en benen omhoog en draaide me op mijn rug. Hij las me. Hij zei de woorden hardop, zowel de boze als de onzinnige: *oven, misselijk, kasteel.* Hij deed zijn eigen kleren uit, alsof hij een ongelijkheid bespeurde, gooide ze in een prop op de vloer en las verder. *Broodje, wrokkig, wirwar, borstel.* Hij maakte met een snelle vingerknip het haakje aan de voorkant van mijn beha los en liet de bandjes van mijn schouders glijden. *Bloesem, dosering, fles, zout.* Hij had een stijve. Hij zoog aan mijn tepels, dit was de eerste keer sinds ik serieus was gaan snijden dat ik een man dat liet doen. Veertien jaar.

Zijn handen gleden over mijn hele lichaam en ik liet het toe: over mijn rug, mijn borsten, mijn dijen en mijn schouders. Zijn tong in mijn mond, langs mijn hals naar mijn tepels, tussen mijn dijen en terug naar mijn mond. Ik proefde mezelf op zijn tong. De woorden hielden zich koest. Ik voelde me alsof er een boze geest uit me verdreven was.

Ik leidde hem in me, kwam snel en hevig klaar en toen nog eens. Ik voelde zijn tranen op mijn schouders toen hij in me schokte. We vielen om elkaar heen gedraaid in slaap (hier een uitstekend been, daar een arm onder een hoofd) en een enkel woord zoemde één keer: *omen.* Of het goed of slecht was, wist ik niet. Destijds dacht ik bij voorkeur dat het goed was. Domme meid.

In de vroege ochtend glansden de takken van de bomen als honderden handjes achter het slaapkamerraam. Ik liep naakt naar de wastafel om ons bekertje met water te vullen, want we hadden allebei een kater en nadorst. Het zwakke zonlicht viel op mijn littekens en de woorden flakkerden weer op. Einde remissie. Mijn bovenlip krulde onwillekeurig vol weerzin op toen ik mijn huid zag, en voordat ik weer in bed stapte, sloeg ik een handdoek om me heen.

John nam een slokje water, ondersteunde mijn hoofd om mij iets te laten drinken en dronk toen gulzig de rest op. Hij trok aan de handdoek. Ik hield hem stevig vast, zo ruw als een vaatdoek op mijn borst, en schudde mijn hoofd.

'Wat is er?' fluisterde John in mijn oor.

'Het genadeloze ochtendlicht,' fluisterde ik terug. 'Tijd om afscheid te nemen van de illusie.'

'Welke illusie?'

'Dat alles mag,' zei ik, en ik kuste zijn wang.

'Laten we daar nog even mee wachten,' zei hij en hij nam me in zijn armen. Die magere, onbehaarde armen. Jongensarmen. Dat zei ik tegen mezelf, maar ik voelde me veilig en prettig. Mooi en schoon. Ik hield mijn gezicht bij zijn hals en rook hem: drank en bijtende aftershave, het soort dat ijsblauw uit het flesje komt. Toen ik mijn ogen weer opendeed, zag ik de zwaailichten van een politieauto achter het raam.

Bonk bonk bonk. De deur ratelde alsof hij het elk moment kon begeven.

'Camille Preaker. Hier commissaris Vickery. Doe open als je er bent.'

We pakten onze her en der verspreid liggende kleren. John had de verschrikte ogen van een vogeltje. Het geluid van riemgespen en geritsel van overhemden dat ons buiten zou verraden. Panische, schuldbewuste geluiden. Ik sloeg het bed dicht en haalde mijn vingers door mijn haar en terwijl John schutterig achteloos achter me kwam staan, met zijn vingers in zijn riemlussen gehaakt, deed ik de deur open.

Richard. Goed geperst wit overhemd, kreukloze streepjesdas en een glimlach die hem op de lippen bestierf zodra hij John in het oog kreeg. Vickery, die naast hem stond, wreef over zijn snor alsof er eczeem onder zat. Voordat hij zich omdraaide en Richard recht aankeek, flitsten zijn ogen van mij naar John.

Richard keek me woedend aan zonder iets te zeggen, sloeg zijn armen over elkaar en ademde diep in. Het rook ongetwijfeld naar seks in de kamer.

'Nou, zo te zien ben je ongedeerd,' zei hij met een geforceerde grijns. Ik zag dat die geforceerd was aan de huid boven zijn kraagje, die zo rood was als die van een kwaad tekenfilmfiguurtje. 'Hoe maak je het, John? Alles goed?'

'Ja, dank u,' zei John en hij kwam naast me staan.

'Mejuffrouw Preaker, uw moeder heeft ons een paar uur geleden gebeld omdat u niet thuis was gekomen,' mompelde Vickery. 'Ze zei dat u ziek was, een val had gemaakt of iets dergelijks. Ze was erg ongerust. Erg ongerust. Bovendien kun je niet voorzichtig genoeg zijn, gezien alles wat hier gaande is. Ze zal wel blij zijn te horen dat u… hier bent.'

Er school een vraag in zijn woorden, maar ik was niet van plan er antwoord op te geven. Richard was ik wel een verklaring schuldig, maar Vickery niet.

'Ik kan mijn moeder zelf wel bellen, dank u. Fijn dat u me bent komen zoeken.'

Richard keek naar zijn voeten en beet op zijn lip. Ik had hem nooit eerder verlegen gezien. Mijn maag keerde zich om, vettig en bang. Richard ademde uit met een lange, harde stoot, zette zijn handen in zijn zij en keek van mij naar John. Op wangedrag betrapte jongelui.

'Kom mee, John, we brengen je thuis,' zei Richard.

'Nee, dank u, rechercheur Willis. Camille brengt me wel.'

'Ben je wel meerderjarig, jongen?' vroeg Vickery.

'Hij is achttien,' zei Richard.

'Nou, prima, dan wens ik jullie nog een prettige dag,' zei Vickery. Hij proestte in Richards richting en prevelde: 'Een prettige nacht hebben ze al gehad.'

'Ik bel je nog wel, Richard,' zei ik.

Hij stak zijn hand op, wuifde me weg en liep terug naar de auto.

John en ik reden in stilte naar het huis van zijn ouders, waar hij wilde proberen nog even in de hobbykamer in het souterrain te slapen. Hij neuriede een fragment uit een bebopnummer uit de jaren vijftig en tikte met zijn vingers op de hendel van zijn portier.

'Hoe erg zou het zijn?' vroeg hij uiteindelijk.

'Voor jou niet zo erg, denk ik. Het bewijst dat je een echte Amerikaanse jongen bent met een gezonde belangstelling voor vrouwen en vrijblijvende seks.'

'Dat was niet vrijblijvend. Ik heb helemaal niet het gevoel dat het vrijblijvend was, jij?'

'Nee, dat was het verkeerde woord. Het was het tegendeel,' zei ik. 'Maar ik ben meer dan tien jaar ouder dan jij en ik versla de misdaad die... Het is belangenverstrengeling. Er zijn betere verslaggevers om zoiets ontslagen.' Ik voelde de ochtendzon op mijn gezicht, de kraaienpootjes in mijn ooghoeken, mijn leeftijd die op me drukte. Johns gezicht was ondanks een nacht drinken en bijna niet slapen zo fris als een rozenblaadje.

'Vannacht. Je hebt me gered. Het was mijn redding. Als jij niet bij me was gebleven, had ik iets ergs gedaan. Dat voel ik gewoon, Camille.'

'Jij hebt mij ook een heel veilig gevoel gegeven,' zei ik. Ik meende het, maar de woorden kwamen er uit op de onoprechte, zangerige toon van mijn moeder.

Ik zette John aan het begin van de straat af. Toen hij me wilde zoenen, wendde ik mijn gezicht op het nippertje af, zodat zijn kus op mijn kaak belandde. *Geen mens kan iets bewijzen*, dacht ik op dat moment.

Ik reed terug naar Main Street en parkeerde bij het politiebureau. Er brandde nog een straatlantaarn. 05.47 uur. Er zat niemand achter de balie, dus drukte ik op de nachtbel. De luchtverfrisser vlak bij mijn hoofd siste een citroengeur over mijn schouder. Ik drukte weer op de bel en Richard werd zichtbaar achter het glazen paneel van de zware gangdeur. Hij keek me even aan vanachter het glas en ik verwachtte dat hij me de rug weer zou toekeren, ik wilde het ook bijna, maar toen duwde hij de deur open en liep de hal in.

'Zeg maar waar je wilt beginnen, Camille.' Hij zakte op een stoel met dikke kussens en legde zijn hoofd in zijn handen. Zijn stropdas bungelde tussen zijn benen.

'Het was niet wat het leek, Richard,' zei ik. 'Ik weet dat het afgezaagd klinkt, maar het is waar.' *Ontken ontken ontken.*

'Camille, nog maar achtenveertig uur nadat wij hebben gevrijd, tref ik je in een motelkamer aan met de hoofdverdachte in mijn onderzoek naar de moord op twee kinderen. Als het niet was wat het leek, ziet het er nog slecht uit.'

'Hij heeft het niet gedaan, Richard. Ik weet absoluut zeker dat hij het niet heeft gedaan.'

'O? Hebben jullie dat besproken toen hij met zijn lul in je zat?'

Gelukkig, woede, dacht ik. *Dat kan ik wel aan. Beter dan die verslagenheid met zijn hoofd in zijn handen.*

'Dat is helemaal niet gebeurd, Richard. Ik kwam hem bij Heelah's tegen en hij was stomdronken, en ik was echt bang dat hij zichzelf iets aan zou doen. Ik ben met hem naar het motel gegaan omdat ik op hem wilde passen en hem wilde uithoren. Ik heb hem nodig voor mijn verhaal. En weet je wat ik heb ontdekt?

Jouw onderzoek heeft die jongen kapotgemaakt, Richard. Wat het nog erger maakt, is dat je volgens mij niet eens gelooft dat hij de dader is.'

Alleen de laatste zin was voor honderd procent waar, wat ik pas besefte toen ik de woorden uitsprak. Richard was slim, een uitstekend rechercheur, uiterst ambitieus, dit was zijn eerste grote zaak, de hele stad was in rep en roer, er was nog niemand gearresteerd en hij was de dader nog steeds niet op het spoor. Als hij concrete verdenkingen tegen John had, zou hij hem dagen geleden al hebben aangehouden.

'Camille, wat je zelf ook denkt, jij weet niet alles van dit onderzoek.'

'Richard, dat heb ik ook nooit gedacht, geloof me. Ik heb me de hele tijd alleen maar een ontzettend nutteloze buitenstaander gevoeld. Het is je gelukt me te neuken en toch niets los te laten. Van jou hoef ik niets te verwachten.'

'O, dus daar heb je nog steeds de pest over in? Ik dacht dat je een grote meid was.'

Stilte. Een sissende stoot citroengeur. Ik hoorde Richards grote zilveren horloge zacht tikken.

'Ik zal je bewijzen hoe sportief ik het kan opvatten,' zei ik. Ik draaide weer op de automatische piloot, net als vroeger: ik wilde niets liever dan me aan hem onderwerpen, zorgen dat hij zich beter voelde, dat hij me weer aardig vond. Die nacht had ik me een paar minuten getroost gevoeld, en Richards komst naar het motel had mijn laatste restje kalmte verbrijzeld. Ik wilde het terug.

Ik ging op mijn knieën zitten en trok zijn gulp open. Hij legde zijn hand op mijn achterhoofd, kwam tot zichzelf en pakte me ruw bij mijn schouder.

'Camille, jezus, wat doe je nou?' Hij merkte hoe hard hij me kneep, liet me los en trok me overeind.

'Ik wil alleen dat het weer goed is tussen ons.' Ik speelde met een knoopje van zijn overhemd en weigerde hem aan te kijken.

'Dit is niet de manier, Camille,' zei hij. Hij kuste me bijna kuis op de lippen. 'Dat moet je begrijpen voor we verdergaan. Dat moet je gewoon begrijpen, punt uit.'

Toen verzocht hij me weg te gaan.

Ik joeg een paar onrustige uren de slaap na op de achterbank van mijn auto. Alsof je probeert tussen de wagons van een voorbijrijdende trein door een bord te lezen. Ik werd klam en prikkelbaar wakker, kocht een tandenborstel en tandpasta bij de buurtwinkel, en de sterkst geurende lotion en haarlak die ik kon vinden. Ik poetste mijn tanden aan een wastafel bij de benzinepomp, wreef de lotion in mijn oksels en tussen mijn benen en spoot mijn haar stijf. Het eindresultaat was een seks- en zweetlucht onder een deinende wolk aardbeien en aloë.

Ik kon de gedachte aan mijn moeder thuis niet verdragen en kreeg het krankzinnige idee dat ik in plaats daarvan aan het werk zou kunnen gaan. (Alsof ik dat verhaal nog ging schrijven. Alsof het niet allemaal op het punt stond naar de verdommenis te gaan.) Geri Shilts opmerking over Katie Lacey lag nog vers in mijn geheugen, dus besloot ik haar weer op te zoeken. Ze was hulpmoeder op de basisschool en werkte in zowel Natalies als Anns groep. Mijn eigen moeder was hulpmoeder geweest, een begeerde, elitaire positie die alleen vrouwen zonder baan konden innemen: twee keer per week een lokaal binnenzeilen, helpen bij de teken-, handenarbeid- en muzieklessen en, op donderdag voor de meisjes, het handwerken. In mijn tijd was het althans handwerken geweest. Het zou inmiddels wel iets moderners, sekseneutralers zijn. Computeren of magnetronnen voor beginners.

Katie woonde net als mijn moeder boven op een grote heuvel.

De smalle trap naar het huis liep door het gras en was afgezet met zonnebloemen. Een trompetboom stond rank en elegant als een vinger op de top van de heuvel, als de vrouwelijke tegenpool van de robuuste eik aan de andere kant. Het was nog niet eens tien uur, maar Katie lag al slank en bruin op de bovengalerij te zonnebaden in de bries van een staande ventilator. Zon zonder hitte. Ze hoefde alleen nog maar een manier te bedenken om bruin te worden zonder kanker. Of in elk geval zonder rimpels. Ze zag me de trap op komen, een irritante flikkering op het diepe groen van haar gazon, en hield een hand boven haar ogen om me van twaalf meter hoger te onderscheiden.

'Wie is daar?' riep ze. Haar haar, dat op de middelbare school een natuurlijke goudblonde kleur had gehad, zat nu in een platinablonde paardenstaart boven op haar hoofd.

'Hallo, Katie. Ik ben het, Camille.'

'Ca-mieieiel! O, mijn god, ik kom naar beneden.'

Het was een hartelijker begroeting dan ik had verwacht van Katie, van wie ik niets meer had gehoord na de avond van Angies jankfeestje. Haar rancune kwam en ging altijd als een zuchtje wind.

Ze draafde naar de deur. Haar knalblauwe ogen straalden in haar gebruinde gezicht. Haar armen, kinderlijk bruin en mager, deden me denken aan Franse cigarillo's. Alan had een winter gerookt. Mijn moeder had hem verbannen naar de kelder, die ze voornaam zijn rookkamer doopte. Alan had de cigarillo's snel verruild voor port.

Katie had een knalroze hemdje over haar bikini aangeschoten, zo eentje dat meisjes eind jaren tachtig in South Padre kochten als aandenken aan een wet-T-shirtwedstrijd tijdens de voorjaarsvakantie. Ze sloeg haar met cacaoboter ingesmeerde armen om me heen en loodste me naar binnen. Dit oude huis had ook geen klimaatbeheersingssysteem, net zomin als dat van mijn moeder, legde ze uit, al hadden ze wel een losse airconditioner in de ouderslaapkamer. De kinderen moesten het maar uitzweten, vermoedde ik. Niet dat ze iets tekortkwamen. Een hele vleugel van het huis leek op een overdekte speeltuin, compleet met een geel plastic huis, een glijbaan en een design hobbelpaard. Het zag er allemaal niet uit of er ooit ook maar een beetje mee werd gespeeld. Aan een wand hingen grote letters in verschillende kleuren: MADISON. EMMA. Foto's van lachende blonde meisjes met mopsneuzen en glazige ogen, mooi maar dom. Nooit een close-up van een gezichtje, maar altijd zo genomen dat je kon zien wat ze aanhadden. Een roze tuinbroek met margrieten, een rode jurk met een genopte pofbroek eronder, hoedjes met linten en schoentjes met een bandje. Snoezige kinderen en écht snoezige kleertjes. Ik had zojuist een slagzin bedacht voor de kleine shoppers van Wind Gap.

Katie Brucker-Lacey leek zich niet af te vragen wat ik die vrijdagochtend bij haar thuis kwam doen. Ze praatte over een openhartige autobiografie van een beroemdheid die ze aan het lezen was en vroeg zich af of missverkiezingen voor kinderen voorgoed het stigma van JonBenet zouden houden, het zesjarige schoonheidskoninginnetje dat was vermoord. *Madison wil niets liever dan model worden.* Nou, neem het haar eens kwalijk, ze is toch net zo mooi als haar moeder? *O, Camille, wat lief van je, ik had nooit het gevoel dat je me mooi vond.* Natuurlijk wel, doe niet zo gek. *Wil je iets drinken?* Heel graag. *We hebben geen sterkedrank in huis.* Dat bedoelde ik ook helemaal niet. *IJsthee?* IJsthee, heerlijk, dat hebben we in Chicago niet, je mist die dingen uit je eigen streek echt, je zou eens moeten zien hoe ze de ham daar mishandelen. Fantastisch om weer thuis te zijn.

Katie kwam uit de keuken terug met een kristallen karaf ijsthee. Merkwaardig, want ik had vanuit de woonkamer gezien dat ze een pak van vier liter uit de koelkast pakte. Mijn zelfvoldaanheid werd gevolgd door het besef dat ik zelf ook niet bepaald eerlijk was. Ik had mijn eigen natuurlijke staat zelfs verhuld met de indringende geur van nepplanten. Niet alleen aloë en aardbeien, maar ook de zwakke citroengeur die mijn schouder uitwasemde.

'Heerlijk, die thee, Katie. Ik zweer je dat ik bij elke maaltijd ijsthee zou kunnen drinken.'

'Wat doen ze daarginds met de ham?' Ze trok haar benen onder zich op en leunde naar me toe. Het herinnerde me aan mijn schooltijd, die ernstige blik, alsof ze probeerde de combinatie van een kluis in haar geheugen te prenten.

Ik at geen ham, niet meer sinds ik als kind het familiebedrijf had bezocht. Het was niet eens slachtdag, maar ik had nog nachten wakker gelegen. Honderden varkens die zich niet konden wenden of keren in hun kleine kooien, de weeë geur van bloed en mest die op je keel sloeg. In een flits zag ik Amma gefascineerd naar die kooien kijken.

'Ze gebruiken te weinig bruine suiker.'

'Hm-hm. Nu we het er toch over hebben, kan ik een broodje voor je smeren of zoiets? Ik heb ham uit de fabriek van je moeder, rundvlees van de Deacons en kip van Coveys. En kalkoen van de Weight Watchers.'

Katie was zo iemand die liever de keukenvloer met een tandenborstel boende en het stof met een tandenstoker uit de naden in het parket peuterde dan over iets naars te praten, maar het lukte me toch haar aan de praat te krijgen over Ann en Natalie. Ik beloofde haar dat ze anoniem zou blijven en zette mijn dictafoon aan. Het waren lieve, snoezige, schattige meisjes, de obligate, montere geschiedvervalsing. Toen:

'We hebben wel een keer een incident met Ann gehad op handwerkdag.' Handwerkdag, het bestond dus nog. Wel geruststellend, neem ik aan. 'Ze had Natalie Keene met haar naald in haar wang gestoken. Ik denk dat ze op haar oog mikte, je weet wel, net als Natalie bij dat meisje in Ohio.' *Philadelphia*. 'Ze zaten lief en stil naast elkaar – ze waren geen vriendinnen, ze zaten niet bij elkaar in de klas, maar handwerkdag is voor iedereen. Ann zat in zichzelf te neuriën en ze leek net een moedertje. En toen gebeurde het.'

'Was Natalie ernstig gewond?'

'Hm, viel wel mee. Rae Whitescarver en ik, Rae geeft nu les aan groep vier, vroeger heette ze Rae Little, ze zat een paar klassen lager dan wij… en ze was niet *little*. Toen niet, althans – ze is een paar kilo kwijt. Maar goed, Rae en ik trokken Ann weg en Natalie had die naald in haar wang, een paar centimeter onder haar oog. Ze huilde niet eens of zo. Ze brieste alleen maar als een kwaad paard.'

Ik zag voor me hoe Ann met haar rafelig afgeknipte haar de naald door de stof haalde en aan het verhaal van Natalie en haar schaar dacht, de agressie die haar zo anders maakte. En vóór ze er goed en wel over had nagedacht, de naald in de huid, makkelijker dan je zou denken, met één snelle steek raak je het bot. Natalie met het metalen speertje in haar wang, als een zilveren miniatuurharpoen.

'Ann had geen duidelijke aanleiding?'

'Als ik iets over die twee heb geleerd, is het wel dat ze geen aanleiding nodig hadden om aan te vallen.'

'Werden ze door de andere meisjes gepest? Stonden ze onder druk?'

'Ha ha!' Het was een oprecht verbaasde lach, maar hij klonk onwaarschijnlijk volmaakt: 'Ha ha!' Alsof een kat je aankijkt en echt 'miauw' zegt.

'Nou, ik zal niet zeggen dat ze zich op school verheugden,' zei Katie, 'maar dat kun je beter aan je zusje vragen.'

'Ik weet dat je hebt gezegd dat ze door Amma werden gepest…'

'God sta ons bij als die naar de bovenbouw gaat.'

Ik wachtte zwijgend tot Katie Brucker-Lacey op dreef kwam en over mijn zusje begon te vertellen. Niets goeds, vermoedde ik. Geen wonder dat ze zo blij was me te zien.

'Weet je nog hoe wij Calhoon aanvoerden? Wat wij cool vonden, werd cool, als wij iemand niet aardig vonden, kreeg iedereen een hekel aan zo iemand?' Ze klonk dromerig, alsof ze aan een land vol roomijs en knuffelkonijnen dacht. Ik knikte. Ik herinnerde me een uitgesproken gemeen gebaar van mijn kant: een overdreven ernstig meisje, LeeAnn, een overgebleven vriendinnetje van de lagere school, had zich iets te bezorgd getoond om mijn geestestoestand en geopperd dat ik depressief zou kunnen zijn. Op een dag toen ze voor school naar me toe kwam rennen om met me te praten, gaf ik haar nadrukkelijk een kat. Ik zie haar nog voor me: haar boeken onder haar arm, die domme rok van bedrukte katoen, haar hoofd altijd licht gebogen als ze me aansprak. Ik keerde haar de rug toe, sloot de kring van mijn vriendinnen en zei iets lelijks over haar ouderwetse kerkkleren. De meiden gingen erin mee. De rest van de week werd ze venijnig bespot. De laatste twee jaar op de middelbare school zat ze in de middagpauze bij de docenten. Ik had er met één woord een eind aan kunnen maken, maar ik deed het niet. Ze moest uit mijn buurt blijven.

'Je zusje is drie keer zo erg als wij vroeger. En ze is verschrikkelijk vals.'

'Hoezo, vals?'

Katie haalde een pakje sigaretten uit de la van de bijzettafel en stak er een op met een haardlucifer. Nog steeds een stiekeme roker.

'O, zij en die andere drie, die blondjes die al tieten hebben, zij regeren de school en Amma regeert hen. Het is echt erg. Soms grappig, maar meestal erg. Ze laten hun lunch elke dag door een dik meisje halen en voordat ze weg mag, moet ze iets zonder handen eten, ze moet gewoon met haar kop boven het bord hangen.' Ze trok haar neus op, maar leek er verder niet mee te zitten. 'Ze hebben een ander meisje klemgezet en haar gedwongen haar topje voor de jongens op te tillen. Omdat ze plat was. Ze lieten haar schunnige dingen zeggen terwijl ze het deed. Het gerucht gaat dat ze een vriendin van vroeger, Ronna Deel, met wie ze ruzie hadden gekregen, hebben meegenomen naar een feest, haar dronken hebben gevoerd en… min of meer als cadeautje aan een paar oudere jongens hebben gegeven. Zij hielden de wacht achter de deur tot ze met haar klaar waren.'

'Ze zijn amper dértien,' zei ik. Ik dacht aan wat ik op die leeftijd deed en besefte voor het eerst hoe walgelijk jong het was.

'Het zijn vroegrijpe meisjes. Wij deden ook best ruige dingen toen we niet veel ouder waren.' Katies stem werd heser van het roken. Ze blies een wolk naar het plafond en keek hoe hij boven ons zweefde.

'Zo wreed zijn we nooit geweest.'

'We kwamen er verdomd dicht bij in de buurt, Camille.' *Jullie wel, ik niet.* We keken elkaar aan terwijl we in gedachten de balans van onze machtsspelletjes opmaakten.

'Maar goed, Amma zat Ann en Natalie flink dwars,' zei Katie. 'Lief van je moeder dat ze zich zo om die meisjes bekommerde.'

'Ik weet dat mijn moeder Ann bijles gaf.'

'O, ze hielp ze tijdens de hulpuren, ze nodigde ze thuis uit en gaf ze na school te eten. Soms kwam ze zelfs in de pauze en dan zag je haar vanachter het hek van de speelplaats naar ze kijken.'

Een flits: mijn moeder, met haar vingers om het gaas gekneld, die belust naar het plein kijkt. Een flits: mijn moeder in het wit, lichtend wit, die met haar ene arm Natalie vasthoudt en een vinger voor haar mond houdt om James Capisi tot zwijgen te manen.

'Zijn we klaar?' vroeg Katie. 'Ik ben het een beetje beu om hier-over te praten.' Ze zette de dictafoon uit.

'Ik heb het gehoord, van jou en die lekkere politieman,' zei Ka-tie met een glimlach. Een sliertje haar raakte los uit haar staart en ik zag voor me hoe ze met haar hoofd over haar voeten gebogen haar teennagels lakte en me vroeg hoe het zat tussen mij en een basketballer die ze zelf had willen hebben. Ik probeerde niet in elkaar te krimpen toen ze over Richard begon.

'O, geruchten, geruchten.' Ik glimlachte. 'Vrijgezelle jongen, vrijgezelle meid… Zo boeiend is mijn leven bij lange na niet.'

'Daar zou John Keene anders over kunnen denken.' Ze plukte nog een sigaret uit het pakje, stak hem op, inhaleerde en blies de rook uit terwijl ze me fixeerde met die porseleinblauwe ogen van haar. Nu glimlachte ze niet. Ik wist dat ik twee dingen kon doen. Ik kon haar een beetje voeren, haar blij maken. Als het verhaal Katie om tien uur al had bereikt, zou de rest van Wind Gap het om twaalf uur weten. Ik kon ook ontkennen, haar woede riske-ren en haar medewerking verliezen. Ik had mijn interview al en het kon me niet schelen of ik bij haar in de gratie bleef.

'Aha. Nog meer geruchten. De mensen hier zouden eens een leukere hobby moeten zoeken.'

'O? Ik vond het net iets voor jou. Jij was altijd in voor een ver-zetje.'

Ik stond op, meer dan klaar om te vertrekken. Katie liep met me mee naar buiten, kauwend op haar wang.

'Bedankt voor je tijd, Katie. Fijn je gezien te hebben.'

'Insgelijks, Camille. Nog veel plezier hier.' Ik liep de treden al af toen ze me nariep.

'Camille?' Ik keek om en zag Katie met haar linkervoet naar binnen gedraaid staan, als een klein meisje, een houding die ze zelfs op de middelbare school nog had aangenomen. 'Goede raad van een vriendin: ga naar huis en neem een douche. Je stinkt.'

Ik ging inderdaad naar huis. De beelden van mijn moeder trokken haperend aan mijn geestesoog voorbij, allemaal even ominees. *Omen.* Het woord roffelde weer op mijn huid. Een flits: Joya, dun, met woest haar en lange nagels die het vel van mijn moeder af trekt. Flits: mijn moeder met haar pillen en drankjes die door mijn haar gaat. Flits: Marian, nu een skelet in een kist, een witsatijnen lint om dorre blonde krullen, als een droogboeket. Mijn moeder die die agressieve meisjes verzorgt. Of daar een poging toe doet. Natalie en Ann zouden het niet over zich heen hebben laten komen. Adora had de pest aan meisjes die zich niet overgaven aan haar speciale soort moederlijkheid. Had ze Natalies nagels gelakt vóór ze haar wurgde of erna?

Je moet wel gestoord zijn om zulke dingen te denken. Je moet wel gestoord zijn om ze niet te denken.

15

Op de veranda stonden drie roze fietsjes, getooid met witte rie-
ten manden en linten aan de handvatten. Ik gluurde in een van
de manden en zag een bovenmaatse stift lipgloss en een joint in
een boterhamzakje.

Ik glipte door een zijdeur naar binnen en sloop de trap op. De
meisjes in Amma's kamer giechelden luidruchtig, met lange, opgewonden uithalen. Ik ging zonder kloppen naar binnen. Onbe-
schoft, maar het idee van dat stiekeme geschuifel, die haast om
onschuldig over te komen op een volwassene, stond me tegen.
De drie blondjes stonden in een kring om Amma heen, met blote, geschoren spillebenen onder korte shorts en minirokjes.
Amma, die haar haar hoog had opgestoken en met een grote
blauwe strik had vastgemaakt, zat op de vloer aan haar poppenhuis te prutsen. Naast haar lag een tube secondelijm. De meisjes
giechelden weer overdreven toen ik hallo zei en lachten hun tanden bloot, als geschrokken vogels.

'Ha, Mille,' zei Amma, die niet langer in het verband zat, maar
een gekwelde, koortsachtige indruk maakte. 'We zijn net met de

poppen aan het spelen. Heb ik niet het mooiste poppenhuis van de wereld?' Haar mierzoete stem was afgekeken van een kind in een comedyserie uit de jaren vijftig. Ik kon deze Amma moeilijk rijmen met de Amma die me nog maar twee avonden geleden drugs had gegeven. Mijn zusje, dat kennelijk haar vriendinnen door oudere jongens liet pakken, gewoon voor de lol.

'Ja, Camille, vind je Amma's poppenhuis niet schitterend?' beaamde het brutale blondje met hese stem. Jodes was de enige die niet naar me keek. Ze staarde naar het interieur van het poppenhuis alsof ze zichzelf erin kon toveren.

'Voel je je al wat beter, Amma?'

'O, ja, zusterlief,' hinnikte ze. 'Ik hoop dat jij je ook goed voelt.'

De meisjes giechelden weer alsof er een huivering door hen heen trok. Ik deed de deur dicht, geërgerd door het spelletje dat ik niet begreep. 'Misschien moet je Jodes meenemen,' riep iemand vanachter de dichte deur. Jodes zou het niet lang meer volhouden in de groep.

Ik liet ondanks de hitte een warm bad vollopen (zelfs het porselein van de kuip was rozig), stapte er naakt in en keek met mijn kin op mijn knieën naar het langzaam om me heen kronkelende water. De badkamer rook naar frisse zeep en de zoete geur van de vrouwelijke sekse. Ik was beurs, helemaal afgeragd, en het voelde lekker. Ik deed mijn ogen dicht, zakte onderuit en liet het water in mijn oren lopen. Alleen. Jammer dat ik dat niet in mijn huid had gekerfd, bedacht ik, plotseling verbaasd dat het woord mijn lichaam niet sierde. Het kale cirkeltje hoofdhuid dat ik aan Adora te danken had kreeg kippenvel, alsof het zich voor de taak aanbood. Mijn gezicht werd ook koel en toen ik mijn ogen opendeed, zag ik mijn moeder over de ovale badkuip leunen, met haar lange blonde haar om haar gezicht.

Ik schoot overeind en sloeg mijn handen voor mijn borsten, waarbij ik water over haar roze geblokte zomerjurk spatte.

'Lieverd, waar zat je toch? Ik was hysterisch. Ik was je het liefst zelf gaan zoeken, maar Amma had een slechte nacht.'

'Wat was er dan met Amma?'

'Waar was je vannacht?'

'Mama, wat was er met Amma?'

Ze stak haar hand uit naar mijn gezicht en ik kromp in elkaar. Ze fronste haar voorhoofd, stak haar hand weer uit, gaf een klopje op mijn wang en streek mijn natte haar uit mijn gezicht. Toen ze haar hand terugtrok, keek ze verbijsterd naar het vocht, alsof ze haar huid had geruïneerd.

'Ik moest voor haar zorgen,' zei ze simpelweg. Ik kreeg kippenvel op mijn armen. 'Heb je het koud, liefje? Je hebt harde tepels.'

Ze had een glas blauwige melk in haar hand dat ze me zwijgend aanreikte. *Of ik word er ziek van en dan weet ik dat ik niet gek ben, of ik word er niet ziek van en dan weet ik dat ik een verachtelijk wezen ben.* Ik dronk de melk op terwijl mijn moeder neuriede en zo enthousiast langs haar onderlip likte dat het bijna obsceen werd.

'Toen je klein was, was je nooit gehoorzaam,' zei ze. 'Je was altijd zo koppig. Misschien is je geest iets meer gebroken. Op een goede manier. Een noodzakelijke manier.'

Ze ging weg en ik wachtte nog ongeveer een uur in de badkuip op gerommel in mijn maag, duizeligheid of koorts. Ik zat net zo stil als in het vliegtuig, als ik bang ben dat één onbesuisde beweging ons in een staartspin kan brengen. Er gebeurde niets. Toen ik mijn kamerdeur opendeed, zag ik Amma in mijn bed liggen.

'Wat ben jij walgelijk,' zei ze met haar armen loom over haar borst gekruist. 'Ongelooflijk, dat jij met een kindermoordenaar hebt geneukt. Je bent net zo erg als ze zei.'

'Niet naar mama luisteren, Amma. Ze is niet betrouwbaar. En je moet…' *Wat? Geen medicijnen van haar aannemen? Als je het denkt, moet je het ook zeggen, Camille.* 'Keer je niet tegen me, Amma. We kwetsen elkaar verschrikkelijk snel in dit gezin.'

'Vertel eens over zijn pik, Camille. Had hij een mooie?' Het was dezelfde mierzoete nepstem die ze eerder tegen me had gebruikt, maar ze was wel degelijk geïnteresseerd: ze kronkelde onder mijn lakens, haar ogen stonden een beetje verwilderd en ze was rood aangelopen.

'Amma, ik wil dit niet met jou bespreken.'

'Een paar avonden geleden was je niet zo volwassen, zusje. Zijn we geen vriendinnen meer?'

'Amma, ik moet even rusten.'

'Zware nacht gehad, zeker? Nou, wacht maar af, het wordt allemaal nog veel erger.' Ze gaf me een zoen op mijn wang, gleed uit bed en kloste de gang in op haar grote plastic sandalen.

Twintig minuten later begon het overgeven, verkrampte, zweterige stuipen waarbij ik me voorstelde dat mijn maag zich samentrok en uit elkaar sprong, als een hartinfarct. Tussen het braken door zat ik met alleen een slecht passend T-shirtje aan tegen de muur geleund op de vloer naast de wc-pot. Buiten hoorde ik gaaien kwetteren. Binnen riep mijn moeder Gayla. Een uur later kotste ik nog steeds, vaalgroene, weerzinwekkende gal die als stroop uit me kwam, traag en draderig.

Ik kleedde me aan en poetste voorzichtig mijn tanden; als ik de borstel te ver in mijn mond stak, moest ik weer kokhalzen.

Alan zat op de veranda aan de voorkant van het huis een groot, in leer gebonden boek met de titel *Paarden* te lezen. Op de armleuning van zijn schommelstoel balanceerde een oranje schaal van bobbelig kermisglas met een klodder groene pudding erin. Hij had een blauw seersucker pak aan en een strohoed op zijn hoofd. Hij was zo sereen als een vijver.

'Weet je moeder dat je weggaat?'

'Ik ben zo terug.'

'Je gedraagt je nu veel beter, Camille, en daar ben ik je dankbaar voor. Je moeder is opgeknapt en zelfs haar omgang met… Amma verloopt soepeler.' Hij leek altijd een pauze in te lassen voordat hij de naam van zijn eigen dochter noemde, alsof die een ietwat schunnige bijbetekenis had.

'Fijn, Alan.'

'Ik hoop dat jij nu ook lekkerder in je vel zit, Camille. Dat is heel belangrijk, van jezelf houden. Een goede instelling werkt net zo aanstekelijk als een slechte.'

'Veel plezier met je paarden.'

'Dat heb ik altijd.'

De rit naar Woodberry werd onderbroken door snelle zwenkingen naar de stoeprand, waar ik meer gal en wat bloed ophoestte. Tot drie keer toe, en één keer braakte ik langs de zijkant van de auto omdat ik het portier niet snel genoeg open kreeg. Ik gebruikte mijn beker oude, lauwe aardbeienlimonade met wodka om het schoon te maken.

Het St.-Joseph Ziekenhuis in Woodberry was een immens blok goudkleurige steen met een rasterwerk van ramen met amberkleurige zonneschermen erin. Marian had het 'de wafel' genoemd. Het was er meestal niet druk: als je meer naar het westen woonde, ging je voor je gezondheid naar Branson; meer naar het noorden ging je naar St. Louis. Naar Woodberry ging je alleen als je in de hak van Missouri opgesloten zat.

Een grote vrouw met een komisch ronde boezem zond vanachter de informatiebalie niet-storensignalen uit. Ik wachtte. Ze deed alsof ze geconcentreerd las. Ik ging iets dichterbij staan. Ze las door, de regels van haar tijdschriftartikel met haar wijsvinger volgend.

'Pardon,' zei ik met een mengeling van wrevel en bazigheid in mijn stem die zelfs mij tegenstond.

Ze had een snor en gele vingertoppen van het roken, wat paste bij de bruine hoektanden die onder haar bovenlip vandaan piepten. *Het gezicht dat je de wereld schenkt, zegt de wereld hoe ze je moet behandelen,* zei mijn moeder altijd als ik me tegen haar getuttel verzette. Deze vrouw kon niet goed behandeld worden.

'Ik wil wat medische dossiers inzien.'

'Dien dan een verzoek in bij uw huisarts.'

'De gegevens van mijn zus.'

'Laat uw zus dan een verzoek indienen bij de huisarts.' Ze sloeg de bladzij van haar tijdschrift om.

'Mijn zus is dood.' Er waren subtielere manieren om het te zeggen, maar ik wilde haar bij de les hebben. Desondanks was haar aandacht onwillig.

'Aha. Het spijt me voor u. Is ze hier overleden?' Ik knikte.

'Ze is in de ambulance hierheen gestorven. Ze is hier vaak op de spoedeisende hulp geweest en haar arts had hier zijn praktijk.'

'Wat is de datum van overlijden?'

'1 mei 1988.'

'God, dat is lang geleden. Ik hoop dat u geduld hebt.'

Vier uur later, na twee krijswedstrijden met ongeïnteresseerde verpleegsters, een radeloze flirt met een bleke archiefmedewerker met dons op zijn bovenlip en drie uitstapjes naar de wc om over te geven, werden Marians dossiers op mijn schoot gegooid.

Er was een map voor elk jaar van haar leven, en ze werden steeds dikker. De helft van de krabbels van de artsen begreep ik niet. Ze gingen vaak over onderzoeken die waren verordonneerd en uitgevoerd, altijd zonder resultaat. Hart- en hersenscans. Een procedure waarbij een camera via Marians keel werd neergelaten om haar met lichtgevende verf gevulde maag te inspecteren. Hart-apneubewaking. Mogelijke diagnoses: diabetes, hartruis, brandend maagzuur, leveraandoening, hoge bloeddruk, depressie, de ziekte van Crohn, lupus. Toen vond ik een vrouwelijk roze velletje gelinieerd postpapier. Vastgeniet aan een verslag van Marians ziekenhuisverblijf van een week voor de maagonderzoeken. Keurig, rond schuinschrift, maar boos: de pen had elk woord diep in het papier gedreven.

Er stond:

Ik ben een verpleegkundige die Marian Crellin deze week heeft verzorgd toen ze hier was opgenomen voor onderzoeken, en ik heb haar ook tijdens eerdere opnamen verpleegd. Ik ben er sterk van overtuigd ['sterk' was dubbel onderstreept] *dat dit kind helemaal niet ziek is. Ik denk dat dit kind kerngezond zou zijn als haar moeder er niet was. Het kind vertoont symptomen van ziekte nadat ze met de moeder alleen is geweest, ook op dagen dat ze zich goed voelde tot haar moeder kwam. Moeder toont geen belangstelling voor Marian wanneer ze zich goed voelt, maar lijkt haar dan zelfs te willen straffen. Moeder houdt het kind alleen vast als ze ziek is of huilt. Ik beveel, samen met een aantal andere verpleegkundigen die mijn verklaring om politieke redenen niet willen ondertekenen, ten sterkste aan dit kind, evenals haar zusje, ter nadere observatie uit huis te plaatsen.*
Beverly van Lumm

Terechte verontwaardiging. Hadden maar meer mensen zich zo druk om ons gemaakt. Ik stelde me Beverly van Lumm voor, struis, met strakke lippen en een kordate knot op haar hoofd, terwijl ze die brief in de aangrenzende kamer schreef nadat ze was gedwongen Marian slap in de armen van mijn moeder achter te laten, waarna het nog maar een kwestie van tijd was tot Adora weer om aandacht van de verpleging schreeuwde.

Binnen een uur had ik haar opgespoord op de kinderafdeling,

die eigenlijk niet meer was dan een zaaltje met vier bedden waarvan er maar twee bezet waren. Een meisje lag zoet te lezen en het jongetje naast haar sliep rechtop met zijn nek in een metalen steun die recht in zijn wervelkolom geschroefd leek te zijn.

Beverly van Lumm zag er heel anders uit dan ik had gedacht. Ze was ergens achter in de vijftig, piepklein, met kortgeknipt zilvergrijs haar. Ze droeg een gebloemde verpleegstersbroek met een knalblauw hes erop en ze had een pen achter haar oor gestoken. Toen ik me voorstelde, leek ze onmiddellijk te weten wie ik was en het scheen haar niet te verbazen dat ik me eindelijk kwam melden.

'Wat fijn je weer te zien na al die jaren, al is het onder akelige omstandigheden,' zei ze met een warme, diepe stem. 'Soms dagdroom ik dat Marian hier zelf binnenkomt, volwassen, misschien met een of twee kinderen. Dagdromen kunnen gevaarlijk zijn.'

'Ik ben hier omdat ik uw brief heb gelezen.'

Ze snoof en duwde de dop op haar pen.

'Alsof ik daar iets mee heb bereikt. Als ik niet zo jong en nerveus was geweest en als ik niet zo veel ontzag voor de fantastische héren doktóren hier had gehad, had ik wel meer gedaan dan een briefje schrijven. Destijds was het natuurlijk nog vrijwel ongehoord om een moeder van zoiets te beschuldigen. Zulke dingen wilde je niet geloven. Het was iets uit de gebroeders Grimm, MBPS.'

'MBPS?'

'Münchausen-by-proxysyndroom. De verzorgende, doorgaans de moeder, in achtennegentig procent van de gevallen de moeder, maakt haar kind ziek om zelf aandacht te krijgen. Als je Münchausen hebt, maak je jezelf ziek om aandacht te krijgen. Als je MBPS hebt, maak je je kind ziek om te laten zien wat een lieve troetelmammie je bent. Begrijp je nu waarom ik het met de gebroeders Grimm vergelijk? Het is iets voor een boze fee. Het verbaast me dat je er nooit van hebt gehoord.'

'Het komt me bekend voor,' zei ik.

'De ziekte begint bekendheid te krijgen. Populair te worden. De mensen houden van nieuwe, enge dingen. Ik herinner me de anorexiarage uit de jaren tachtig nog. Hoe meer tv-films erover werden gemaakt, hoe meer meisjes zichzelf uithongerden. Met jou leek het trouwens altijd goed te gaan. Gelukkig.'

'Ja, met mij gaat het wel redelijk. Maar ik heb nog een zusje, dat na Marian is geboren, en ik maak me zorgen om haar.'

'Gelijk heb je. Als je een MBPS-moeder hebt, kun je maar beter niet het lievelingetje zijn. Je hebt geboft dat je moeder niet meer belangstelling voor je had.'

Een man in knalgroene operatiekleding zoefde in een rolstoel door de gang, gevolgd door twee dikke, lachende kerels in hetzelfde tenue.

'Studenten medicijnen,' zei Beverly en ze wendde de blik hemelwaarts.

'Heeft ooit een arts iets met uw aanbeveling gedaan?'

'Ik noemde het een aanbeveling, zij zagen het als kleinzielig gedrag van een kinderloze, afgunstige verpleegster. Andere tijden, zoals ik al zei. Verpleegkundigen krijgen nu íétsje meer respect. En eerlijk gezegd heb ik er ook niet achteraan gezeten, Camille. Ik was net gescheiden, ik mocht mijn baan niet kwijtraken en als puntje bij paaltje kwam, wilde ik het liefst van iemand horen dat ik me vergiste. Je wilt geloven dat je je vergist. Na Marians dood heb ik drie dagen achter elkaar gedronken. Ze was al begraven toen ik er weer voorzichtig over begon. Ik vroeg het hoofd van de kinderafdeling of hij mijn briefje had gezien en kreeg te horen dat ik maar een week vrij moest nemen. Ik was zo'n hysterisch vrouwmens.'

Opeens prikten er tranen in mijn ogen, en ze pakte mijn hand.

'Het spijt me, Camille.'

'God, wat ben ik woest.' De tranen rolden over mijn wangen en ik veegde ze met de rug van mijn hand weg tot Beverly me een pakje papieren zakdoekjes gaf. 'Dat het heeft kunnen gebeuren. Dat ik er zo lang over heb gedaan om erachter te komen.'

'Ja, schat, maar het is wel je moeder. Ik kan me niet voorstellen hoe het voor jou moet zijn om dat te aanvaarden. Het ziet er nu tenminste naar uit dat ze de straf krijgt die ze verdient. Hoe lang werkt die rechercheur al aan de zaak?'

'Rechercheur?'

'Willis, toch? Knappe jongen, pienter. Hij heeft elke bladzij uit Marians dossiers gekopieerd en me aan de tand gevoeld tot mijn vullingen er pijn van deden. Hij had me niet verteld dat er nog een meisje bij betrokken was, maar hij zei wel dat jij het goed maakte. Volgens mij is hij verliefd op je, want hij werd helemaal nerveus en verlegen toen hij over je praatte.'

Ik hield op met huilen, maakte een prop van de tissues en gooide die in de prullenbak naast het lezende meisje. Ze keek er nieuwsgierig naar, alsof de post net was gekomen. Ik bedankte Beverly en liep weg, uitgelaten en vol behoefte aan blauwe lucht.

Beverly haalde me bij de lift in en nam mijn beide handen in de hare. 'Haal je zusje daar weg, Camille. Ze is daar niet veilig.'

Aan afslag 5 tussen Woodberry en Wind Gap zat een motorrijderscafé waar je sixpacks voor onderweg kon kopen zonder legitimatie. Ik was er vaak geweest toen ik nog op school zat. Naast het dartboard hing een munttelefoon. Ik zocht een handvol kwartjes bij elkaar en belde Curry. Eileen nam op, zoals gewoonlijk, met haar zachte, rotsvaste stem. Voordat ik meer dan mijn naam had kunnen zeggen, snikte ik al.

'Camille, lieverd, wat is er? Gaat het wel? Nee, natuurlijk niet. O, wat erg voor je. Na je laatste telefoontje heb ik tegen Frank gezegd dat hij je daar weg moest halen. Wat is er?'

Ik snikte door en wist niet eens iets te zeggen. Een pijl sloeg met een doffe bons op het dartboard.

'Je bent toch niet... Je bezeert jezelf toch niet weer? Camille, lieverd, je maakt me bang.'

'Mijn moeder...' zei ik, en toen stortte ik weer in. Mijn schouders schokten zo van de snikken die van diep uit mijn maag opkwamen dat ik bijna dubbelklapte.

'Je moeder? Is alles goed met haar?'

'Nééé.' Een langgerekt gejammer, als van een kind. Een hand voor de hoorn. Ik hoorde Eileen gedempt Franks naam noemen, de woorden *iets gebeurd... vreselijk*, waarna het een paar seconden stil bleef. Toen hoorde ik glas breken. Curry was te snel van tafel opgestaan en had zijn glas whisky omgestoten. Ik sloeg er maar een slag naar.

'Camille, vertel, wat is er?' Curry's barse stem maakte me aan het schrikken, alsof hij me bij beide armen had gepakt en me door elkaar rammelde.

'Ik weet wie het heeft gedaan, Curry,' fluisterde ik. 'Ik weet het.'

'Nou, daar hoef je toch niet om te huilen, groentje? Heeft de politie de dader al aangehouden?'

'Nog niet. Ik weet wie het is.' *Tak* op het dartboard.

'Wie dan? Camille, vertel.'

Ik hield de hoorn dicht bij mijn mond en fluisterde: 'Mijn moeder.'

'Wie? Camille, zo kan ik je niet verstaan. Zit je in een café?'

'Mijn moeder heeft het gedaan,' piepte ik in de telefoon. De woorden spatten uit me.

De stilte duurde te lang. 'Camille, je staat onder zware druk en het was heel stom van me om je daarheen te sturen zo kort na... Goed, ik wil dat je op het eerste het beste vliegtuig terug naar Chicago stapt. Niet eerst je kleren halen, laat je auto maar staan en kom naar huis. De rest regelen we later wel. Zet je ticket op je creditcard, ik betaal het je terug zodra je weer thuis bent. Als je nu maar meteen terug naar huis komt.'

Huis, huis, huis. Alsof hij me wilde hypnotiseren.

'Ik zal nooit ergens thuis zijn,' kermde ik en ik barstte weer in snikken uit. 'Ik moet dit afhandelen, Curry.' Ik hing op terwijl hij het me verbood.

Ik vond Richard bij Gritty's, waar hij aan een late avondmaaltijd zat. Hij bekeek knipsels uit een krant uit Philadelphia over Natalies aanval met de schaar. Hij knikte verbolgen naar me toen ik tegenover hem ging zitten, keek naar zijn vette kaasgrutten en staarde weer naar mijn gezwollen gezicht.

'Gaat het wel?'

'Ik denk dat mijn moeder Marian heeft vermoord en ik denk dat ze Ann en Natalie ook heeft vermoord. En ik weet dat jij dat ook denkt. Ik kom net terug uit Woodberry, klootzak.'

Ergens tussen afslag 5 en 2 was mijn verdriet in verontwaardiging omgeslagen. 'Ik vind het ongelooflijk dat je al die tijd dat je met me omging alleen maar probeerde informatie over mijn moeder uit me te krijgen. Wat ben jij voor gestoorde eikel?' Ik beefde en de woorden kwamen hortend uit mijn mond.

Richard haalde een briefje van tien uit zijn portefeuille, legde het onder zijn bord, liep naar mijn kant van de tafel en pakte mijn arm. 'Kom mee naar buiten, Camille. Dit kan hier niet.' Hij leidde me door de deur naar de passagierskant van zijn auto, met zijn arm nog op de mijne, en hielp me instappen.

Hij reed zwijgend naar het klif. Telkens als ik iets wilde zeggen, stak hij zijn hand op. Uiteindelijk wendde ik me van hem af en keek met mijn lichaam naar het raam gekeerd hoe het bos in een blauwgroen waas voorbijzoefde.

We parkeerden op de plek waar we weken eerder over de rivier hadden uitgekeken. Hij kolkte onder ons in het donker. De stroming ving het maanlicht in vlekken. Alsof je een tor door de herfstbladeren ziet krabbelen.

'Nu is het mijn beurt om iets afgezaagds te zeggen,' zei Richard met zijn gezicht van me afgewend. 'Ja, eerst had ik belangstelling voor je omdat ik belangstelling had voor je moeder, maar ik ben echt voor je gevallen. Voor zover je kunt vallen voor iemand die zo gesloten is als jij. Nu begrijp ik natuurlijk waarom. Ik had je eerst officieel willen ondervragen, maar ik wist niet hoe dik Adora en jij met elkaar waren, ik wilde niet dat jij haar zou waarschuwen. En ik wist het niet zeker, Camille. Ik wilde haar nog een tijdje rustig observeren. Het was maar een gevoel. Niet meer dan een gevoel. Roddels her en der over jou, over Marian, over Amma en je moeder. Maar het is waar dat vrouwen niet in het profiel voor zoiets passen. Seriële kindermoord. Toen bekeek ik het vanuit een andere hoek.'

'Hoe dan?' Mijn stem was zo dof als oud ijzer.

'Het kwam door die jongen, James Capisi. Ik moest telkens weer aan hem denken, dat verhaal over die boze heks van een vrouw.' Een echo van Beverly, de gebroeders Grimm. 'Ik geloof nog steeds niet dat hij je moeder echt heeft gezien, maar ik denk dat hij zich iets herinnerde, een gevoel of een onbewuste angst die hij op die manier vormgaf. Ik begon te denken: wat voor vrouw vermoordt meisjes en steelt hun gebit? Een vrouw die de ultieme macht wil hebben. Een vrouw met een verwrongen moederinstinct. Ann en Natalie waren allebei… verzorgd voordat ze werden vermoord. Beide ouderparen hebben bijzonderheden opgemerkt. Natalies nagels waren knalroze gelakt. Anns benen waren geschoren. Ze hebben allebei op een gegeven moment lippenstift opgehad.'

'Hoe zit het dan met hun gebit?'

'Is een glimlach niet het sterkste wapen van een meisje?' zei Richard, die me nu eindelijk zijn gezicht toekeerde. 'En in het geval van die twee meisjes was het letterlijk een wapen. Jouw verhaal over het bijten gaf de doorslag. De moordenaar was een vrouw met een afkeer van kracht bij meisjes, die dat vulgair vond. Ze probeerde over de meisjes te moederen, ze te overheersen, ze in haar ideaalbeeld te laten passen. Toen ze dat afwezen, zich ertegen verzetten, werd ze woest. De meisjes moesten dood. Wurgen is het toonbeeld van overheersing. Vertraagde moord. Toen ik dat profiel had geschreven en mijn ogen dichtdeed, zag ik het gezicht van je moeder voor me. De plotselinge agressie, haar hechte band met de dode meisjes… Ze heeft voor geen van beide avonden een alibi. Daar komt Beverly van Lumms gevoel over Marian nog bij, al zullen we Marian toch moeten opgraven om te zien of we concreter bewijs kunnen vinden. Sporen van vergiftiging of zo.'

'Laat haar met rust.'

'Dat kan niet, Camille. Je weet dat het moet. We zullen haar met veel respect behandelen.' Hij legde zijn hand op mijn dij. Niet op mijn hand of op mijn schouder, maar op mijn bovenbeen.

'Heb je John wel ooit echt verdacht?' Weg was de hand.

'Zijn naam zweefde altijd rond. Het was een soort obsessie voor Vickery. Als Natalie gewelddadig was, kon John dat ook zijn, redeneerde hij. Daar kwam nog bij dat hij van buiten de stad kwam, en je weet hoe verdacht buitenstaanders zijn.'

'Richard, heb je overtuigend bewijs tegen mijn moeder of is het allemaal giswerk?'

'We vragen morgen een huiszoekingsbevel. Waarschijnlijk heeft ze de tanden bewaard. Dit vertel ik je bij wijze van gunst. Omdat ik je respecteer en vertrouw.'

'Juist,' zei ik. *Ondergang* lichtte op op mijn linkerknie. 'Ik moet Amma daar weghalen.'

'Vannacht gebeurt er niets. Ga naar huis en maak er een gewone avond van. Doe zo normaal als je kunt. Ik kan je verklaring morgen opnemen, dat zal de zaak helpen.'

'Ze doet Amma en mij kwaad. Ze geeft ons drugs, gif, zoiets.' Ik werd weer misselijk.

'Camille, waarom heb je dat niet eerder gezegd? We hadden je kunnen laten testen. Dat zou geweldig zijn voor de zaak. Godver.'

'Bedankt voor je bezorgdheid, Richard.'

'Heeft iemand je wel eens verteld dat je overgevoelig bent, Camille?'

'Nog nooit.'

Gayla stond als een schim op wacht bij de deur van ons huis op de heuvel. Ze was in een flits weg, en toen ik bij de veranda stopte, floepte het licht in de eetkamer aan.

Ham. Ik rook het voordat ik bij de deur was. Plus groene kool en maïs. Ze zaten allemaal zo stil als acteurs voordat het doek opgaat. Scène: avondmaal. Mijn moeder waardig aan het hoofd van de tafel, Alan en Amma aan weerszijden en een bord voor mij aan de andere kant. Gayla schoof mijn stoel voor me naar achteren en liep fluisterzacht terug naar de keuken in haar verpleegstersuniform. Ik kon geen verpleegster meer zien. Onder de vloer rommelde de wasmachine, zoals altijd.

'Dag schat, heb je een leuke dag gehad?' riep mijn moeder te luid. 'Ga zitten, we hebben op je gewacht. We wilden met het hele gezin eten, aangezien je gauw weggaat.'

'Ga ik weg?'

'Ze staan op het punt je vriendje te arresteren, kind. Zeg nou niet dat ik beter op de hoogte ben dan de verslaggever.' Ze keek naar Alan en Amma en glimlachte als een hartelijke gastvrouw die hapjes serveert. Ze rinkelde met haar belletje en Gayla bracht de ham binnen, drillerig als gelatine, op een zilveren dienschaal. Een schijf ananas gleed plakkerig langs de zijkant naar beneden.

'Jij mag voorsnijden, Adora,' zei Alan in antwoord op de opgetrokken wenkbrauwen van mijn moeder.

Plukjes blond haar fladderden toen ze vingerdikke plakken afsneed en op onze borden legde. Ik schudde mijn hoofd toen Amma me een portie wilde geven en gaf de schaal door aan Alan.

'Geen ham,' pruttelde mijn moeder. 'Ben je die fase nog steeds niet ontgroeid, Camille?'

'De fase van het niet lusten van ham? Nee, nog niet.'

'Denk je dat John de doodstraf krijgt?' vroeg Amma aan mij. 'Jouw John in de dodencel?' Mijn moeder had haar een witte zomerjurk met roze linten aangetrokken en twee strakke vlechten in haar haar gemaakt. Haar woede walmde als stank naar me toe.

'Missouri kent de doodstraf, en dit is beslist het soort moorden dat om de doodstraf smeekt, als iemand de doodstraf verdient,' zei ik.

'Hebben we nog een elektrische stoel?' vroeg Amma.

'Nee,' zei Alan. 'En nu je ham opeten.'

'Een dodelijke injectie,' zei mijn moeder zacht. 'Alsof je een kat laat inslapen.'

Ik stelde me mijn moeder voor, vastgegespt op een brancard, beleefdheden uitwisselend met de arts voordat de naald in haar arm werd gestoken. Passend voor haar, de dood door een giftige naald.

'Camille, als je mocht kiezen, welke sprookjesfiguur zou je dan willen zijn?' vroeg Amma.

'Doornroosje.' Een leven in dromen doorbrengen. Het klonk zalig.

'Ik zou Persephone willen zijn.'

'Die ken ik niet,' zei ik. Gayla mikte wat kool op mijn bord, en meer maïs. Ik dwong mezelf te eten, korrel na korrel, en elke keer als ik kauwde moest ik me bedwingen om niet te kokhalzen.

'De koningin van het dodenrijk,' zei Amma stralend. 'Ze was

zo mooi dat Hades haar naar de onderwereld ontvoerde en met haar trouwde. Maar haar moeder was heel fel, ze dwong Hades Persephone terug te geven. Maar alleen de helft van het jaar. Ze is dus de ene helft van haar leven bij de doden en de andere bij de levenden.'

'Amma, waarom trekt zo iemand je aan?' zei Alan. 'Je hebt soms zulke gruwelijke ideeën.'

'Ik heb medelijden met Persephone, want zelfs als ze onder de levenden is, zijn de mensen bang voor haar omdat ze weten waar ze vandaan komt,' zei Amma. 'En zelfs als ze bij haar moeder is, kan ze niet echt gelukkig zijn omdat ze weet dat ze terug moet, onder de grond.' Ze lachte naar Adora, propte een grote hap ham in haar mond en giechelde.

'Gayla, suiker!' riep Amma naar de deur.

'Gebruik de bel, Amma,' zei mijn moeder, die net zomin at als ik.

Gayla kwam binnen met een suikerpot en strooide een volle lepel over Amma's ham en plakken tomaat.

'Ik wil het zélf doen,' jengelde Amma.

'Gayla doet het,' zei mijn moeder. 'Jij neemt te veel.'

'Zou je verdriet hebben als John dood is, Camille?' vroeg Amma. 'Wat zou je erger vinden: als John doodging of als ik doodging?'

'Ik wil helemaal niet dat er iemand doodgaat,' zei ik. 'Ik vind dat Wind Gap al te veel doden telt.'

'Bravo,' zei Alan vreemd feestelijk.

'Sommige mensen moeten dood. John moet dood,' vervolgde Amma. 'Ook al heeft hij het niet gedaan, hij moet toch dood. Hij is kapot nu hij zijn zusje kwijt is.'

'Volgens die logica moet ik ook dood, want ik ben mijn zusje ook kwijt en ik ben ook kapot,' zei ik. Ik kauwde op weer een maïs-korrel. Amma keek me onderzoekend aan.

'Misschien, maar ik vind je zo leuk dat ik hoop van niet. Wat vind jij?' Ze wendde zich tot Adora. Het viel me op dat ze haar nooit rechtstreeks aansprak, niet met moeder, niet met mama en niet met Adora. Alsof Amma niet wist hoe ze heette, maar probeerde het niet te laten merken.

'Marian is heel lang geleden gestorven en misschien zou het beter zijn als we allemaal samen met haar waren gegaan,' zei mijn moeder mat. Toen fleurde ze plotseling op: 'Maar we zijn er nog en we gaan gewoon door, nietwaar?' Rinkelende bel. Gayla sloop als een wolf om de tafel heen om af te ruimen.

Schaaltjes met bloedsinaasappelsorbet als dessert. Mijn moeder trok zich discreet in de voorraadkeuken terug en dook weer op met twee slanke kristallen glazen en haar vochtige roze ogen. Mijn maag verkrampte.

'Camille en ik gaan op mijn kamer nog iets drinken,' zei ze tegen de anderen terwijl ze haar haar schikte voor de spiegel boven het dressoir. Ze was erop gekleed, zag ik, ze had haar nachthemd al aan. Ik liep achter haar aan de trap op, net als vroeger als ik bij haar werd ontboden.

En toen was ik in haar kamer, waar ik altijd had willen zijn. Dat gigantische bed waar de kussens als zeepokken aan ontsproten. De manshoge, in de wand verzonken spiegel. En de vermaarde ivoren vloer die alles liet oplichten alsof we in een besneeuwd, maanverlicht landschap waren. Ze smeet de kussens op de vloer, sloeg het bed open, wenkte me en kroop naast me. Al die maanden na Marians dood toen ze in haar kamer bleef en mij afwees, had ik niet eens durven dromen dat ik knus naast mijn moeder in bed lag. Nu was het zover, meer dan vijftien jaar te laat.

Ze haalde haar vingers door mijn haar en gaf me mijn glas. Ik snoof: het rook naar rotte appels. Ik hield het glas houterig vast, maar dronk niet.

'Toen ik nog klein was, bracht mijn moeder me naar het bos en liet me daar achter,' zei Adora. 'Ze leek niet boos of van streek. Onverschillig. Verveeld, bijna. Ze zei niet waarom. Ze zei zelfs helemaal niets tegen me. Alleen dat ik in de auto moest stappen. Ik liep op blote voeten. Toen we er waren, pakte ze mijn hand en trok me heel efficiënt over het pad, toen van het pad af. Ze liet mijn hand los en zei dat ik niet achter haar aan mocht komen. Ik was acht, een klein ding nog. Tegen de tijd dat ik thuiskwam, waren mijn voeten aan flarden, en zij keek gewoon op van haar krant en ging naar haar kamer. Deze kamer.'

'Waarom vertel je me dit?'

'Als een kind op die leeftijd al beseft dat haar moeder niets om haar geeft, loopt het slecht met haar af.'

'Neem maar van mij aan dat ik weet hoe dat voelt,' zei ik. Haar handen gleden nog steeds door mijn haar. Een van haar vingers vond mijn kale plekje.

'Ik wilde wel van je houden, Camille, maar je was zo lastig. Marian, dat was een makkelijk kind.'

'Genoeg, mama,' zei ik.

'Nee, niet genoeg. Laat me voor je zorgen, Camille. Heb me nou eens één keer nodig.'

Laat het ophouden. Laat het allemaal ophouden.

'Vooruit dan maar,' zei ik. Ik dronk mijn glas in één teug leeg, trok haar handen van mijn hoofd en dwong mijn stem vast te klinken.

'Ik had je altijd nodig, mama. Maar dan echt. Het was geen behoefte die je zelf schiep zodat je die aan en uit kon zetten. En ik zal je nooit vergeven wat je met Marian hebt gedaan. Ze was nog zo klein.'

'Ze zal altijd mijn kleintje zijn,' zei mijn moeder.

16

Ik viel in slaap zonder de ventilator aan. Toen ik wakker werd, plakten de lakens aan mijn lijf. Van mijn eigen zweet en urine. Ik klappertandde en mijn hart bonsde achter mijn oogbollen. Ik pakte de prullenmand naast mijn bed en braakte. Hete vloeistof met vier maïskorrels erin.

Voordat ik mezelf weer in bed had gehesen, was mijn moeder al bij me. Ik stelde me voor dat ze op de stoel in de gang had gezeten, naast de foto van Marian, sokken stoppend in afwachting van het moment dat ik ziek zou worden.

'Kom, schatje. In de badkuip met jou,' koerde ze. Ze trok mijn shirt over mijn hoofd en mijn pyjamabroek naar beneden. Een scherpe, blauwe tel lang zag ik haar ogen over mijn hals, borsten, heupen en benen glijden.

Toen ik geholpen door mijn moeder in de badkuip stapte, moest ik weer overgeven. Meer hete vloeistof over mijn borst en op het porselein. Adora griste een handdoek van het rek, schonk er medicinale alcohol op en veegde me zo onaangedaan als een glazenwasser schoon. Terwijl ik in de kuip zat, goot zij glazen koud water over mijn hoofd uit om de koorts te laten zakken. Ze voerde me nog twee pillen en weer een glas melk met de kleur van een waterige lucht. Ik liet het allemaal over me heen komen met de verbitterde woede die me ook overeind hield als ik twee dagen doordronk. *Ik ben nog niet dood, wat heb je nog meer?* Ik wilde dat het heftig werd. Zoveel was ik Marian wel verschuldigd.

Braken in de badkuip, badkuip leeg laten lopen, weer vullen, weer leeg laten lopen. IJskompressen op mijn schouders en tussen mijn benen. Warme kompressen op mijn voorhoofd en knieën. Een pincet in de wond op mijn enkel en daarna een scheut medicinale alcohol. Lichtrood water. *Verdwijn, verdwijn, verdwijn,* smeekte het in mijn nek.

Adora had al haar wimpers uitgeplukt. Uit haar linkeroog biggelden dikke tranen en ze likte onophoudelijk langs haar bovenlip. Vlak voordat ik bewusteloos raakte, dacht ik: *ik word verzorgd. Mijn moeder moedert zich in het zweet. Vleiend. Niemand anders zou dit voor me doen. Marian. Ik ben jaloers op Marian.*

Toen ik bijkwam door het geschreeuw, dreef ik in een halfvol bad lauwwarm water. Ik hees me zwak en dampend uit het bad, sloeg een dunne katoenen ochtendjas om me heen – het hoge gegil van mijn moeder deed pijn aan mijn oren – en deed de deur open. Op hetzelfde moment stormde Richard de badkamer binnen.

'Camille, gaat het?' Het woeste, rauwe gekrijs van mijn moeder sneed achter hem door de lucht.

Toen zakte zijn mond open. Hij hield mijn hoofd schuin en keek naar de littekens in mijn hals. Trok mijn badjas open en kromp in elkaar.

'Jezus christus.' Psychisch gewankel: hij balanceerde tussen een lach en angst.

'Wat is er met mijn moeder?'

'Wat is er met jóú. Snij je jezelf?'

'Ik snij woorden,' mompelde ik, alsof het iets uitmaakte.

'Dat zie ik ook wel.'

'Waarom schreeuwt mijn moeder zo?' Ik voelde me duizelig en zakte op de vloer, hard.

'Camille, ben je ziek?'

Ik knikte. 'Hebben jullie bewijs ontdekt?'

Vickery en een paar collega's stormden langs mijn kamer. Even later strompelde mijn moeder erachteraan, met haar handen in haar haar, schreeuwend dat ze weg moesten gaan, dat ze respect moesten tonen, dat ze hier spijt van zouden krijgen.

'Nog niet. Hoe ziek ben je?' Hij voelde aan mijn voorhoofd, maakte mijn ochtendjas dicht en keek me niet aan.

Ik schokschouderde als een mokkend kind.

'Iedereen moet het huis uit, Camille. Kleed je aan, dan breng ik je naar de dokter.'

'Ja, je moet je bewijs hebben. Ik hoop dat ik nog genoeg gif in me heb.'

De volgende voorwerpen uit de ondergoedla van mijn moeder werden in beslag genomen:

Acht potjes malariapillen met buitenlandse etiketten, grote blauwe tabletten die bij ons uit de handel waren genomen omdat ze vaak koorts en wazig zicht veroorzaakten. Er werden sporen van de werkzame stof in mijn bloed aangetroffen.

Tweeënzeventig laxeerpillen, grootverbruikverpakkingen, voornamelijk gebruikt voor vee. Er werden sporen van de werkzame stof in mijn bloed aangetroffen.

Drie flessen ipecacsiroop, gebruikt om braken op te wekken in geval van vergiftiging. Sporen van de werkzame stof werden in mijn bloed aangetroffen.

Honderdzestig paardentranquillizers. Sporen van de werkzame stof werden in mijn bloed aangetroffen.

Uit de hoedendoos van mijn moeder kwam een gebloemd dagboek tevoorschijn dat als bewijsstuk voor de rechtbank gebruikt zou worden, met passages als de volgende:

14 september 1982
Ik heb vandaag besloten niet meer voor Camille te zorgen, maar me helemaal op Marian te richten. Camille is nooit een goede patiënt geworden; ziekte maakt haar alleen maar boos en wrokkig. Ze wil niet door me aangeraakt worden. Ik wist niet dat zoiets bestond. Ze heeft Joya's boosaardigheid. Ik haat haar. Marian is zo'n schat als ze ziek is, ze aanbidt me en wil me de hele tijd bij zich hebben. Ik vind het heerlijk om haar tranen te drogen.

23 maart 1984
Marian moest weer naar Woodberry, 'ademhalingsproblemen sinds vanochtend en misselijk'. Ik had mijn gele pakje van St. John aan, maar uiteindelijk vond ik het geen goede keuze. Ik ben bang dat het me flets maakt, met mijn blonde haar. Of dat ik op een wandelende ananas lijk! Dokter Jameson is heel kundig en vriendelijk, geïnteresseerd in Marian maar *geen bemoeial*. Hij lijkt onder de indruk van me te zijn. Ik was een engel, zei hij, en ieder kind zou zo'n moeder moeten hebben. We flirtten wat, ondanks onze trouwringen. De verpleegsters zijn iets lastiger. Jaloers, waarschijnlijk. Zal de volgende keer echt moeten troetelen (operatie lijkt onontkoombaar!). Zou Gayla gehakt kunnen laten maken. Verpleegsters zijn gek op hapjes voor in de pauze. Met een groot groen lint om de pan, wellicht? Ik

moet vóór de volgende crisis mijn haar laten doen… Hoop dat dokter Jameson (Rick) dan dienst heeft…

10 mei 1988
Marian is dood. Ik kon niet ophouden. Ik ben vijf kilo afgevallen en ik ben vel over been. Iedereen is ongelooflijk lief voor me. Wat kunnen mensen toch fantastisch zijn.

Het belangrijkste bewijsstuk werd onder het kussen van het geelbrokaten bankje in Adora's kamer gevonden: een klein, vrouwelijk buigtangetje. DNA-tests wezen uit dat de bloedsporen op het stuk gereedschap van Ann Nash en Natalie Keene afkomstig waren.

De tanden en kiezen werden niet in het huis van mijn moeder gevonden. Nog weken later had ik beelden van waar ze gebleven konden zijn: ik zag een lichtblauwe cabrio, met het dak dicht, zoals altijd, een vrouwenhand door het raam, een regen tanden en kiezen in de struiken langs de weg naar het bos. Sierlijke pantoffeltjes die vol modder kwamen aan de oever van Falls Creek, tanden die als kiezelstenen in het water vielen. Een roze nachthemd dat door Adora's rozentuin zweefde, wroetende handen, tanden en kiezen die als piepkleine beenderen werden begraven.

Op geen van die plekken werden tanden gevonden. Ik liet het door de politie nagaan.

17

Op 28 mei werd Adora Crellin aangehouden op verdenking van moord op Ann Nash, Natalie Keene en Marian Crellin. Omdat niet duidelijk was hoeveel Alan van de moorden wist, verzocht de rechtbank mij de voogdij over mijn halfzusje op me te nemen. Twee dagen later reed ik terug naar Chicago, met Amma naast me.

Ik werd doodmoe van haar. Amma had ontzettend veel aandacht nodig en ze was zo gespannen als een veer; ze liep als een gekooide poema heen en weer terwijl ze boze vragen op me afvuurde (Waarom is het zo'n herrie? Hoe kunnen we in zo'n klein huis wonen? Is het niet gevaarlijk buiten?) en telkens wilde horen dat ik nog van haar hield. Ze moest alle extra energie kwijt die ze overhield nu ze niet meer een paar keer per maand bedlegerig was.

Tegen augustus was ze geobsedeerd door moordenaressen. Lucretia Borgia, Lizzie Borden, een vrouw in Florida die na een zenuwinzinking haar drie dochters verdronk. 'Ik vind ze bijzonder,' zei Amma opstandig. Ze probeerde een manier te vinden om haar moeder te kunnen vergeven, zei de kinderpsychologe. Amma ging twee keer naar haar toe en de derde keer ging ze letterlijk op de vloer liggen krijsen toen ik haar er weer heen wilde brengen. Ze werkte het grootste deel van de dag aan haar Adorapoppenhuis. Haar manier om de akelige dingen die daar waren gebeurd te verwerken, zei de psychologe toen ik haar opbelde. Kan ze het ding dan niet beter aan stukken slaan? pareerde ik. Amma gaf me een klap in mijn gezicht toen ik stof in de verkeerde kleur blauw meebracht voor Adora's poppenhuisbed. Ze spuugde op de vloer toen ik weigerde zestig dollar uit te geven aan een speelgoedbankje van echt walnotenhout. Ik probeerde knuffeltherapie, een bespottelijke methode waarbij ik Amma tegen me aan moest drukken en telkens *ik hou van je ik hou van je* moest zeggen terwijl zij probeerde zich los te wurmen. Vier keer maakte ze zich los, noemde me een kutwijf en sloeg haar deur dicht. De vijfde keer schoten we allebei in de lach.

Alan maakte geld vrij om Amma naar de Bell School bij mij in de buurt te laten gaan (22.000 dollar per jaar, boeken en materialen niet inbegrepen). Ze maakte snel vriendinnen, een groepje knappe meisjes die leerden naar alles wat uit Missouri kwam te smachten. Ik vond er eentje echt aardig, Lily Burke. Ze was net zo slim als Amma, maar zag het leven wat zonniger. Ze zat onder de sproeten, had te grote voortanden en chocoladebruin haar. Amma merkte op dat het precies de kleur van het kleed in mijn oude slaapkamer was, maar ik vond haar toch aardig.

Ze werd kind aan huis in mijn appartement, waar ze me hielp koken, vragen stelde over haar huiswerk en verhalen vertelde over jongens. Bij elk bezoek van Lily werd Amma stiller en vanaf oktober sloot ze haar deur nadrukkelijk achter zich als Lily langskwam.

Op een nacht werd ik wakker. Amma stond naast mijn bed.

'Je vindt Lily leuker dan mij,' fluisterde ze. Ze was koortsig, haar nachthemd plakte aan haar zweterige lijf en ze klappertandde. Ik bracht haar naar de badkamer, liet haar op de wc-bril zitten, hield een washandje onder het koele, metalige water uit de kraan boven de wastafel en bette haar voorhoofd. Toen keken we elkaar aan. Grijsblauwe ogen, precies als Adora. Leeg. Als een vijver in de winter.

Ik schudde twee aspirines in mijn hand, stopte ze weer in het potje, schudde ze weer in mijn hand. Een paar pilletjes. Zo moeiteloos gegeven. Zou ik er nog een willen geven, en dan nog een? Zou ik voor een ziek meisje willen zorgen? Een ritseling van herkenning toen ze beverig en ziek naar me opkeek: *moeder is bij je.*

Ik gaf Amma twee aspirines. Ik watertandde toen ik ze rook. De rest spoelde ik door de afvoer.

'Nu moet je me in bad stoppen en me wassen,' jengelde ze.

Ik trok haar nachthemd over haar hoofd. Haar naaktheid was verbijsterend: stakerige kleine-meisjesbenen, een rafelig litteken op haar heup, als de indruk van een halve schroefdop, en dons in het slappe bosje haar tussen haar benen. Volle, weelderige borsten. Dertien.

Ze stapte in de badkuip en trok haar knieën tot aan haar kin op.

'Je moet me met alcohol inwrijven,' kermde ze.

'Nee, Amma, ontspan je maar gewoon.'

Amma liep rood aan en begon te huilen.

'Dat doet zij ook,' fluisterde ze. De tranen werden snikken en toen een droef gejank.

'We doen het niet meer zoals zij,' zei ik.

Op 12 oktober verdween Lily Burke op weg van school naar huis. Vier uur later werd haar lichaam gevonden. Ze zat in elkaar gezakt, keurig naast een afvalcontainer, op drie straten van mijn huis. Er waren maar zes tanden getrokken, de twee bovenmaatse voortanden en vier ondertanden.

Ik belde naar Wind Gap en bleef twaalf minuten in de wacht tot de politie bevestigde dat mijn moeder nog steeds opgenomen was.

Ik vond ze het eerst. Ik liet ze door de politie ontdekken, maar ik vond ze het eerst. Terwijl Amma me als een boze hond op de hielen zat, haalde ik het hele appartement overhoop. Ik tilde de kussens van de bank en rommelde in laden. *Amma, wat heb je gedaan?* Tegen de tijd dat ik bij haar kamer aankwam, was ze kalm. Zelfvoldaan. Ik zocht tussen haar slipjes, gooide haar schatkist leeg en keerde haar matras om.

Ik doorzocht haar bureau maar vond alleen potloden, stickers en een kopje dat naar bleek stonk.

Ik veegde het poppenhuis kamer voor kamer leeg. Ik sloeg mijn hemelbedje stuk, Amma's divan en het geelbrokaten bankje. Toen ik de grote messing hemel boven het hemelbed van mijn moeder had weggegooid en haar toilettafel had vernield, gilde een van ons beiden. Misschien wij allebei. De vloer van mijn moeders kamer. De schitterende ivoren tegels. Gemaakt van menselijke tanden en kiezen. Tweeënzestig tandjes en kiesjes, schoongemaakt, gebleekt en blinkend op de vloer.

Er waren meer mensen betrokken bij de kindermoorden in Wind Gap. In ruil voor een lichtere straf in een forensische psychiatrische inrichting bekenden de drie blondjes dat ze Amma hadden geholpen Ann en Natalie te vermoorden. Ze waren in Adora's golfkarretje naar Anns huis getuft en daar hadden ze haar overgehaald een ritje met hen te maken. *Mijn moeder wil je even gedag zeggen.*

Ze waren naar de North Woods gereden onder het mom dat ze daar een theepartijtje of zoiets gingen houden. Ze tutten Ann op, speelden met haar en hadden er na een paar uur genoeg van. Ze dreven Ann naar de rivier. Het meisje, dat onraad rook, had geprobeerd weg te lopen, maar Amma had de achtervolging ingezet en haar pootje gehaakt. Haar met een grote steen geslagen. Toen was ze gebeten. Ik had het litteken op haar heup gezien, maar niet beseft wat dat slordige halvemaantje inhield.

De drie blondjes hielden Ann vast terwijl Amma haar wurgde met een waslijn die ze uit het schuurtje van een van de buren had gestolen. Het kostte Amma een uur om de tanden en kiezen te trekken, en al die tijd huilde Jodes onbedaarlijk. Toen hadden de vier meisjes het lijkje naar de rivier gedragen en in het water gegooid, waarna ze naar Kelseys huis waren gereden, zich hadden gewassen in het koetshuis en een film hadden gekeken. Niemand wist meer welke, maar ze herinnerden zich allemaal dat ze watermeloen hadden gegeten en witte wijn hadden gedronken, uit Sprite-flessen, voor het geval Kelseys moeder een kijkje kwam nemen.

James Capisi had die spookachtige vrouw niet verzonnen. Amma had een van onze maagdelijk witte lakens gestolen en er een Griekse peplos van gemaakt. Ze had haar lichtblonde haar opgestoken en zich spierwit gepoederd. Ze was Artemis, de godin van de jacht. Natalie was aanvankelijk geschrokken toen Amma in haar oor fluisterde: *het is een spelletje. Kom met me mee, dan gaan we spelen.* Amma had Natalie het bos in getrokken en was weer naar het koetshuis van Kelsey gegaan, waar de meisjes haar vierentwintig uur lang hadden vastgehouden. Ze hadden haar gesoigneerd, haar benen geschoren, haar verkleed en haar om beurten eten gegeven, genietend van haar groeiende protesten. De tweede avond laat hadden de vriendinnen haar in bedwang gehouden terwijl Amma haar wurgde. Weer had ze de tanden en kiezen zelf getrokken. Kindertanden zijn niet zo moeilijk te trekken, blijkbaar, als je maar veel kracht op de tang zet. En als het je niet uitmaakt hoe ze eruit komen. (Flits: Amma's poppenhuisvloer met zijn mozaïek van gehavende, gebroken tanden en kiezen, sommige niet meer dan splinters.)

Om vier uur 's nachts tuften de meisjes in Adora's golfkarretje naar de achterkant van Main Street. De ruimte tussen de gereedschapswinkel en de kapsalon was net breed genoeg voor Amma en Kelsey om Natalie in ganzenpas aan haar handen en voeten naar de andere kant te dragen, waar ze haar neerzetten in afwachting van ontdekking. Jodes huilde weer. De meisjes overwogen later nog haar te doden, want ze waren bang dat ze zou doorslaan. Ze stonden op het punt dat plan uit te voeren toen mijn moeder werd gearresteerd.

Amma had Lily helemaal in haar eentje vermoord. Ze had haar met een steen op haar achterhoofd geslagen, haar met haar blote handen gewurgd, de zes tanden getrokken en haar haar afgeknipt. Allemaal in een steeg, achter die container waar ze het lichaam had achtergelaten. Ze had de steen, de tang en de schaar mee naar school genomen in het knalroze rugzakje dat ik voor haar had gekocht.

Van Lily Burkes chocoladebruine haar vlocht Amma een kleedje voor mijn kamer in haar poppenhuis.

Epiloog

Adora werd schuldig bevonden aan doodslag op Marian. Haar advocaat is al bezig met de voorbereidingen voor het hoger beroep. Haar zaak wordt fanatiek gevolgd door de groep die de website van mijn moeder beheert, freeadora.org. Alan heeft het huis in Wind Gap opgedoekt en woont nu in een appartement in de buurt van de gevangenis waar ze zit, in Vandelia, Missouri. Op dagen dat hij haar niet kan bezoeken, schrijft hij haar brieven.

Er kwamen haastig geschreven boeken over onze moordlustige familie uit en ik werd overstelpt met aanbiedingen om een boek te schrijven. Curry drong erop aan dat ik een aanbod zou aannemen, maar bond snel in. Verstandig van hem. John schreef me een lieve, gekwelde brief. Hij had steeds gedacht dat Amma de dader was, en hij was in het koetshuis getrokken om 'de wacht te houden'. Wat het gesprek tussen Amma en hem verklaarde dat ik had opgevangen, waarbij Amma hem met zijn verdriet had gesard. Kwetsen als een vorm van flirten. Pijn als intimiteit, zoals mijn moeder haar pincet in mijn wonden had gestoken. Wat mijn andere romance in Wind Gap betreft: ik heb nooit meer iets van Richard gehoord. Dat wist ik al toen ik zag hoe hij naar mijn getekende lichaam keek.

Amma blijft tot haar achttiende verjaardag vastzitten, en waarschijnlijk langer. Ze mag twee keer per maand bezoek hebben. Ik ben één keer gegaan. Ik zat met haar op een fleurig speelterrein met prikkeldraad eromheen. Meisjes in bajesbroeken en T-shirts hingen aan klimrekken en ringen onder het toeziend oog van dikke, nijdige bewaarsters. Drie meisjes gleden schokkerig van een verbogen glijbaan, klommen de ladder op en gleden weer naar beneden. Telkens opnieuw, zwijgend, zolang mijn bezoek duurde.

Amma had haar haar heel kort afgeknipt. Misschien wilde ze stoerder lijken, maar in plaats daarvan kreeg ze er een onaardse, elfachtige uitstraling door. Ik pakte haar hand, die nat was van het zweet, en ze trok hem weg.

Ik had me voorgenomen haar niet naar de moorden te vragen, het bezoek zo luchtig mogelijk te houden, maar de vragen borrelden vrijwel meteen op. Waarom de tanden, waarom juist die meisjes, die zo slim en boeiend waren. Wat konden ze haar hebben misdaan? Hoe had ze het kunnen doen? Het laatste kwam er vermanend uit, alsof ik haar de les las omdat ze een feestje had gegeven terwijl ik niet thuis was.

Amma keek verbitterd naar de drie meisjes op de glijbaan en zei dat ze iedereen hier haatte, dat alle meisjes gestoord of stom waren. Ze vond het vreselijk om de was te moeten doen en de kleren van anderen aan te raken. Toen zweeg ze, en ik dacht dat ze mijn vraag gewoon wilde negeren.

'Ik was een tijdje met ze bevriend,' zei ze ten slotte met hangend hoofd. 'We maakten lol in het bos. We waren ruig. We maakten samen dingen kapot. We hebben een keer een kat vermoord. Maar toen raakte zij' – Adora's naam bleef zoals altijd onuitgesproken – 'opeens helemaal in ze geïnteresseerd. Ik mocht nooit iets voor mij alleen hebben. Ze waren mijn geheimpje niet meer. Ze kwamen steeds langs. Ze stelden me vragen over mijn ziektes. Ze zouden alles kapotmaken. Zij had het niet eens door.' Amma wreef ruw over haar korte haar. 'En waarom moest Ann… haar bijten? Ik bleef er maar over malen. Waarom Ann haar wel kon bijten en ik niet.'

Ze weigerde nog iets te zeggen, antwoordde alleen met zuchten en kuchjes. Die tanden? Die had ze alleen getrokken omdat ze ze nodig had. Het poppenhuis moest volmaakt zijn, zoals al het andere waar Amma van hield.

Ik denk dat er meer achter zat. Ann en Natalie waren gestorven omdat Adora aandacht aan hen besteedde. Amma kon alleen maar denken dat ze aan het kortste eind had getrokken. Amma, die zo lang had toegestaan dat mijn moeder haar ziek maakte. *Als je mensen iets met je laat doen, doe jij soms iets met hen.* Doordat ze zich door haar ziek liet maken, had Amma Adora in haar macht. In ruil daarvoor eiste ze onvoorwaardelijke liefde en trouw. Andere meisjes niet toegestaan. Om die reden had ze Lily Burke ook vermoord. Omdat ze vermoedde dat ik haar leuker vond.

Je kunt natuurlijk blijven gissen waarom Amma het heeft gedaan. Uiteindelijk blijft het feit dat Amma ervan genoot anderen pijn te doen. *Ik ben gek op pijn,* had ze naar me gegild. Ik verwijt het mijn moeder. Een kind dat wordt grootgebracht met gif, ziet pijn doen als troost.

Op de dag van Amma's arrestatie, de dag dat alles ten slotte helemaal werd ontrafeld, zaten Curry en Eileen als een bezorgd peper-en-zoutstel op mijn bank. Ik verstopte een mes in mijn mouw, trok in de badkamer mijn shirt uit en drukte het lemmet diep in het volmaakte cirkeltje op mijn rug. Trok het heen en weer tot de huid versnipperd was door krabbelige sneden. Vlak voordat ik aan mijn gezicht wilde beginnen, brak Curry de deur open.

Curry en Eileen pakten mijn spullen in en namen me mee naar hun huis, waar ik een bed en wat ruimte heb in hun voormalige hobbykamer. Alle scherpe voorwerpen zitten achter slot en grendel, maar ik heb niet echt geprobeerd ze te pakken te krijgen.

Ik leer voor me te laten zorgen. Ik ben teruggekeerd naar mijn kindertijd, de plaats van het misdrijf. Eileen en Curry wekken me met kussen en stoppen me in bed met kussen (of, in Curry's geval, een klopje onder mijn kin). Ik drink niets sterkers dan het druivensap dat Curry zo lekker vindt. Eileen laat het bad voor me vollopen en soms borstelt ze mijn haar. Ik krijg er geen koude rillingen van, wat we als een goed teken zien.

Het is bijna 12 mei, exact een jaar na mijn terugkeer naar Wind Gap. Toevallig is het dit jaar op die datum ook Moederdag. Goed uitgekiend. Soms denk ik aan die nacht dat ik voor Amma zorgde, en hoe goed ik haar kon sussen en kalmeren. Ik heb dromen waarin ik Amma was en haar voorhoofd bet. Dan word ik misselijk en met zweet op mijn bovenlip wakker. Kon ik goed voor Amma zorgen omdat ik een goed mens ben, of zorgde ik graag voor Amma omdat ik Adora's ziekte heb? Ik twijfel, vooral 's avonds laat, als mijn huid begint te pulseren.

De laatste tijd neig ik ernaar te denken dat ik een goed mens ben.

Dankwoord

Veel dank aan mijn agent, Stephanie Kip Rostan, die me elegant door dit hele debuutgedoe heen heeft geleid, en mijn redacteur, Sally Kim, die vlijmscherpe vragen stelde en heel veel antwoorden aandroeg terwijl ze me hielp dit verhaal in vorm te snoeien. Ze zijn allebei niet alleen slim en bemoedigend, maar toevallig ook nog eens alleraardigste disgenoten.

Nog meer dank aan mijn grote vriendenkring, met name diegenen die me tijdens het schrijven van *Teerbemind* regelmatig aanboden te lezen, me raad gaven en me opvrolijkten: Dan Fierman, Krista Stroever, Josh Wolk en Brian 'Ives!' Raftery hadden allemaal op cruciale momenten een vriendelijk woord voor me, zoals toen ik op het punt stond het hele geval in brand te steken. Dan Snierson zou wel eens het meest consequent optimistische menselijke wezen op aarde kunnen zijn: dank je dat je me van de rand van de afgrond hebt gepraat, en zeg tegen Jurgis dat hij me niet te hard aanpakt in zijn recensie. Emily Stone gaf me aanwijzingen en humor vanuit Vermont, Chicago en Antarctica (ik kan haar Crazytown-pendeldienst van harte aanbevelen); dank aan

Susan en Errol Stone voor dat huis aan het meer waar ik me kon terugtrekken. Brett Nolan, de beste lezer van de wereld (geen lichtvaardig gegeven compliment), zorgde dat ik onopzettelijke verwijzingen naar *The Simpsons* meed en is de auteur van de meest geruststellende e-mail van twee woorden aller tijden. Scott Brown, het monster van mijn Mick, heeft talloze versies van *Teerbemind* gelezen, die stakker, en me ook vergezeld tijdens menig noodzakelijk uitstapje uit de werkelijkheid: Scott, ik en een neurotische eenhoorn met een vadercomplex. Dank jullie wel, allemaal.

Tot slot veel liefs aan en waardering voor mijn grote familie in Missouri – ik kan tot mijn genoegen zeggen dat ze absoluut geen inspiratie zijn geweest voor de personages in dit boek. Mijn trouwe ouders hebben me in het schrijven aangemoedigd vanaf de derde klas lagere school, toen ik verkondigde dat ik later schrijfster of boerin wilde worden. Met dat boeren is het nooit iets geworden, dus ik hoop dat jullie het boek mooi vinden.